新百花散文书系

史铁生散文选集

天津出版传媒集团
百花文艺出版社

图书在版编目(CIP)数据

史铁生散文选集 / 史铁生著.—天津:百花文艺出版社,2011.5(2017.3 重印)
(新百花散文书系.当代卷)
ISBN 978-7-5306-5931-1

Ⅰ.①史… Ⅱ.①史… Ⅲ.①散文集—中国—当代 Ⅳ.①I267

中国版本图书馆 CIP 数据核字(2011)第 081073 号

选题策划:靳立华　汪惠仁　　**装帧设计**:刁子勇
责任编辑:张　森　　**责任校对**:曾玺静

出版人:李勃洋
出版发行:百花文艺出版社
地址:天津市和平区西康路 35 号　**邮编**:300051
电话传真:+86-22-23332651(发行部)
+86-22-23332656(总编室)
+86-22-23332478(邮购部)
主页:http://www.baihuawenyi.com
印刷:天津泰宇印务有限公司
开本:787×1092 毫米　1/16
字数:179 千字　**插页**:4
印张:15.5
版次:2011 年5 月第1 版
印次:2017 年3 月第10 次印刷
定价:32.00元

写作与假日（代序）

写作(这里主要指小说和散文)成为少数人的职业，我总感觉有点荒唐。因而我想“专业作家”可能是一种暂时现象。世界上那么多人，凭什么单要听你们几个人叨唠？人间那么多幸福快乐困苦忧伤，为什么单单你们几个人有诉说的机会？几十亿种生活，几十亿种智慧和迷惑，为什么单单选取你们的那一点点儿向大家公布？我觉得这事太离谱儿。

小说或散文若仅仅是一处商业性的娱乐场所倒也罢了，总归不能人人都开办游乐场。但文学更要紧的是生命感受的交流，是对存在状态的察看，是哀或美的观赏，是求一条生路似的期待，迷途的携手或孤寂的摆脱，有人说得干脆那甚至是情爱般的袒露、切近、以命相许、海誓山盟。这可是少数几个人承担得起的么？

作家都自信道出了世事众生的真相，即便夸张、变形、想象、虚构、拼接、间离……但他们必说那是真或是本质的真。虽对真的检查见仁见智，但有一条肯定：自命虚假的作品绝无。然而人间浩翰复杂瞬息万变，几位职业作家能看见多少真呢？有一副旧对子：百行孝当先/万恶淫为首。据说有位闲人给上下联各添了十二个字：百行孝当先，论心不论迹，论迹贫家无孝子/万恶淫为首，论迹不论心，论心自古无完人。迹可察，但心可度么？我还听一位“文革”中遭拷打而英勇未屈者说过：要是他们再打我一会儿我可能就叛变了，我已经受不住了正要招认，偏这时他们打累了。我有时候猜测：那个打手一定是累了么？还是因为譬如说他与某个女人约会的时间到了？当然还可能是其他原因，无穷无尽的可能性，只要当事人不说，真相便永无大白之日。还是那句话，要是成千上万的人只听几个人说(且是小！说，是散！文)，能听见多少真呢？充其量能听见他们几个人自己的真也就难能可贵。

扬言写尽人间真相，其实能看全自己的面目已属不易。其实敢于背地里毫不规避地看看自己，差不多就能算得圣人。记得某位先哲有话："语言，与其认为是在说明什么，不如说是在掩盖什么。"形单影只流落于千差万别的人山人海中，暴露着肉身尚且招来羞辱，还敢赤裸起心魂么？自亚当、夏娃走出伊甸园人类社会于是开始之日，衣服的作用便有两种：御寒和遮羞；语言的作用也便有两种：交流和欺瞒。孤独拓展开漫漫岁月，同时亲近与沟通成为永远的理想。在我想来，爱情与写作必也是自那时始，从繁衍种类和谋求温饱的活动中脱颖而出——单单脱去遮身的衣服还不够，还得脱去语言的甲胄让心魂融合让差别在那一瞬间熄灭，让危险的世界上存一处和平的场所。可能是罗兰·巴特说过，写作者即恋人。所以有人问我，你理想中的小说(或散文)是什么？我想了又想，发现我的理想中并没有具体的作品，只有一种姑妄名之的小说环境或曰创作气氛，就像年轻恋人的眼前还没有出现具体的情人却早有了焦撩着的爱的期待。于是我说，在我的理想中甚至是思念里，写小说(或写散文)应该是所有人的事，不是职业尤其不是几个人的职业，其实非常非常简单地是每一个人的心愿，是所有人自由真诚的诉说和倾听。所有人，如果不能一同到一个地方去，就一同到一种时间里去，在那儿，让心魂直接说话，在那儿没有指责和攻击当然也就无需防范和欺瞒，在那儿只立一个规矩：心魂有袒露的权利，有被了解的权利，唯欺瞒该受轻蔑。

所以我希望"职业作家"是暂时现象。我希望未来的写作是所有人的一期假日,原不必弄那么多技巧,几十亿种自由坦荡的声音是无论什么技巧也无法比拟的真实、深刻、新鲜。我希望写作是一块梦境般自由的时间,有限的技巧在那儿死去,无限的心思从那儿流露无限的欣赏角度在那儿生长。当然当然,良辰一过我们还得及时醒来,去种地,去打铁,上下班的路上要遵守交通规则。

(引自《随笔十三》第四节,文题系本集出版时所拟)

目录

合欢树

十岁那年,我在一次作文比赛中得了第一。母亲那时候还年轻,急着跟我说她自己,说她小时候的作文做得还要好,老师甚至不相信那么好的文章会是她写的。“老师找到家来问,是不是家里的大人帮了忙。我那时可能还不到十岁呢。”我听得扫兴,故意笑:“可能?什么叫可能还不到?”她就解释。我装作根本不再注意她的话,对着墙打乒乓球,把她气得够戗。不过我承认她聪明,承认她是世界上长得最好看的女的。她正给自己做一条蓝地白花的裙子。

二十岁,我的两条腿残废了。除去给人家画彩蛋,我想我还应该再干点别的事,先后改变了几次主意,最后想学写作。母亲那时已不年轻,为了我的腿,她头上开始有了白发。医院已经明确表示,我的病目前没办法治。母亲的全副心思却还放在给我治病上,到处找大夫,打听偏方,花很多钱。她倒总能找来些稀奇古怪的药,让我吃,让我喝,或者是洗、敷、熏、灸。“别浪费时间啦!根本没用!”我说。我一心只想着写小说,仿佛那东西能把残疾人救出困境。“再试一回,不试你怎么知道会没会?”她说每一回都虔诚地抱着希望。然而对我的腿,有多少回希望就有多少回失望。最后一回,我的胯上被熏成烫伤。医院的大夫说,这实在太悬了,对于瘫痪病人,这差不多是要命的事。我倒没太害怕,心想死了也好,死了倒痛快。

母亲惊惶了几个月，昼夜守着我，一换药就说："怎么会烫了呢？我还直留神呀？"幸亏伤口好起来，不然她非疯了不可。

后来她发现我在写小说。她跟我说："那就好好写吧。"我听出来，她对治好我的腿也终于绝望。"我年轻的时候也最喜欢文学，"她说。"跟你现在差不多大的时候，我也想过搞写作，"她说。"你小时候的作文不是得过第一？"她提醒我说。我们俩都尽力把我的腿忘掉。她到处去给我借书，顶着雨或冒了雪推我去看电影，像过去给我找大夫、打听偏方那样，抱了希望。

三十岁时，我的第一篇小说发表了，母亲却已不在人世。过了几年，我的另一篇小说又侥幸获奖，母亲已经离开我整整七年。

获奖之后，登门采访的记者就多。大家都好心好意，认为我不容易。但是我只准备了一套话，说来说去就觉得心烦。我摇着车躲出去。坐在小公园安静的树林里，想：上帝为什么早早地召母亲回去呢？迷迷糊糊地，我听见回答："她心里太苦了。上帝看她受不住了，就召她回去。"我的心得到一点安慰，睁开眼睛，看见风正在树林里吹过。

我摇车离开那儿，在街上瞎逛，不想回家。

母亲去世后，我们搬了家。我很少再到母亲住过的那个小院儿去。小院儿在一个大院儿的尽里头，我偶尔摇车到大院儿去坐坐，但不愿意去那个小院儿，推说手摇车进去不方便。院儿里的老太太们还都把我当儿孙看，尤其想到我又没了母亲，但都不说，光扯些闲话，怪我不常去。我坐在院子当中，喝东家的茶，吃西家的瓜。有一年，人们终于又提到母亲："到小院儿去看看吧，你妈种的那棵合欢树今年开花了！"我心里一阵抖，还是推说手摇车进出太不容易。大伙就不再说，忙扯些别的，说起我们原来住的房子里现在住了小两口，女的刚生了个儿子，孩子不哭不闹，光是瞪着眼睛看窗户上的树影儿。

我没料到那棵树还活着。那年，母亲到劳动局去给我找工作，回来时在路边挖了一棵刚出土的“含羞草”，以为是含羞草，种在花盆里长，竟是一棵合欢树。母亲从来喜欢那些东西，但当时心思全在别处。第二年合欢树没有发芽，母亲叹息了一回，还不舍得扔掉，依然让它长在瓦盆里。第三年，合欢树却又长出了叶子，而且茂盛了。母亲高兴了很多天，以为那是个好兆头，常去莳弄它，不敢再大意。又过一年，她把合欢树移出盆，栽在窗前的地上，有时念叨，不知道这种树几年才开花。再过一年，我们搬了家，悲痛弄得我们都把那棵小树忘记了。

与其在街上瞎逛，我想，不如就去看看那棵树吧。我也想再看看母亲住过的那间房。我老记着，那儿还有个刚来到世上的孩子，不哭不闹，瞪着眼睛看树影儿。是那棵合欢树的影子吗？小院儿里只有那棵树。

院儿里的老太太们还是那么欢迎我，东屋倒茶，西屋点烟，送到我眼前。大伙都不知道我获奖的事，也许知道，但不觉得那很重要；还是都问我的腿，问我是否有了正式工作。这回，想摇车进小院儿真是不能了。家家门前的小厨房都扩大，过道窄到一个人推自行车进出也要侧身。我问起那棵合欢树。大伙说，年年都开花，长到房高了。这么说，我再看不见它了。我要是求人背我去看，倒也不是不行。我挺后悔前两年没有自己摇车进去看看。

我摇着车在街上慢慢走，不急着回家。人有时候只想独自静静地待一会儿。悲伤也成享受。

有一天那个孩子长大了，会想起童年的事，会想起那些晃动的树影儿，会想起他自己的妈妈。他会跑去看看那棵树。但他不会知道那棵树是谁种的，是怎么种的。

1985 年

我二十一岁那年

友谊医院神经内科病房有十二间病室，除去1号2号，其余十间我都住过。当然，决不为此骄傲。即便多么骄傲的人，据我所见，一躺上病床也都谦恭。1号和2号是病危室，是一步登天的地方，上帝认为我住那儿为时尚早。

十九年前，父亲搀扶着我第一次走进那病房。那时我还能走，走得艰难，走得让人伤心就是了。当时我有过一个决心：要么好，要么死，一定不再这样走出来。

正是晌午，病房里除了病人的微鼾，便是护士们轻极了的脚步，满目洁白，阳光中飘浮着药水的味道，如同信徒走进了庙宇我感觉到了希望。一位女大夫把我引进10号病室。她贴近我的耳朵轻轻柔柔地问："午饭吃了没？"我说："您说我的病还能好吗？"她笑了笑。记不得她怎样回答了，单记得她说了一句什么之后，父亲的愁眉也略略地舒展。女大夫步履轻盈地走后，我永远留住了一个偏见：女人是最应该当大夫的，白大褂是她们最优雅的服装。

那天恰是我二十一岁生日的第二天。我对医学对命运都还未及了解，不知道病出在脊髓上将是一件多么麻烦的事。我舒心地躺下来睡了个好觉。心想：十天，一个月，好吧就算是三个月，然后我就又能是原来的样子了。和我一起插队的同学来看我时,也都这样想;他们给我带来很多书。

10号有六个床位。我是6床。5床是个农民,他天天都盼着出院。“光房钱一天就一块一毛五,你算算得啦,”5床说,“死呗可值得了这么些?”3床就说:“得了嘿你有完没完!死死死,数你悲观。”4床是个老头,说:“别价别价,咱毛主席有话啦——既来之,则安之。”农民便带笑地把目光转向我,却是对他们说:“敢情你们都有公费医疗。”他知道我还在与贫下中农相结合。1床不说话,1床一旦说话即可出院。2床像是个有些来头的人,举手投足之间便赢得大伙的敬畏。2床幸福地把一切名词都忘了,包括忘了自己的姓名。2床讲话时,所有名词都以“这个”、“那个”代替,因而讲到一些轰轰烈烈的事迹却听不出是谁人所为。4床说:“这多好,不得罪人。”

我不搭茬儿。刚有的一点舒心顷刻全光。一天一块多房钱都要从父母的工资里出,一天好几块的药钱、饭钱都要从父母的工资里出,何况为了给我治病家中早已是负债累累了。我马上就想那农民之所想了:什么时候才能出院呢?我赶紧松开拳头让自己放明白点:这是在医院不是在家里,这儿没人会容忍我发脾气,而且砸坏了什么还不是得用父母的工资去赔?所幸身边有书,想来想去只好一头埋进书里去,好吧好吧,就算是三个月!我平白地相信这样一个期限。

可是三个月后我不仅没能出院,病反而更厉害了。

那时我和2床一起住到了7号。2床果然不同寻常,是位局长,十一级干部,但还是多了一级,非十级以上者无缘去住高干病房的单间。7号是这普通病房中唯一仅设两张病床的房间,最接近单间,故一向由最接近十级的人去住。据说刚有个十三级从这儿出去。2 床搬来名正言顺。我呢？护士长说是“这孩子爱读书”，让我帮助 2 床把名词重新记起来。“你看他连自己是谁都闹不清了。”护士长说。但 2 床却因此越来越让人喜欢，因为“局长”也是名词也在被忘之列，我们之间的关系日益平等、融洽。有一天他问我：“你是干什么的？”我说：“插队的。”2 床说他的“那个”也是，两个“那个”都是，他在高出他半个头的地方比划一下：“就是那两个，我自己养的。”“您是说您的两个儿子？”他说对，儿子。他说好哇，革命嘛就不能怕苦，就是要去结合。他说：“我们当初也是从那儿出来的嘛。”我说：“农村？”“对对对。什么？”“农村。”“对对对农村。别忘本呀！”我说是。我说：“您的家乡是哪儿？”他于是抱着头想好久。这一回我也没办法提醒他。最后他骂一句，不想了，说：“我也放过那玩意儿。”他在头顶上伸直两个手指。“是牛吗？”他摇摇头，手往低处一压。“羊？”“对了，羊。我放过羊。”他躺下，双手垫在脑后，甜甜蜜蜜地望着天花板老半天不言语。大夫说他这病叫作“角回综合征，命名性失语”，并不影响其他记忆，尤其是遥远的往事更都记得清楚。我想局长到底是局长，比我会得病。他忽然又坐起来：“我的那个，喂，小什么来？”“小儿子？”“对！”他怒气冲冲地跳到地上，说：“那个小玩意儿，娘个×！”说：“他要去结合，我说好嘛我支持。”说：“他来信要钱，说要办个这个。”他指了指周围，我想“那个小玩意儿”可能是要办个医疗站。他说：“好嘛，要多少？我给。可那个小玩意儿！”他背着手气哼哼地来回走，然后停住，两手一摊：“可他又要在那儿结婚！”“在农村？”“对，农村。”“跟农民？”“跟农民。”无论是根据我当时的思想觉悟，还是根据报纸电台当时的宣传倡导，这都是值得肃然起敬的。“扎根派。”我钦佩地说。“娘了个×派！”他说：“可你还要不要回来嘛？”这下我有点发懵。见我愣着，他又一跺脚，补充道：“可你还要不要革命?！”这下我懂了，先不管革命是什么，2 床的坦诚都令人欣慰。

不必去操心那些玄妙的逻辑了。整个冬天就快过去,我反倒拄着拐杖都走不到院子里去了,双腿日甚一日地麻木,肌肉无可遏止地萎缩,这才是需要发愁的。

我能住到7号来,事实上是因为大夫护士们都同情我。因为我还这么年轻,因为我是自费医疗,因为大夫护士都已经明白我这病的前景极为不妙,还因为我爱读书——在那个“知识越多越反动”的年代,大夫护士们尤为喜爱一个爱读书的孩子。他们都还把我当孩子。他们的孩子有不少也在插队。护士长好几次在我母亲面前夸我,最后总是说:“唉,这孩子……”这一声叹,暴露了当代医学的爱莫能助。他们没有别的办法帮助我,只能让我住得好一点,安静些,读读书吧——他们可能是想,说不定书中能有“这孩子”一条路。

可我已经没了读书的兴致。整日躺在床上,听各种脚步从门外走过;希望他们停下来,推门进来,又希望他们千万别停,走过去走你们的路去别来烦我。心里荒荒凉凉地祈祷:上帝如果你不收我回去,就把能走路的腿也给我留下!我确曾在没人的时候双手合十,出声地向神灵许过愿。多年以后才听一位无名的哲人说过:危卧病榻,难有无神论者。如今来想,有神无神并不值得争论,但在命运的混沌之点,人自然会忽略着科学,向虚冥之中寄托一份虔敬的祈盼。正如迄今人类最美好的向往也都没有实际的验证,但那向往并不因此消灭。

主管大夫每天来查房,每天都在我的床前停留得最久:“好吧,别急。”按规矩主任每星期查一次房,可是几位主任时常都来看看我:“感觉怎么样?嗯,一定别着急。”有那么些天全科的大夫都来看我,八小时以内或以外,单独来或结队来,检查一番各抒主张,然后都对我说:“别着急,好吗?千万别急。”从他们谨慎的言谈中我渐渐明白了一件事:我这病要是因为一个肿瘤的捣鬼，把它找出来切下去随便扔到一个垃圾桶里，我就还能直立行走，否则我多半就把祖先数百万年进化而来的这一优势给弄丢了。

窗外的小花园里已是桃红柳绿，二十二个春天没有哪一个像这样让人心抖。我已经不敢去羡慕那些在花丛树行间漫步的健康人，和在小路上打羽毛球的年轻人。我记得我久久地看过一个身着病服的老人，在草地上踱着方步晒太阳；只要这样我想只要这样！只要能这样就行了就够了！我回忆脚踩在软软的草地上是什么感觉？想走到哪儿就走到哪儿是什么感觉？踢一颗路边的石子，踢着它走是什么感觉？没这样回忆过的人不会相信，那竟是回忆不出来的！老人走后我仍呆望着那块草地，阳光在那儿慢慢地淡薄，脱离，凝作一缕孤哀凄寂的红光一步步爬上墙，爬上楼顶……我写下一句歪诗：轻拨小窗看春色，漏入人间一斜阳。日后我摇着轮椅特意去看过那块草地，并从那儿张望 7 号窗口，猜想那玻璃后面现在住的谁？上帝打算为他挑选什么前程？当然，上帝用不着征求他的意见。

我乞求上帝不过是在和我开一个临时的玩笑——在我的脊椎里装进了一个良性的瘤子。对对，它可以长在椎管内，但必须要长在软膜外，那样才能把它剥离而不损坏那条珍贵的脊髓。“对不对，大夫？”“谁告诉你的？”“对不对吧？”大夫说：“不过，看来不太像肿瘤。”我用目光在所有的地方写下“上帝保佑”，我想，或许把这四个字写到千遍万遍就会赢得上帝的怜悯，让它是个瘤子，一个善意的瘤子。要么干脆是个恶毒的瘤子，能要命的那一种，那也行。总归得是瘤子，上帝！

朋友送了我一包莲子，无聊时我捡几颗泡在瓶子里，想，赌不赌一个愿？——要是它们能发芽，我的病就不过是个瘤子。但我战战兢兢地一直没敢赌。谁料几天后莲子竟都发芽。我想好吧我赌！我想其实我压根儿是倾向于赌的。我想倾向于赌事实上就等于是赌了。我想现在我还敢赌——它们一定能长出叶子!(这是明摆着的。)我每天给它们换水,早晨把它们移到窗台西边,下午再把它们挪到东边,让它们总在阳光里;为此我抓住床栏走,扶住窗台走,几米路我走得大汗淋漓。这事我不说,没人知道。不久,它们长出一片片圆圆的叶子来。“圆”,又是好兆。我更加周到地侍候它们,坐回到床上气喘吁吁地望着它们,夜里醒来在月光中也看看它们:好了,我要转运了。并且忽然注意到“莲”与“怜”谐音,毕恭毕敬地想:上帝终于要对我发发慈悲了吧?这些事我不说没人知道。叶子长出了瓶口,闲人要去摸,我不让,他们硬是摸了呢,我便在心里加倍地祈祷几回。这些事我不说,现在也没人知道。然而科学胜利了,它三番五次地说那儿没有瘤子,没有没有。果然,上帝直接在那条娇嫩的脊髓上做了手脚!定案之日,我像个冤判的屈鬼那样疯狂地作乱,挣扎着站起来,心想干嘛不能跑一回给那个没良心的上帝瞧瞧?后果很简单,如果你没摔死你必会明白:确实,你干不过上帝。

我终日躺在床上一言不发,心里先是完全的空白,随后由着一个死字去填满。王主任来了。(那个老太太,我永远忘不了她。还有张护士长。八年以后和十七年以后,我有两次真的病到了死神门口,全靠这两位老太太又把我抢下来。)我面向墙躺着,王主任坐在我身后许久不说什么,然后说了,话并不多,大意是:还是看看书吧,你不是爱看书吗?人活一天就不要白活。将来你工作了,忙得一点时间都没有,你会后悔这段时光就让它这么白白地过去了。这些话当然并不能打消我的死念,但这些话我将受用终生,在以后的若干年里我频繁地对死神抱有过热情,但在未死之前我一直记得王主任这些话,因而还是去做些事。使我没有去死的原因很多(我在另外的文章里写过),“人活一天就不要白活”亦为其一,慢慢地去做些事于是慢慢地有了活的兴致和价值感。有一年我去医院看她,把我写的书送给她,她已是满头白发了,退休了,但照常在医院里从早忙到晚。我看着她想,这老太太当年必是心里有数,知道我还不至去死,所以她单给我指一条活着的路。可是我不知道当年我搬离7号后,是谁最先在那儿发现过一团电线?并对此作过什么推想?那是个秘密,现在也不必说。假定我那时真的去死了呢?我想找一天去问问王主任。我想,她可能会说"真要去死那谁也管不了",可能会说"要是你找不到活着的价值,迟早还是想死",可能会说"想一想死倒也不是坏事,想明白了倒活得更自由",可能会说"不,我看得出来,你那时离死神还远着呢,因为你有那么多好朋友"。

友谊医院——这名字叫得好。"同仁"、"协和"、"博爱"、"济慈",这样的名字也不错,但或稍嫌冷静,或略显张扬,都不如"友谊"听着那么平易、亲近。也许是我的偏见。二十一岁末尾,双腿彻底背叛了我,我没死,全靠着友谊。还在乡下插队的同学不断写信来,软硬兼施劝骂并举,以期激起我活下去的勇气;已转回北京的同学每逢探视日必来看我,甚至非探视日他们也能进来。"怎么进来的你们?""咳,闭上一只眼睛想一会儿就进来了。"这群插过队的,当年可以凭一张站台票走南闯北,甭担心还有他们走不通的路。那时我搬到了加号。加号原本不是病房,里面有个小楼梯间,楼梯间弃置不用了,余下的地方仅够放一张床,虽然窄小得像一节烟筒,但毕竟是单间,光景固不可比十级,却又非十一级可比。这又是大夫护士们的一番苦心,见我的朋友太多,都是少男少女难免说笑得不管不顾,既不能影响了别人又不可剥夺了我的快乐,于是给了我九点五级的待遇。加号的窗口朝向大街,我的床紧挨着窗,在那儿我度过了二十一岁中最惬意的时光。每天上午我就坐在窗前清清静静地读书,很多名著我都是在那时读到的,也开始像模像样地学着外语。一过中午,我便直着眼睛朝大街上眺望,尤其注目骑车的年轻人和5路汽车的车站,盼着朋友们来。有那么一阵子我暂时忽略了死神。朋友们来了,带书来,带外面的消息来,带安慰和欢乐来,带新朋友来,新朋友又带新的朋友来,然后都成了老朋友。以后的多少年里,友谊一直就这样在我身边扩展,在我心里深厚。把加号的门关紧,我们自由地嬉笑怒骂,毫无顾忌地议论世界上所有的事,高兴了还可以轻声地唱点什么——陕北民歌,或插队知青自己的歌。晚上朋友们走了,在小台灯幽寂而又喧嚣的光线里,我开始想写点什么,那便是我创作欲望最初的萌生。我一时忘记了死,还因为什么?还因为爱情的影子在隐约地晃动。那影子将长久地在我心里晃动,给未来的日子带来幸福也带来痛苦,尤其带来激情,把一个绝望的生命引领出死谷。无论是幸福还是痛苦,都会成为永远的珍藏和神圣的纪念。

二十一岁、二十九岁、三十八岁,我三进三出友谊医院,我没死,全靠了友谊。后两次不是我想去勾结死神,而是死神对我有了兴趣;我高烧到四十多度,朋友们把我抬到友谊医院,内科说没有护理截瘫病人的经验,柏大夫就去找来王主任,找来张护士长,于是我又住进神内病房。尤其是二十九岁那次,高烧不退,整天昏睡、呕吐,差不多三个月不敢闻饭味,光用血管去喝葡萄糖,血压也不安定,先是低压升到120接着高压又降到60,大夫们一度担心我活不过那年冬天了——肾,好像是接近完蛋的模样,治疗手段又像是接近于无了。我的同学找柏大夫商量,他们又一起去找唐大夫:要不要把这事告诉我父亲?他们决定:不。告诉他,他还不是白着急?然后他们分了工:死的事由我那同学和柏大夫管,等我死了由他们去向我父亲解释;活着的我由唐大夫多多关照。唐大夫说:“好,我以教学的理由留他在这儿,他活一天就还要想一天办法。”真是人不当死鬼神奈何其不得，冬天一过我又活了，看样子极可能活到下一个世纪去。唐大夫就是当年把我接进10号的那个女大夫，就是那个步履轻盈温文尔雅的女大夫，但八年过去她已是两鬓如霜了。又过了九年，我第三次住院时唐大夫已经不在了。听说我又来了，科里的老大夫、老护士们都来看我，问候我，夸我的小说写得还不错，跟我叙叙家常，唯唐大夫不能来了。我知道她不能来了，她不在了。我曾摇着轮椅去给她送过一个小花圈，大家都说：她是累死的，她肯定是累死的！我永远记得她把我迎进病房的那个中午，她贴近我的耳边轻轻柔柔地问："午饭吃了没？"倏忽之间，怎么，她已经不在了？她不过才五十出头岁。这事真让人哑口无言，总觉得不大说得通，肯定是谁把逻辑摆弄错了。

但愿柏大夫这一代的命运会好些。实际只是当着众多病人时我才叫她柏大夫。平时我叫她"小柏"，她叫我"小史"。她开玩笑时自称是我的"私人保健医"，不过这不像玩笑这很近实情。近两年我叫她"老柏"她叫我"老史"了。十九年前的深秋，病房里新来了个卫生员，梳着短辫儿，戴一条长围巾穿一双黑灯芯绒鞋，虽是一口地道的北京城里话，却满身满脸的乡土气尚未退尽。"你也是插队的？"我问她。"你也是？"听得出来，她早已知道了。"你哪届？""老初二，你呢？""我六八，老初一。你哪儿？""陕北。你哪儿？""我内蒙。"这就行了，全明白了，这样的招呼是我们这代人的专利，这样的问答立刻把我们拉近。我料定，几十年后这样的对话仍会在一些白发苍苍的人中间流行，仍是他们之间最亲切的问候和最有效的沟通方式；后世的语言学者会煞费苦心地对此作一番考证，正儿八经地写一篇论文去得一个学位。而我们这代人是怎样得一个学位的呢？十四五岁停学，十七八岁下乡，若干年后回城，得一个最被轻视的工作，但在农村待过了还有什么工作不能干的呢，同时学心不死业余苦读，好不容易上了个大学，毕业之后又被轻视——因为真不巧你是个"工农兵学员”,你又得设法摘掉这个帽子,考试考试考试这代人可真没少考试,然后用你加倍的努力让老的少的都服气,用你的实际水平和能力让人们相信你配得上那个学位——比如说,这就是我们这代人得一个学位的典型途径。这还不是最坎坷的途径。“小柏”变成“老柏”,那个卫生员成为柏大夫,大致就是这么个途径,我知道,因为我们已是多年的朋友。她的丈夫大体上也是这么走过来的,我们都是朋友了;连她的儿子也叫我“老史”。闲下来细细去品,这个“老史”最令人羡慕的地方,便是一向活在友谊中。真说不定,这与我二十一岁那年恰恰住进了“友谊”医院有关。

因此偶尔有人说我是活在世外桃源,语气中不免流露了一点讥讽,仿佛这全是出于我的自娱甚至自欺。我颇不以为然。我既非活在世外桃源,也从不相信有什么世外桃源。但我相信世间桃源,世间确有此源,如果没有恐怕谁也就不想再活。倘此源有时弱小下去,依我看,至少讥讽并不能使其强大。千万年来它作为现实,更作为信念,这才不断。它源于心中再流入心中,它施于心又由于心,这才不断。欲其强大,舍心之虔诚又向何求呢?

也有人说我是不是一直活在童话里?语气中既有赞许又有告诫。赞许并且告诫,这很让我信服。赞许既在,告诫并不意指人们之间应该加固一条防线,而只是提醒我:童话的缺憾不在于它太美,而在于它必要走进一个更为纷繁而且严酷的世界,那时只怕它太娇嫩。

事实上在二十一岁那年,上帝已经这样提醒我了,他早已把他的超级童话和永恒的谜语向我略露端倪。

住在 4 号时,我见过一个男孩。他那年七岁,家住偏僻的山村,有一天传说公路要修到他家门前了,孩子们都翘首以待好梦联翩。公路终于修到,汽车终于开来,乍见汽车,孩子们惊讶兼着胆怯,远远地看。日子一长孩子便有奇想，发现扒住卡车的尾巴可以威风凛凛地兜风，他们背着父母玩得好快活。可是有一次，只一次，这七岁的男孩失手从车上摔了下来。他住进医院时已经不能跑，四肢肌肉都在萎缩。病房里很寂寞，孩子一瘸一瘸地到处串；淘得过分了，病友们就说他："你说说你是怎么伤的？"孩子立刻低了头，老老实实地一动不动。"说呀？""说，因为什么？"孩子嗫嚅着。"喂，怎么不说呀？给忘啦？""因为扒汽车。"孩子低声说。"因为淘气。"孩子补充道。他在诚心诚意地承认错误。大家都沉默，除了他自己谁都知道：这孩子伤在脊髓上，那样的伤是不可逆的。孩子仍不敢动，规规矩矩地站着用一双正在萎缩的小手擦眼泪。终于会有人先开口，语调变得哀柔："下次还淘不淘了？"孩子很熟悉这样的宽容或原谅，马上使劲摇头："不，不，不了！"同时松了一口气。但这一回不同以往，怎么没有人接着向他允诺"好啦，只要改了就还是好孩子"呢？他睁大眼睛去看每一个大人，那意思是：还不行么？再不淘气了还不行么？他不知道，他还不懂，命运中有一种错误是只能犯一次的，并没有改正的机会，命运中有一种并非是错误的错误，(比如淘气，是什么错误呢？)但这却是不被原谅的。那孩子小名叫"五蛋"，我记得他，那时他才七岁，他不知道，他还不懂。未来，他势必有一天会知道，可他势必有一天就会懂吗？但无论如何，那一天就是一个童话的结尾。在所有童话的结尾处，让我们这样理解吧：上帝为了锤炼生命，将布设下一个残酷的谜语。

住在6号时，我见过有一对恋人。那时他们正是我现在的年纪，四十岁。他们是大学同学。男的二十四岁时本来就要出国留学，日期已定，行装都备好了，可命运无常，不知因为什么屁大的一点事不得不拖延一个月，偏就在这一个月里因为一次医疗事故他瘫痪了。女的对他一往情深，等着他，先是等着他病好，没等到；然后还等着他，等着他同意跟她结婚，还是没等到。外界的和内心的阻力重重，一年一年，男的既盼着她来又说服着她走。但一年一年,病也难逃爱也难逃,女的就这么一直等着。有一次她狠了狠心,调离北京到外地去工作了,但是斩断感情却不这么简单,而且再想调回北京也不这么简单,女的只要有三天假期也迢迢千里地往北京跑。男的那时病更重了,全身都不能动了,和我同住一个病室。女的走后,男的对我说过:你要是爱她,你就不能害她,除非你不爱她,可那你又为什么要结婚呢?男的睡着了,女的对我说过:我知道他这是爱我,可他不明白其实这是害我,我真想一走了事,我试过,不行,我知道我没法不爱他。女的走了男的又对我说过:不不,她还年轻,她还有机会,她得结婚,她这人不能没有爱。男的睡了女的又对我说过:可什么是机会呢?机会不在外边而在心里,结婚的机会有可能在外边,可爱情的机会只能在心里。女的不在时,我把她的话告诉男的,男的默然垂泪。我问他:“你干嘛不能跟她结婚呢?”他说:“这你还不懂。”他说:“这很难说得清,因为你活在整个这个世界上。”他说:“所以,有时候这不是光由两个人就能决定的。”我那时确实还不懂。我找到机会又问女的:“为什么不是两个人就能决定的?”她说:“不,我不这么认为。”她说:“不过确实,有时候这确实很难。”她沉吟良久,说:“真的,跟你说你现在也不懂。”十九年过去了,那对恋人现在该已经都是老人。我不知道现在他们各自在哪儿,我只听说他们后来还是分手了。十九年中,我自己也有过爱情的经历了,现在要是有个二十一岁的人问我爱情都是什么,大概我也只能回答:真的,这可能从来就不是能说得清的。无论她是什么,她都很少属于语言,而是全部属于心的。还是那位台湾作家三毛说得对:爱如禅,不能说不能说,一说就错。那也是在一个童话的结尾处,上帝为我们能够永远地追寻着活下去,而设置的一个残酷却诱人的谜语。

二十一岁过去,我被朋友们抬着出了医院,这是我走进医院时怎么也没料到的。我没有死，也再不能走，对未来怀着希望也怀着恐惧。在以后的年月里，还将有很多我料想不到的事发生，我仍旧有时候默念着"上帝保佑"而陷入茫然。但是有一天我认识了神，他有一个更为具体的名字——精神。在科学的迷茫之处，在命运的混沌之点，人唯有乞灵于自己的精神。不管我们信仰什么，都是我们自己的精神的描述和引导。

1990 年 12 月 7 日

秋天的怀念

双腿瘫痪后，我的脾气变得暴怒无常。望着望着天上北归的雁阵，我会突然把面前的玻璃砸碎；听着听着李谷一甜美的歌声，我会猛地把手边的东西摔向四周的墙壁。母亲就悄悄地躲出去，在我看不见的地方偷偷地听着我的动静。当一切恢复沉寂，她又悄悄地进来，眼边红红的，看着我。“听说北海的花儿都开了，我推着你去走走。”她总是这么说。母亲喜欢花，可自从我的腿瘫痪后，她莳弄的那些花都死了。“不，我不去！”我狠命地捶打这两条可恨的腿，喊着：“我可活什么劲！”母亲扑过来抓住我的手，忍住哭声说：“咱娘儿俩在一起儿，好好儿活，好好儿活……”

可我却一直都不知道，她的病已经到了那步田地。后来妹妹告诉我，她常常肝疼得整宿整宿翻来覆去地睡不了觉。

那天我又独自坐在屋里，看着窗外的树叶刷刷啦啦地飘落。母亲进来了，挡在窗前：“北海的菊花开了，我推着你去看看吧。”她憔悴的脸上现出央求般的神色。“什么时候？”“你要是愿意，就明天？”她说。我的回答已经让她喜出望外了。“好吧，就明天。”我说。她高兴得一会儿坐下，一会儿站起：“那就赶紧准备准备。”“哎呀，烦不烦？几步路，有什么好准备的！”她也笑了，坐在我身边，絮絮叨叨地说着：“看完菊花，咱们就去‘仿膳’，你小时候最爱吃那儿的豌豆黄儿。还记得那回我带你去北海吗？

你偏说那杨树花是毛毛虫，跑着，一脚踩扁一个……”她忽然不说了。对于“跑”和“踩”一类的字眼儿，她比我还敏感。她又悄悄地出去了。

她出去了，就再也没回来。

邻居们把她抬上车时，她还在大口大口地吐着鲜血。我没想到她已经病成那样。看着三轮车远去，也绝没有想到那竟是永远的诀别。

邻居的小伙子背着我去看她的时候，她正艰难地呼吸着，像她那一生艰难的生活。别人告诉我，她昏迷前的最后一句话是：“我那个有病的儿子和我那个还未成年的女儿……”

又是秋天，妹妹推我去北海看了菊花。黄色的花淡雅，白色的花高洁，紫红色的花热烈而深沉，泼泼洒洒，秋风中正开得烂漫。我懂得母亲没有说完的话。妹妹也懂。我俩在一块儿，要好好儿活……

1981 年

我与地坛

一

我在好几篇小说中都提到过一座废弃的古园，实际就是地坛。许多年前旅游业还没有开展，园子荒芜冷落得如同一片野地，很少被人记起。

地坛离我家很近。或者说我家离地坛很近。总之，只好认为这是缘分。地坛在我出生前四百多年就坐落在那儿了；而自从我的祖母年轻时带着我父亲来到北京，就一直住在离它不远的地方——五十多年间搬过几次家，可搬来搬去总是在它周围，而且是越搬离它越近了。我常觉得这中间有着宿命的味道：仿佛这古园就是为了等我，而历尽沧桑在那儿等待了四百多年。

它等待我出生，然后又等待我活到最狂妄的年龄上忽地残废了双腿。四百多年里，它一面剥蚀了古殿檐头浮夸的琉璃，淡褪了门壁上炫耀的朱红，坍圮了一段段高墙又散落了玉砌雕栏，祭坛四周的老柏树愈见苍幽，到处的野草荒藤也都茂盛得自在坦荡。这时候想必我是该来了。十五年前的一个下午，我摇着轮椅进入园中，它为一个失魂落魄的人把一切都准备好了。那时，太阳循着亘古不变的路途正越来越大，也越红。在满园弥漫的沉静光芒中，一个人更容易看到时间，并看见自己的身影。

自从那个下午我无意中进了这园子，就再没长久地离开过它。我一下子就理解了它的意图，正如我在一篇小说中所说的："在人口密聚的城市里，有这样一个宁静的去处，像是上帝的苦心安排。"

两条腿残废后的最初几年，我找不到工作，找不到去路，忽然间几乎什么都找不到了，我就摇了轮椅总是到它那儿去，仅为着那儿是可以逃避一个世界的另一个世界。我在那篇小说中写道："没处可去我便一天到晚耗在这园子里。跟上班下班一样，别人去上班我就摇了轮椅到这儿来，""园子无人看管，上下班时间有些抄近路的人们从园中穿过，园子里活跃一阵，过后便沉寂下来。""园墙在金晃晃的空气中斜切下一溜荫凉，我把轮椅开进去，把椅背放倒，坐着或是躺着，看书或者想事，撅一杈树枝左右拍打，驱赶那些和我一样不明白为什么要来这世上的小昆虫。""蜂儿如一朵小雾稳稳地停在半空；蚂蚁摇头晃脑捋着触须，猛然间想透了什么，转身疾行而去；瓢虫爬得不耐烦了，累了，祈祷一会儿便支开翅膀，忽悠一下升空了；树干上留着一只蝉蜕，寂寞如一间空屋，露水在草叶上滚动，聚集，压弯了草叶轰然坠地摔开万道金光。""满园子都是草木竞相生长弄出的响动，片刻不息。"这都是真实的记录，园子荒芜但并不衰败。

除去几座殿堂我无法进去，除去那座祭坛我不能上去而只能从各个角度张望它，地坛的每一棵树下我都去过，差不多它的每一米草地上都有过我的车轮印。无论是什么季节，什么天气，什么时间，我都在这园子里待过。有时候待一会儿就回家，有时候就待到满地上都亮起月光。记不清都是在它的哪些角落里了，我一连几小时专心致志地想关于死的事，也以同样的耐心和方式想过我为什么要出生。这样想了好几年，最后事情终于弄明白了：一个人，出生了，这就不再是一个可以辩论的问题，而只是上帝交给他的一个事实；上帝在交给我们这件事实的时候，已经顺便保证了它的结果，所以死是一件不必急于求成的事，死是一个必然会降临的节日。这样想过之后我安心多了，眼前的一切不再那么可怕。比如你起早熬夜准备考试的时候，忽然想起有一个长长的假期在前面等待你，你会不会觉得轻松一点？并且庆幸并且感激这样的安排？

剩下的就是怎样活的问题了。这却不是在某一个瞬间就能完全想透的，不是能够一次性解决的事，怕是活多久就要想它多久了，就像是伴你终生的魔鬼或恋人。所以，十五年了，我还是总得到那古园里去，去它的老树下或荒草边或颓墙旁，去默坐，去呆想，去推开耳边的嘈杂理一理纷乱的思绪，去窥看自己的心魂。十五年中，这古园的形体被不能理解它的人肆意雕琢，幸好有些东西是任谁也不能改变它的。譬如祭坛石门中的落日，寂静的光辉平铺的一刻，地上的每一个坎坷都被映照得灿烂；譬如在园中最为落寞的时间，一群雨燕便出来高歌，把天地都叫喊得苍凉；譬如冬天雪地上孩子的脚印，总让人猜想他们是谁，曾在那儿做过些什么，然后又都到哪儿去了；譬如那些苍黑的古柏，你忧郁的时候它们镇静地站在那儿，你欣喜的时候它们依然镇静地站在那儿，它们没日没夜地站在那儿从你没有出生一直站到这个世界上又没了你的时候；譬如暴雨骤临园中，激起一阵阵灼烈而清纯的草木和泥土的气味，让人想起无数个夏天的事件；譬如秋风忽至，再有一场早霜，落叶或飘摇歌舞或坦然安卧，满园中播散着熨帖而微苦的味道。味道是最说不清楚的，味道不能写只能闻，要你身临其境去闻才能明了。味道甚至是难于记忆的，只有你又闻到它你才能记起它的全部情感和意蕴。所以我常常要到那园子里去。

二

现在我才想到，当年我总是独自跑到地坛去，曾经给母亲出了一个怎样的难题。

她不是那种光会疼爱儿子而不懂得理解儿子的母亲。她知道我心里的苦闷，知道不该阻止我出去走走，知道我要是老待在家里结果会更糟，但她又担心我一个人在那荒僻的园子里整天都想些什么。我那时脾气坏到极点，经常是发了疯一样地离开家，从那园子里回来又中了魔似的什么话都不说。母亲知道有些事不宜问，便犹犹豫豫地想问而终于不敢问，因为她自己心里也没有答案。她料想我不会愿意她跟我一同去，所以她从未这样要求过，她知道得给我一点独处的时间，得有这样一段过程。她只是不知道这过程得要多久，和这过程的尽头究竟是什么。每次我要动身时，她便无言地帮我准备，帮助我上了轮椅车，看着我摇车拐出小院，这以后她会怎样，当年我不曾想过。

有一回我摇车出了小院，想起一件什么事又返身回来，看见母亲仍站在原地，还是送我走时的姿势，望着我拐出小院去的那处墙角，对我的回来竟一时没有反应。待她再次送我出门的时候，她说："出去活动活动，去地坛看看书，我说这挺好。"许多年以后我才渐渐听出，母亲这话实际是自我安慰，是暗自的祷告，是给我的提示，是恳求与嘱咐。只是在她猝然去世之后，我才有余暇设想，当我不在家里的那些漫长的时间，她是怎样心神不定坐卧难宁，兼着痛苦与惊恐与一个母亲最低限度的祈求。现在我可以断定，以她的聪慧和坚忍，在那些空落的白天后的黑夜，在那不眠的黑夜后的白天，她思来想去最后准是对自己说："反正我不能不让他出去，未来的日子是他自己的，如果他真的要在那园子里出什么事，这苦难也只好我来承担。"在那段日子里——那是好几年长的一段日子啊，我想我一定使母亲作过了最坏的准备了，但她从来没有对我说过"你为我想想"。事实上我也真的没为她想过。那时她的儿子还太年轻，还来不及为母亲想，他被命运击昏了头，一心以为自己是世上最不幸的一个，不知道儿子的不幸在母亲那儿总是要加倍的。她有一个长到二十岁上忽然截瘫了的儿子，这是她唯一的儿子；她情愿截瘫的是自己而不是儿子，可这事无法代替。她想，只要儿子能活下去哪怕自己去死呢也行，可她又确信一个人不能仅仅是活着，儿子得有一条路走向自己的幸福，而这条路呢，没有谁能保证她的儿子终于能找到。——这样一个母亲，注定是活得最苦的母亲。

有一次与一个作家朋友聊天，我问他学写作的最初动机是什么。他想了一会儿说："为我母亲。为了让她骄傲。"我心里一惊，良久无言。回想自己最初写小说的动机，虽不似这位朋友的那般单纯，但如他一样的愿望我也有，且一经细想，发现这愿望也在全部动机中占了很大比重。这位朋友说："我的动机太低俗了吧？"我光是摇头，心想低俗并不见得低俗，只怕是这愿望过于天真了。他又说："我那时真就是想出名，出了名让别人羡慕我母亲。"我想，他比我坦率。我想，他又比我幸福，因为他的母亲还活着。而且我想，他的母亲也比我的母亲运气好，他的母亲没有一个双腿残废的儿子，否则事情就不这么简单。

在我的头一篇小说发表的时候，在我的小说第一次获奖的那些日子里，我真是多么希望我的母亲还活着。我便又不能在家里待了，又整天整天独自跑到地坛去，心里是没头没尾的沉郁和哀怨，走遍整个园子却怎么也想不通：母亲为什么就不能再多活两年？为什么在她的儿子就快要碰撞开一条路的时候，她却忽然熬不住了？莫非她来此世上只是为了替儿子担忧，却不该分享我的一点点快乐？她匆匆离我去时才只有四十九岁呀！有那么一会儿，我甚至对世界对上帝充满了仇恨和厌恶。后来我在一篇题为"合欢树"的文章中写道："我坐在小公园安静的树林里，闭上眼睛，想，上帝为什么早早地召母亲回去呢？很久很久，迷迷糊糊地，我听见了回答：'她心里太苦了，上帝看她受不住了，就召她回去。'我似乎得了一点安慰，睁开眼睛，看见风正从树林里穿过。"小公园，指的也是地坛。

只是到了这时候，纷纭的往事才在我眼前幻现得清晰，母亲的苦难与伟大才在我心中渗透得深彻。上帝的考虑,也许是对的。

摇着轮椅在园中慢慢走,又是雾罩的清晨,又是骄阳高悬的白昼,我只想着一件事:母亲已经不在了。在老柏树旁停下,在草地上在颓墙边停下,又是处处虫鸣的午后,又是鸟儿归巢的傍晚,我心里只默念着一句话:可是母亲已经不在了。把椅背放倒,躺下,似睡非睡挨到日没,坐起来,心神恍惚,呆呆地直坐到古祭坛上落满黑暗然后再渐渐浮起月光,心里才有点明白:母亲不能再来这园中找我了。

曾有过好多回,我在这园子里待得太久了,母亲就来找我。她来找我又不想让我发觉,只要见我还好好地在这园子里,她就悄悄转身回去;我看见过几次她的背影。我也看过见几回她四处张望的情景,她视力不好,端着眼镜像在寻找海上的一条船;她没看见我时我已经看见她了,待我看见她也看见我了我就不去看她,过一会儿我再抬头看她就又看见她缓缓离去的背影。我单是无法知道有多少回她没有找到我。有一回我坐在矮树丛中,树丛很密,我看见她没有找到我,她一个人在园子里走,走过我的身旁,走过我经常待的一些地方,步履茫然又急迫。我不知道她已经找了多久还要找多久,我不知道为什么我决意不喊她——但这绝不是小时候的捉迷藏,这也许是出于长大了的男孩子的倔强或羞涩?但这倔只留给我痛悔,丝毫也没有骄傲。我真想告诫所有长大了的男孩子,千万不要跟母亲来这套倔强,羞涩就更不必,我已经懂了可我已经来不及了。

儿子想使母亲骄傲,这心情毕竟是太真实了,以致使"想出名"这一声名狼藉的念头也多少改变了一点形象。这是个复杂的问题,且不去管它了吧。随着小说获奖的激动逐日暗淡,我开始相信,至少有一点我是想错了:我用纸笔在报刊上碰撞开的一条路,并不就是母亲盼望我找到的那条路。年年月月我都到这园子里来,年年月月我都要想,母亲盼望我找到的那条路到底是什么。母亲生前没给我留下过什么隽永的哲言,或要我恪守的教诲，只是在她去世之后，她艰难的命运，坚忍的意志和毫不张扬的爱，随光阴流转，在我的印象中愈加鲜明深刻。

有一年，十月的风又翻动起安详的落叶，我在园中读书，听见两个散步的老人说："没想到这园子有这么大。"我放下书，想，这么大一座园子，要在其中找到她的儿子，母亲走过了多少焦灼的路。多年来我头一次意识到，这园中不单是处处都有过我的车辙，有过我的车辙的地方也都有过母亲的脚印。

三

如果以一天中的时间来对应四季，当然春天是早晨，夏天是中午，秋天是黄昏，冬天是夜晚。如果以乐器来对应四季，我想春天应该是小号，夏天是定音鼓，秋天是大提琴，冬天是圆号和长笛。要是以这园子里的声响来对应四季呢？那么，春天是祭坛上空飘浮着的鸽子的哨音，夏天是冗长的蝉歌和杨树叶子哗啦啦地对蝉歌的取笑，秋天是古殿檐头的风铃响，冬天是啄木鸟随意而空旷的啄木声。以园中的景物对应四季，春天是一径时而苍白时而黑润的小路，时而明朗时而阴晦的天上摇荡着串串杨花；夏天是一条条耀眼而灼人的石凳，或阴凉而爬满了青苔的石阶，阶下有果皮，阶上有半张被坐皱的报纸；秋天是一座青铜的大钟，在园子的西北角上曾丢弃着一座很大的铜钟，铜钟与这园子一般年纪，浑身挂满绿锈，文字已不清晰；冬天，是林中空地上几只羽毛蓬松的老麻雀。以心绪对应四季呢？春天是卧病的季节，否则人们不易发觉春天的残忍与渴望；夏天，情人们应该在这个季节里失恋，不然就似乎对不起爱情；秋天是从外面买一棵盆花回家的时候，把花搁在阔别了的家中，并且打开窗户把阳光也放进屋里，慢慢回忆慢慢整理一些发过霉的东西；冬天伴着火炉和书，一遍遍坚定不死的决心，写一些并不发出的信。还可以用艺术形式对应四季，这样春天就是一幅画，夏天是一部长篇小说，秋天是一首短歌或诗，冬天是一群雕塑。以梦呢？以梦对应四季呢？春天是树尖上的呼喊，夏天是呼喊中的细雨，秋天是细雨中的土地，冬天是干净的土地上一只孤零的烟斗。

因为这园子，我常感恩于自己的命运。

我甚至现在就能清楚地看见，一旦有一天我不得不长久地离开它，我会怎样想念它，我会怎样想念它并且梦见它，我会怎样因为不敢想念它而梦也梦不到它。

四

现在让我想想，十五年中坚持到这园子来的人都有谁呢？好像只剩了我和一对老人。

十五的年前，这对老人还只能算是中年夫妇，我则货真价实还是个青年。他们总在薄暮时分来园中散步，我不大弄得清他们是从哪边的园门进来，一般来说他们是逆时针绕这园子走。男人个子很高，肩宽腿长，走起路来目不斜视，胯以上直至脖颈挺直不动；他的妻子攀了他一条胳膊走，也不能使他的上身稍有松懈。女人个子却矮，也不算漂亮，我无端地相信她必出身于家道中衰的名门富族；她攀在丈夫胳膊上像个娇弱的孩子，她向四周观望似总含着恐惧，她轻声与丈夫谈话，见有人走近就立刻怯怯地收住话头。我有时因为他们而想起冉阿让与柯赛特，但这想法并不巩固，他们一望即知是老夫老妻。两个人的穿着都算得上考究，但由于时代的演进，他们的服饰又可以称为古朴了。他们和我一样，到这园子里来几乎是风雨无阻，不过他们比我守时。我什么时间都可能来，他们则一定是在暮色初临的时候。刮风时他们穿了米色风衣，下雨时他们打了黑色的雨伞，夏天他们的衫衬是白色的裤子是黑色的或米色的，冬天他们的呢子大衣又都是黑色的，想必他们只喜欢这三种颜色。他们逆时针绕这园子一周，然后离去。他们走过我身旁时只有男人的脚步响，女人像是贴在高大的丈夫身上跟着飘移。我相信他们一定对我有印象，但是我们没有说过话，我们互相都没有想要接近的表示。十五年中，他们或许注意到一个小伙子进入了中年，我则看着一对令人羡慕的中年情侣不觉中成了两个老人。

曾有过一个热爱唱歌的小伙子，他也是每天都到这园中来，来唱歌，唱了好多年，后来不见了。他的年纪与我相仿，他多半是早晨来，唱半小时或整整唱一个上午，估计在另外的时间里他还得上班。我们经常在祭坛东侧的小路上相遇，我知道他是到东南角的高墙下去唱歌，他一定猜想我去东北角的树林里做什么。我找到我的地方，抽几口烟，便听见他谨慎地整理歌喉了。他反反复复唱那么几首歌。文化革命没过去的时候，他唱“蓝蓝的天上白云飘，白云下面马儿跑……”我老也记不住这歌的名字。“文革”后，他唱《货郎与小姐》中那首最为流传的咏叹调。“卖布——卖布嘞，卖布——卖布嘞！”我记得这开头的一句他唱得很有声势，在早晨清澈的空气中，货郎跑遍园中的每一个角落去恭维小姐。“我交了好运气，我交了好运气，我为幸福唱歌曲……”然后他就一遍一遍地唱，不让货郎的激情稍减。依我听来，他的技术不算精到，在关键的地方常出差错，但他的嗓子是相当不坏的，而且唱一个上午也听不出一点疲惫。太阳也不疲惫，把大树的影子缩小成一团，把疏忽大意的蚯蚓晒干在小路上。将近中午，我们又在祭坛东侧相遇，他看一看我，我看一看他，他往北去，我往南去。日子久了，我感到我们都有结识的愿望，但似乎都不知如何开口，于是互相注视一下终又都移开目光擦身而过，这样的次数一多，便更不知如何开口了。终于有一天——一个丝毫没有特点的日子，我们互相点了一下头。他说：“你好。”我说：“你好。”他说：“回去啦？”我说：“是，你呢?”他说:“我也该回去了。”我们都放慢脚步(其实我是放慢车速),想再多说几句,但仍然是不知从何说起,这样我们就都走过了对方,又都扭转身子面向对方。他说:“那就再见吧。”我说:“好,再见。”便互相笑笑各走各的路了。但是我们没有再见,那以后,园中再没了他的歌声,我才想到,那天他或许是有意与我道别的,也许他考上哪家专业的文工团或歌舞团了吧?真希望他如他歌里所唱的那样,交了好运气。

还有一些人,我还能想起一些常到这园子里来的人。有一个老头,算得一个真正的饮者;他在腰间挂一个扁瓷瓶,瓶里当然装满了酒,常来这园中消磨午后的时光。他在园中四处游逛,如果你不注意你会以为园中有好几个这样的老头,等你看过了他卓尔不群的饮酒情状,你就会相信这是个独一无二的老头。他的衣着过分随便,走路的姿态也不慎重,走上五六十米路便选定一处地方,一只脚踏在石凳上或土埂上或树墩上,解下腰间的酒瓶,解酒瓶的当儿眯起眼睛把一百八十度视角内的景物细细看一遭,然后以迅雷不及掩耳之势倒一大口酒入肚,把酒瓶摇一摇再挂向腰间,平心静气地想一会儿什么,便走下一个五六十米去。还有一个捕鸟的汉子,那岁月园中人少,鸟却多,他在西北角的树丛中拉一张网,鸟撞在上面,羽毛戗在网眼里便不能自拔。他单等一种过去很多而现在非常罕见的鸟,其他的鸟撞在网上他就把它们摘下来放掉,他说已经有好多年没等到那种罕见的鸟了,他说他再等一年看看到底还有没有那种鸟,结果他又等了好多年。早晨和傍晚,在这园子里可以看见一个中年女工程师,早晨她从北向南穿过这园子去上班,傍晚她从南向北穿过这园子回家。事实上我并不了解她的职业或者学历,但我以为她必是个学理工的知识分子,别样的人很难有她那般的素朴并优雅。当她在园中穿行的时刻,四周的树林也仿佛更加幽静,清淡的日光中竟似有悠远的琴声,比如说是那曲《献给艾丽丝》才好。我没有见过她的丈夫,没有见过那个幸运的男人是什么样子，我想象过却想象不出，后来忽然懂了想象不出才好，那个男人最好不要出现。她走出北门回家去，我竟有点担心，担心她会落入厨房，不过，也许她在厨房里劳作的情景更有另外的美吧，当然不能再是《献给艾丽丝》，是个什么曲子呢？还有一个人，是我的朋友，他是个最有天赋的长跑家，但他被埋没了。他因为在“文革”中出言不慎而坐了几年牢，出来后好不容易找了个拉板车的工作，样样待遇都不能与别人平等，苦闷极了便练习长跑。那时他总来这园子里跑，我用手表为他计时，他每跑一圈向我招一下手，我就记下一个时间。每次他要环绕这园子跑二十圈，大约两万米。他盼望以他的长跑成绩来获得政治上真正的解放，他以为记者的镜头和文字可以帮他做到这一点。第一年他在春节环城赛上跑了第十五名，他看见前十名的照片都挂在了长安街的新闻橱窗里，于是有了信心。第二年他跑了第四名，可是新闻橱窗里只挂了前三名的照片，他没灰心。第三年他跑了第七名，橱窗里挂前六名的照片，他有点怨自己。第四年他跑了第三名，橱窗里却只挂了第一名的照片。第五年他跑了第一名——他几乎绝望了，橱窗里只有一幅环城赛群众场面的照片。那些年我们俩常一起在这园子里待到天黑，开怀痛骂，骂完沉默着回家，分手时再互相叮嘱：先别去死，再试着活一活看。现在他已经不跑了，年岁太大了，跑不了那么快了。最后一次参加环城赛，他以三十八岁之龄又得了第一名并且破了纪录，有一位专业队的教练对他说：“我要是十年前发现你就好了。”他苦笑一下什么也没说，只在傍晚又来这园中找到我，把这事平静地向我叙说一遍。不见他已有好几年了，现在他和妻子和儿子住在很远的地方。

这些人现在都不到园子里来了，园子里差不多完全换了一批新人。十五年前的旧人，现在就剩我和那对老夫老妻了。有那么一段时间，这老夫老妻中的一个也忽然不来，薄暮时分唯男人独自来散步，步态也明显迟缓了许多,我悬心了很久,怕是那女人出了什么事。幸好过了一个冬天那女人又来了,两个人仍是逆时针绕着园子走,一长一短两个身影恰似钟表的两支指针;女人的头发白了很多,但依旧攀着丈夫的胳膊走得像个孩子。“攀”这个字用得不恰当了,或许可以用“挽”吧,不知有没有兼具这两个意思的字.

五

我也没有忘记一个孩子——一个漂亮而不幸的小姑娘。十五年前的那个下午,我第一次到这园子里来就看见了她,那时她大约三岁,蹲在斋宫西边的小路上捡树上掉落的“小灯笼”。那儿有几棵大栾树,春天开一簇簇细小而稠密的黄花,花落了便结出无数如同三片叶子合抱的小灯笼,小灯笼先是绿色,继而转白,再变黄,成熟了掉落得满地都是。小灯笼精巧得令人爱惜,成年人也不免捡了一个还要捡一个。小姑娘咿咿呀呀地跟自己说着话,一边捡小灯笼。她的嗓音很好,不是她那个年龄所常有的那般尖细,而是很圆润甚或是厚重,也许是因为那个下午园子里太安静了。我奇怪这么小的孩子怎么一个人跑来这园子里。我问她住在哪儿,她随手指一下,就喊她的哥哥,沿墙根一带的茂草之中便站起一个七八岁的男孩,朝我望望,看我不像坏人便对他的妹妹说“我在这儿呢”,又伏下身去;他在捉什么虫子。他捉到螳螂,蚂蚱,知了和蜻蜓,来取悦他的妹妹。有那么两三年,我经常在那几棵大栾树下见到他们,兄妹俩总是在一起玩,玩得和睦融洽,都渐渐长大了些。之后有很多年没见到他们。我想他们都在学校里吧,小姑娘也到了上学的年龄,必是告别了孩提时光,没有很多机会来这儿玩了。这事很正常,没理由太搁在心上,若不是有一年我又在园中见到他们,肯定就会慢慢把他们忘记。

那是个礼拜日的上午。那是个晴朗而令人心碎的上午,时隔多年,我竟发现那个漂亮的小姑娘原来是个弱智的孩子。我摇着车到那几棵大栾树下去,恰又是遍地落满了小灯笼的季节。当时我正为一篇小说的结尾所苦,既不知为什么要给它那样一个结尾,又不知何以忽然不想让它有那样一个结尾,于是从家里跑出来,想依靠着园中的镇静,看看是否应该把那篇小说放弃。我刚刚把车停下,就见前面不远处有几个人在戏耍一个少女,做出怪样子来吓她,又喊又笑地追逐她拦截她,少女在几棵大树间惊惶地东跑西躲,却不松手揪卷在怀里的裙裾,两条腿坦露着也似毫无察觉。我看出少女的智力是有些缺陷,却还没看出她是谁。我正要驱车上前为少女解围,就见远处飞快地骑车来了个小伙子,于是那几个戏耍少女的家伙望风而逃。小伙子把自行车支在少女近旁,怒目望着那几个四散逃窜的家伙,一声不吭喘着粗气,脸色如暴雨前的天空一样一会儿比一会儿苍白。这时我认出了他们,小伙子和少女就是当年那对小兄妹。我几乎是在心里惊叫了一声,或者是哀号。世上的事常常使上帝的居心变得可疑。小伙子向他的妹妹走去。少女松开了手,裙裾随之垂落下来,很多很多她捡的小灯笼便撒落一地,铺散在她脚下。她仍然算得漂亮,但双眸迟滞没有光彩。她呆呆地望着那群跑散的家伙,望着极目之处的空寂,凭她的智力绝不可能把这个世界想明白吧?大树下,破碎的阳光星星点点,风把遍地的小灯笼吹得滚动,仿佛喑哑地响着的无数小铃铛。哥哥把妹妹扶上自行车后座,带着她无言地回家去了。

无言是对的。要是上帝把漂亮和弱智这两样东西都给了这个小姑娘,就只有无言和回家去是对的。

谁又能把这世界想个明白呢?世上的很多事是不堪说的。你可以抱怨上帝何以要降诸多苦难给这人间,你也可以为消灭种种苦难而奋斗,并为此享有崇高与骄傲,但只要你再多想一步你就会坠入深深的迷茫了:假如世界上没有了苦难,世界还能够存在么?要是没有愚钝,机智还有什么光荣呢？要是没了丑陋，漂亮又怎么维系自己的幸运？要是没有了恶劣和卑下，善良与高尚又将如何界定自己如何成为美德呢？要是没有了残疾，健全会否因其司空见惯而变得腻烦和乏味呢？我常梦想着在人间彻底消灭残疾，但可以相信，那时将由患病者代替残疾人去承担同样的苦难。如果能够把疾病也全数消灭，那么这份苦难又将由（比如说）相貌丑陋的人去承担了。就算我们连丑陋，连愚昧和卑鄙和一切我们所不喜欢的事物和行为，也都可以统统消灭掉，所有的人都一样健康、漂亮、聪慧、高尚，结果会怎样呢？怕是人间的剧目就全要收场了，一个失去差别的世界将是一条死水，是一块没有感觉也没有肥力的沙漠。

看来差别永远是要有的。看来就只好接受苦难——人类的全部剧目需要它，存在的本身需要它。看来上帝又一次对了。

于是就有一个最令人绝望的结论等在这里：由谁去充任那些苦难的角色？又由谁去体现这世间的幸福，骄傲和欢乐？只好听凭偶然，是没有道理好讲的。

就命运而言，休论公道。

那么，一切不幸命运的救赎之路在哪里呢？

设若智慧或悟性可以引领我们去找到救赎之路，难道所有的人都能够获得这样的智慧和悟性吗？

我常以为是丑女造就了美人。我常以为是愚氓举出了智者。我常以为是懦夫衬照了英雄。我常以为是众生度化了佛祖。

六

设若有一位园神，他一定早已注意到了，这么多年我在这园里坐着，有时候是轻松快乐的，有时候是沉郁苦闷的，有时候优哉游哉，有时候凄惶落寞，有时候平静而且自信，有时候又软弱，又迷茫。其实总共只有三个问题交替着来骚扰我,来陪伴我。第一个是要不要去死?第二个是为什么活?第三个,我干吗要写作?

现在让我看看,它们迄今都是怎样编织在一起的吧。

你说,你看穿了死是一件无需乎着急去做的事,是一件无论怎样耽搁也不会错过的事,便决定活下去试试?是的,至少这是很关键的因素。为什么要活下去试试呢?好像仅仅是因为不甘心,机会难得,不试白不试,腿反正是完了,一切仿佛都要完了,但死神很守信用,试一试不会额外再有什么损失。说不定倒有额外的好处呢是不是?我说过,这一来我轻松多了,自由多了。为什么要写作呢?"作家"是两个被人看重的字,这谁都知道。为了让那个躲在园子深处坐轮椅的人,有朝一日在别人眼里也稍微有点光彩,在众人眼里也能有个位置,哪怕那时再去死呢也就多少说得过去了。开始的时候就是这样想,这不用保密。这些现在不用保密了。

我带着本子和笔,到园中找一个最不为人打扰的角落,偷偷地写。那个爱唱歌的小伙子在不远的地方一直唱。要是有人走过来,我就把本子合上把笔叼在嘴里。我怕写不成反落得尴尬。我很要面子。可是你写成了,而且发表了,人家说我写得还不坏,他们甚至说:真没想到你写得这么好。我心说你们没想到的事还多着呢。我确实有整整一宿高兴得没合眼。我很想让那个唱歌的小伙子知道,因为他的歌也毕竟是唱得不错。我告诉我的长跑家朋友的时候,那个中年女工程师正优雅地在园中穿行。长跑家很激动,他说好吧,我玩命跑,你玩命写。这一来你中了魔了,整天都在想哪一件事可以写,哪一个人可以让你写成小说。是中了魔了,我走到哪儿想到哪儿,在人山人海里只寻找小说,要是有一种小说试剂就好了,见人就滴两滴看他是不是一篇小说,要是有一种小说显影液就好了,把它泼满全世界看看都是哪儿有小说,中了魔了,那时我完全是为了写作活着。结果你又发表了几篇，并且出了一点小名，可这时你越来越感到恐慌。我忽然觉得自己活得像个人质，刚刚有点像个人了却又过了头，像个人质，被一个什么阴谋抓了来当人质，不定哪天就被处决，不定哪天就完蛋。你担心要不了多久你就会文思枯竭，那样你就又完了。凭什么我总能写出小说来呢？凭什么那些适合作小说的生活素材就总能送到一个截瘫者跟前来呢？人家满世界跑都有枯竭的危险，而我坐在这园子里凭什么可以一篇接一篇地写呢？你又想到死了。我想见好就收吧。当一名人质实在是太累了太紧张了，太朝不保夕了。我为写作而活下来，要是写作到底不是我应该干的事，我想我再活下去是不是太冒傻气了？你这么想着你却还在绞尽脑汁地想写。我好歹又拧出点水来，从一条快要晒干的毛巾上。恐慌日甚一日，随时可能完蛋的感觉比完蛋本身可怕多了，所谓不怕贼偷就怕贼惦记，我想人不如死了好，不如不出生的好，不如压根儿没有这个世界的好。可你并没有去死。我又想到那是一件不必着急的事。可是不必着急的事并不证明是一件必要拖延的事呀！你总是决定活下来，这说明什么？是的，我还是想活。人为什么活着？因为人想活着，说到底是这么回事，人真正的名字叫作：欲望。可我不怕死，有时候我真的不怕死。有时候，——说对了。不怕死和想去死是两回事，有时候不怕死的人是有的，一生下来就不怕死的人是没有的。我有时候倒是怕活。可是怕活不等于不想活呀！可我为什么还想活呢？因为你还想得到点什么，你觉得你还是可以得到点什么的，比如说爱情，比如说价值感之类，人真正的名字叫欲望。这不对吗？我不该得到点什么吗？没说不该。可我为什么活得恐慌，就像个人质？后来你明白了，你明白你错了，活着不是为了写作，而写作是为了活着。你明白了这一点是在一个挺滑稽的时刻。那天你又说你不如死了好，你的一个朋友劝你：你不能死，你还得写呢，还有好多好作品等着你去写呢。这时候你忽然明白了，你说：只是因为我活着，我才不得不写作。或者说只是因为你还想活下去,你才不得不写作。是的,这样说过之后我竟然不那么恐慌了。就像你看穿了死之后所得的那份轻松?一个人质报复一场阴谋的最有效的办法是把自己杀死。我看出我得先把我杀死在市场上,那样我就不用参加抢购题材的风潮了。你还写吗?还写。你真的不得不写吗?人都忍不住要为生存找一些牢靠的理由。你不担心你会枯竭了?我不知道,不过我想,活着的问题在死之前是完不了的。

这下好了,您不再恐慌了不再是个人质了,您自由了。算了吧你,我怎么可能自由呢?别忘了人真正的名字是:欲望。所以您得知道,消灭恐慌的最有效的办法就是消灭欲望。可是我还知道,消灭人性的最有效的办法也是消灭欲望。那么,是消灭欲望同时也消灭恐慌呢?还是保留欲望同时也保留人性?

我在这园子里坐着,我听见园神告诉我:每一个有激情的演员都难免是一个人质。每一个懂得欣赏的观众都巧妙地粉碎了一场阴谋。每一个乏味的演员都是因为他老以为这戏剧与自己无关。每一个倒霉的观众都是因为他总是坐得离舞台太近了。

我在这园子里坐着,园神成年累月地对我说:孩子,这不是别的,这是你的罪孽和福祉。

七

要是有些事我没说,地坛,你别以为是我忘了,我什么也没忘,但是有些事只适合收藏。不能说,也不能想,却又不能忘。它们不能变成语言,它们无法变成语言,一旦变成语言就不再是它们了。它们是一片朦胧的温馨与寂寥,是一片成熟的希望与绝望,它们的领地只有两处:心与坟墓。比如说邮票,有些是用于寄信的,有些仅仅是为了收藏。

如今我摇着车在这园子里慢慢走，常常有一种感觉，觉得我一个人跑出来已经玩得太久了。有一天我整理我的旧相册，看见一张十几年前我在这园子里照的照片——那个年轻人坐在轮椅上，背后是一棵老柏树，再远处就是那座古祭坛。我便到园子里去找那棵树。我按着照片上的背景找很快就找到了它，按着照片上它枝干的形状找，肯定那就是它。但是它已经死了，而且在它身上缠绕着一条碗口粗的藤萝。我当然记得园工们种那棵藤萝时的情景，我却不记得是在什么时候它已经长到了碗口粗。有一天我在这园子里碰见一个老太太，她说："哟，你还在这儿哪？"她问我："你母亲还好吗？""您是谁？""你不记得我，我可记得你。有一回你母亲来这儿找你，她问我，您看没看见一个摇轮椅的孩子？……"我忽然觉得，我一个人跑到这世界上来玩真是玩得太久了。有一天夜晚，我独自坐在祭坛边的路灯下看书，忽然从那漆黑的祭坛里传出一阵阵唢呐声。四周都是参天古树，方形的祭坛占地几百平米空旷坦荡独对苍天，我看不见那个吹唢呐的人，唯唢呐声在星光寥寥的夜空里低吟高唱，时而悲怆时而欢快，时而缠绵时而苍凉，或许这几个词都不足以形容它，我清清醒醒地听出它响在过去，响在现在，响在未来，回旋飘转亘古不散。

必有一天，我会听见喊我回去。

那时您可以想象一个孩子，他玩累了可他还没玩够呢，心里好些新奇的念头甚至等不及到明天。也可以想象是一个老人，无可置疑地走向他的安息地，走得任劳任怨。还可以想象一对热恋中的情人，互相一次次说"我一刻也不想离开你"，又互相一次次说"时间已经不早了"，时间不早了可我一刻也不想离开你，一刻也不想离开你可时间毕竟是不早了。

我说不好我想不想回去。我说不好是想还是不想，还是无所谓。我说不好我是像那个孩子，还是像那个老人，还是像一个热恋中的情人。很可能是这样：我同时是他们三个。我来的时候是个孩子，他有那么多孩子气的念头所以才哭着喊着闹着要来,他一来一见到这个世界便立刻成了不要命的情人,而对一个情人来说,不管多么漫长的时光也是稍纵即逝,那时他便明白,每一步每一步,其实一步步都是走在回去的路上。当牵牛花初开的时节,葬礼的号角就已吹响。

但是太阳,他每时每刻都是夕阳也都是旭日。当他熄灭着走下山去收尽苍凉残照之际,正是他在另一面燃烧着爬上山巅布散烈烈朝晖之时。有一天,我也将沉静着走下山去,扶着我的拐杖。那一天,在某一处山洼里,势必会跑上来一个欢蹦的孩子,抱着他的玩具。

当然,那不是我。

但是,那不是我吗?

宇宙以其不息的欲望将一个歌舞炼为永恒。这欲望有怎样一个人间的姓名,大可忽略不计。

写于 1989 年 5 月 5 日

修改于 1990 年 1 月 7 日

想念地坛

想念地坛,主要是想念它的安静。

坐在那园子里,坐在不管它的哪一个角落,任何地方,喧嚣都在远处。近旁只有荒藤老树,只有栖居了鸟儿的废殿颓檐、长满了野草的残墙断壁,暮鸦吵闹着归来,雨燕盘桓吟唱,风过檐铃,雨落空林,蜂飞蝶舞草动虫鸣……四季的歌咏此起彼伏从不间断。地坛的安静并非无声。

有一天大雾弥漫,世界缩小到只剩了园中的一棵老树。有一天春光浩荡,草地上的野花铺铺展展开得让人心惊。有一天漫天飞雪,园中堆银砌玉,有如一座晶莹的迷宫。有一天大雨滂沱,忽而云开,太阳轰轰烈烈,满天满地都是它的威光。数不尽的那些日子里,那些年月,地坛应该记得,有一个人,摇了轮椅,一次次走来,逃也似的投靠这一处静地。

一进园门,心便安稳。有一条界线似的,迈过它,只要一迈过它便有清纯之气扑来,悠远、浑厚。于是时间也似放慢了速度,就好比电影中的慢镜,人便不那么慌张了,可以放下心来把你的每一个动作都看看清楚,每一丝风飞叶动,每一缕愤懑和妄想,盼念与惶茫,总之把你所有的心绪都看看明白。

因而地坛的安静,也不是与世隔离。

那安静,如今想来,是由于四周和心中的荒旷。一个无措的灵魂,不期而至竟仿佛走回到生命的起点。

记得我在那园中成年累月地走，在那儿呆坐，张望，暗自地祈求或怨叹，在那儿睡了又醒，醒了看几页书……然后在那儿想："好吧好吧，我看你还能怎样！"这念头不觉出声，如空谷回音。

谁？谁还能怎样？我，我自己。

我常看那个轮椅上的人，和轮椅下他的影子，心说，我怎么会是他呢？怎么会和他一块儿坐在了这儿？我仔细看他，看他究竟有什么倒霉的特点，或还将有什么不幸的征兆，想看看他终于怎样去死，赴死之途莫非还有绝路？那日何日？我记得忽然我有了一种放弃的心情，仿佛我已经消失，已经不在，唯一缕轻魂在园中游荡，刹那间清风朗月，如沐慈悲。于是乎我听见了那恒久而辽阔的安静。恒久，辽阔，但非死寂，那中间确有如林语堂所说的，一种"温柔的声音，同时也是强迫的声音"。

我记得于是我铺开一张纸，觉得确乎有些什么东西最好是写下来。那日何日？但我一直记得那份忽临的轻松和快慰，也不考虑词句，也不过问技巧，也不以为能拿它去派什么用场，只是写，只是看有些路单靠腿(轮椅)去走明显是不够。写，真是个办法，是条条绝路之后的一条路。只是多年以后我才在书上读到了一种说法：写作的零度。

《写作的零度》，其汉译本实在是有些磕磕绊绊，一些段落只好猜读，或难免还有误解。我不是学者，读不了罗兰·巴特的法文原著应当不算是玩忽职守。是这题目先就吸引了我，这五个字，已经契合了我的心意。在我想，写作的零度即生命的起点，写作由之出发的地方即生命之固有的疑难，写作之终于的寻求，即灵魂最初的眺望。譬如那一条蛇的诱惑，以及生命自古而今对意义不息的询问。譬如那两片无花果叶的遮蔽，以及人类以爱情的名义、自古而今的相互寻找。譬如上帝对亚当和夏娃的惩罚，以及万千心魂自古而今所祈盼着的团圆。

“写作的零度”,当然不是说清高到不必理睬纷繁的实际生活,洁癖到把变迁的历史虚无得干净,只在形而上寻求生命的解答。不是的。但生活的谜面变化多端,谜底却似亘古不变,缤纷错乱的现实之网终难免编织进四顾迷茫,从而编织到形而上的询问。人太容易在实际中走失,驻足于路上的奇观美景而忘了原本是要去哪儿,倘此时灵机一闪,笑遇荒诞,恍然间记起了比如说罗伯-格里叶的《去年在马里昂巴德》,比如说贝克特的《等待戈多》,那便是回归了“零度”,重新过问生命的意义。零度,这个词真用得好,我愿意它不期然地还有着如下两种意思:一是说生命本无意义,零嘛,本来什么都没有;二是说,可平白无故地生命他来了,是何用意?虚位以待,来向你要求意义。一个生命的诞生,便是一次对意义的要求。荒诞感,正就是这样的要求。所以要看重荒诞,要善待它。不信等着瞧,无论何时何地,必都是荒诞领你回到最初的眺望,逼迫你去看那生命固有的疑难。

否则,写作,你寻的是什么根?倘只是炫耀祖宗的光荣,弃心魂一向的困惑于不问,岂不还是阿 Q 的传统?倘写作变成潇洒,变成了身份或地位的投资,它就不要嘲笑喧嚣,它已经加入喧嚣。尤其,写作要是爱上了比赛、擂台和排名榜,它就更何必谴责什么“霸权”?它自己已经是了。我大致看懂了排名的用意:时不时地抛出一份名单,把大家排比得就像是梁山泊的一百零八,被排者争风吃醋,排者乘机拿走的是权力。可以玩味的是,这排名之妙,商界倒比文坛还要省悟得晚些。这又让我想起我曾经写过的那个可怕的孩子。那个矮小瘦弱的孩子,他凭什么让人害怕?他有一种天赋的诡诈——只要把周围的孩子经常地排一排座次,他平空地就有了权力。“我第一跟谁好,第二跟谁好……第十跟谁好”和“我不跟谁好”,于是,欢欣者欢欣地追随他,苦闷者苦闷着还是去追随他。我记得,那是我很长一段童年时光中恐惧的来源,是我的一次写作的零度。生命的恐惧或疑难，在原本干干净净的眺望中忽而向我要求着计谋；我记得我的第一个计谋，是阿谀。但恐惧并未因此消散，疑难却因此更加疑难。我还记得我抱着那只用于阿谀的破足球，抱着我破碎的计谋，在夕阳和晚风中回家的情景……那又是一次写作的零度。零度，并不只有一次。每当你立于生命固有的疑难，立于灵魂一向的祈盼，你就回到了零度。一次次回到那儿正如一次次走进地坛，一次次投靠安静，走回到生命的起点，重新看看，你到底是要去哪儿？是否已经偏离亚当和夏娃相互寻找的方向？

想念地坛，就是不断地回望零度。放弃强力，当然还有阿谀。现在可真是反了！——面要面霸，居要豪居，海鲜称帝，狗肉称王，人呢？名人，强人，人物。可你看地坛，它早已放弃昔日荣华，一天天在风雨中放弃，五百年，安静了；安静得草木葳蕤，生气盎然。土地，要你气熏烟蒸地去恭维它吗？万物，是你雕栏玉砌就可以挟持的？疯话。再看那些老柏树，历无数春秋寒暑依旧镇定自若，不为流光掠影所迷。我曾注意过它们的坚强，但在想念里，我看见万物的美德更在于柔弱。“坚强”，你想吧，希特勒也会赞成。世间的语汇，可有什么会是强梁所拒？只有“柔弱”。柔弱是爱者的独信。柔弱不是软弱，软弱通常都装扮得强大，走到台前骂人，退回幕后出汗。柔弱，是信者仰慕神恩的心情，静聆神命的姿态。想想看，倘那老柏树无风自摇岂不可怕？要是野草长得比树还高，八成是发生了核泄漏——听说切尔诺贝利附近有这现象。

我曾写过“设若有一位园神”这样的话，现在想，就是那些老柏树吧；千百年中，它们看风看雨，看日行月走人世更迭，浓荫中唯供奉了所有的记忆，随时提醒着你悠远的梦想。

但要是“爱”也喧嚣，“美”也招摇，“真诚”沦为一句时髦的广告，那怎么办？唯柔弱是爱愿的识别，正如放弃是喧嚣的解剂。人一活脱便要嚣张，天生的这么一种动物。这动物适合在地坛放养些时日——我是说当年的地坛。回望地坛，回望它的安静，想念中坐在不管它的哪一个角落，重新铺开一张纸吧。写，真是个办法，油然地通向着安静。写，这形式，注定是个人的，容易撞见诚实，容易被诚实揪住不放，容易在市场之外遭遇心中的阴暗，在自以为是时回归零度。把一切污浊、畸形、歧路，重新放回到那儿去检查，勿使伪劣的心魂流布。

有人跟我说，曾去地坛找我，或看了那一篇《我与地坛》去那儿寻找安静。可一来呢，我搬家搬得离地坛远了，不常去了。二来我偶尔请朋友开车送我去看它，发现它早已面目全非。我想，那就不必再去地坛寻找安静，莫如在安静中寻找地坛。恰如庄生梦蝶，当年我在地坛里挥霍光阴，曾屡屡地有过怀疑：我在地坛吗？还是地坛在我？现在我看虚空中也有一条界线，靠想念去迈过它，只要一迈过它便有清纯之气扑面而来。

我已不在地坛，地坛在我。

笔墨良心

常有编辑来约稿,说我们办了个什么刊物,我们开了个什么专栏,我们搞了个什么征文,我们想请你写篇小说,写篇散文,写个剧本,写个短评要不就写点随感……我说写不了。编辑说您真谦虚。我说我心里没有,真是写不出。编辑说哪能呢?这一下刺激了我的虚荣心或曰价值感,今生唯作文一技所长,充着作家的名说着"写不出",往后的面目和生计都难撑持。我于是改口说,至少我现在没想好,我不敢就答应您。编辑已不理会,认定我是谦虚不再跟我费口舌,埋头宣布要求了:最好多少字,最好在几日之内交稿,最好……那时我感觉自己就像是一个小掌柜,开着一爿货源不足的杂货铺或者项目太少的综合加工点,心中无比的歉疚和惶恐。结果常常我就糊里糊涂地答应了人家的订货,然后自作自受发愁着到底给人家写一篇什么。

发愁着走出家门。小掌柜发愁着走出家门,寻思说不定运气好能踅来一点俏货。

走在街上,沸沸扬扬到处都是叫卖声。摊煎饼的、烤羊肉串的、卖衣服的、修皮鞋的,兢兢业业地工作心安理得地挣钱。心里羡慕——当然这必定是虚伪。

我认识一个开饭馆的小伙子,读书无能但是赚钱有方,他敢把二两炸酱面卖到一块六,炸酱里充足的是盐罕见的是肉。然而此饭馆地处游人如潮地带,吃的人却也不少,吃的人都骂老板没了良心。小伙子见了我常问:“大哥,这两天又写什么呢?”我支吾过去。小伙子掏烟,我也掏烟,小伙子看也不看就把我的烟推回去把他的烟递过来,他自信他的烟必定比我的好,他的自信从未遭受挫折。我自然要客气几句,恭喜他发财并自嘲着寒酸。不料小伙子也说我谦虚:“您真谦虚,谁不知道作家有钱呀!”我说:“时代不同了,我们这一行比不得你们这一行了。”小伙子问:“写一篇文章多少钱?”“一万字三百块吧。”“哎哟喂,可真不多。”“你呢,一天能挣多少?”小伙子沉默一会儿,眨巴着眼睛可能是在心里计算,一支烟罢赧然笑道:“可人家管您叫作家。管咱叫什么?倒儿爷,奸商,难听的话还多着呢。”如此坦率,让我听得发愣。小伙子拍拍我的肩膀:“怎么着大哥,凭您这脑袋瓜儿您不应该不明白呀?您卖的是笔墨,咱卖的是良心,咱不该比您多挣点儿么?”

1993 年

“安乐死”断想

首先我认为，用人为的方法结束植物人的生命，并不在“安乐死”的范畴之内，因为植物人已经丧失意识，已无从体尝任何痛苦和安乐。安乐死是对有意识的人而言的，其定义是：“患不治之症的病人在危重濒死状态时，由于精神和躯体的极端痛苦，在病人或亲友的要求下，经过医生的认可，用人为的方法使病人在无痛苦状态下度过死亡阶段而终结生命全过程。”（引自《安乐死》第十五页）

在弄清一件事是否符合人道主义之前，有必要弄清什么是人。给人下一个定义是件很复杂的事，但人与其他东西的区别却是显而易见的：人是这星球上唯一有意识的生命。（《辞海》上说，意识是“人所特有的”。）有意识当然不是指有神经反射或仅仅能够完成条件反射，而是指有精神活动因而能够创造生活和享受生活。而植物人是没有意识的。那么，植物人还是人吗？这样问未免太残酷，甚至比听说人是猴变的还要感觉残酷。但面对这残酷的事实科学显然不能回避，而是要问：既然如此，我们仍要对植物人实行人道主义的理由何在？我想，那是因为我们记得：每一个植物人在成为植物人之前都是骄傲的可敬可爱的堂堂正正的人。正因为我们深刻地记得这一点，我们才不能容忍他们有朝一日像一株株植物似的任人摆布而丧失尊严。与其让他们无辜地，在无法表达自己的意愿无从行使自己的权利的状态下屈辱地呼吸，不如帮他们凛然并庄严地结束。我认为这才是对他们以往人格的尊重，因而这才是人道。

当然，植物人也已无从体尝人道。事实上，一切所谓人道都是对我们这些活人(有意识的人)而言的。我们哀悼死者是出于我们感情的需要，不允许人们有这种感情是不人道的。我们为死者穿上整齐的衣服并在其墓前立一块碑，我们实际是在为包括我们在内的人类唱一支赞歌——人是不能混同于其他东西的，因而要有一个更为庄严的结束；让我们混同于其他东西是不人道的。让一个人仅仅开动着消化、循环和呼吸系统而没有自己的意志，不仅是袖手旁观他的被侮辱，而且是对我们所有人的自由和尊严的严重威胁，所以是不人道的。那么，让一个实际已经告别了人生的植物人妨碍着人们(譬如植物人的亲属)的精神全面实现，使他们陷于(很可能是漫长的)痛苦，并毫无意义地争夺他们的物质财富，这难道是人道的吗？当然不。

总之，人为的结束植物人的生命无疑是人道的。至于如何甄别植物人，这不是道德问题而是技术问题，技术的不完善只说明应该加紧研究，并不说明其他。

真正值得探讨的是，符合前述定义的“安乐死”是否人道，是否应该施行？

譬如，一个人到了癌症晚期，虽然他还有意识，但这意识刚够他受尽精神和肉体的折磨，除此之外他只是在等死，完全无望继续创造生活和享受生活了。这时候他有没有权利要求提前去死？医生和法律应不应该帮助他实现这最后的愿望？我说他有这个权利，医生和法律也应该帮助他实现这一愿望。反对这样做的唯一似乎站得住脚的理由是：医学是不断发展的，什么人也不能断定，今天不能治愈的疾病在今后也不能治愈。保证他存活，是等待救活他的机会到来的最重要前提。而且只有这样才能促进医学的发展而造福于后人。但是首先，如果医学的发展竟以一个无辜者的巨大痛苦为前提,并且不顾他自己的权利与愿望,这又与法西斯拿人来做试验有什么两样呢?法西斯的上述行为不是也使医学有过发展么?看来,以促进医学的发展为由反对安乐死是站不住脚的,这是舍本求末丢弃了医学的最高原则——人道主义。况且,医学新技术完全可以靠动物试验而得以发展,只有在这新技术接近完善之时才能用之于人,绝不可想象让一个身患绝症的濒死的人受尽折磨,而只是为了等待一项八字还没一撇的医学新技术。其次,医学的发展确实是难以预料的,有时一个偶然的机会也许就能使绝症出现转机。这又怎么办呢?一边是百分之九十九的无可救药,一边是百分之一的对偶然的企盼。我想,所以安乐死的施行第一要紧的是尊重患者本人的意愿。科学不能以偶然为依据,但科学承认偶然的存在。医生把情况向患者讲明,之后,患者的意愿就是上帝,他宁愿等待偶然或宁愿不等待偶然,我们都该听命于他。当然,如果他甘愿忍受痛苦而为医学的发展做出贡献,他理应受到人们加倍的尊敬。但这绝不等于说别人可以强迫他这样做。

另外我想,安乐死的施行,会逼迫人们更注重疾病的早期防治与研究。如果能把维持无望治愈者暂时存活的人力物力,用于早期患者的防治上,效果肯定会更好。

据说,发生过极少数“植物人”苏醒的病例。但这除了说明有极少数误诊之外还能说明什么呢?一项正确的措施显然不能因为极少数例外或失误而取消,因噎废食差不多是最愚蠢的行为。难道我们真要看到盒中的每一根火柴都能划着才敢相信这是一盒值得买下来的火柴吗?倘如此,人类将无所作为,只配等死;因为现行的很多诊断和治疗方法,都有着被科学和法律所允许的致死率。甚至在交通事故如此频繁发生的今天,也没有哪个正常人想到要把自己锁在家里。

“只要是生命,就应该无条件地让它存活下去,这才人道,这才体现出一个社会的进步程度。”这样的观点就更糊涂,糊涂到竟未弄清人与某种被饲养物的区别。人是不能无条件活着的;譬如,不能没有尊严。人也是不能允许其他东西无条件地活着的,譬如,当老鼠掠夺你的口粮的时候。而且我们倡导人道,并不是为了体现出社会的进步,而是为了所有的人生活得更美好。如果人道主义日益发达,人们生活得日益美好,那么体不体现出社会的进步就不是一件需要焦虑的事了。

“重残”、“严重缺陷”、“智力缺陷”、“畸形儿”,就施行安乐死来说,这些都不是严格的标准。我想,无论有何种残疾或缺陷,只要其丧失了创造生活的能力(譬如完全不能动也不能说话的人),或丧失了享受生活的能力(譬如彻底的白痴和植物人),那么,他就有权享受安乐死,人为的终止其生命就都是人道的。但是,一个虽无创造生活能力但还有享受生活的能力的人,只要他愿意,他就有继续生存的权利,社会也就有赡养他的义务。(享受生活,是指能够从生活中获取幸福和快乐,而不是指单能吃喝拉撒睡却对此毫无感受。)

对初生的重残儿童怎么办?一个无辜的儿童来到这世界上,而且他注定要有一个比常人百倍严酷的人生——对于这样的儿童我们应该为他们做些什么?我觉得对他们施行安乐死的标准应该放得更宽些,我们何必不让这些注定要备受折磨的灵魂回去,而让一些更幸运的孩子来呢?这本不是太复杂的事呀。我从感情上觉得应该这样做,但从理性上我找不到可以信服的理由支持这样做。我知道感情是不能代替科学和法律的。这是件非常令人沮丧和遗憾的事。我希望人们终于有一天能够找到一个办法,至少使所有的人一来到这个世界上,就都站在一条平等的起跑线上,尽管他们前面的人生仍然布满着坎坷与艰难。

安乐死还有“积极安乐死”和“消极安乐死”之分。前者指在医生的指导和监督下,用药物结束患者的生命。后者指撤除对患者的一切治疗,使其自行死亡。我以为很明显,前者是更为人道的。因为,当已经确定应该对某人施行安乐死之后,哪种方法更能减少其死亡过程中的痛苦,哪种方法就是最人道的。

还有"自愿安乐死"和"非自愿安乐死"之分。前者是指本人要求安乐死,或对安乐死表示过同意。后者指那些对安乐死已不能有所表示的人,和以往也不曾对安乐死有过确定态度或干脆是持反对态度的人。对前者施行安乐死,显然是无可非议了。那么对后者呢?对那些对安乐死不曾表示过确定态度的人,或许他的亲朋好友还可以代他做出选择。但是,对那些反对安乐死而又譬如说成了植物人的人,又当如何呢?真是不知道了。就像不知道一个无罪者的行为既不能利己又损害了他人,面对这种局面人们应该怎么办。这值得研究。

不过我想,如果使每一个人在其健康时都有机会表明自己对安乐死的态度,则肯定是有益的。而且我相信,随着人们生命观念的日益进步,反对安乐死的人会越来越少。

还有"自杀安乐死"和"助杀安乐死"之分。前者是说,确认一个符合了安乐死的标准,但是医生(或其他人)不予帮助,死的手段由其自己去找。后者是说,医生(或其他人)为其提供死之手段并帮助其施行。我觉得前者除了像拿人开心之外,别的什么都不像。

现在从《安乐死》一书中引一段文字:

> 1961 年 9 月的一天,英国"圣克里斯托弗安息所"的花园林荫小道上,一位中年男子和一位年轻的女人,推着手推车慢慢行走。手推车上半躺着一位老人,脸色苍白,十分消瘦,看上去就是一位重病人,这一男一女一边推着车,一边与老人轻轻交谈。他们像是父子,像是祖孙,老人不时也被小辈的话语所打中,轻轻点点头,时而也做做手势,表达自己的意思。明媚的阳光照在老人的脸上,给他十分苍白的脸上

增加几分精神。老人神情安逸,心绪稳定。

其实他们是医生、护士和病人。老人已患晚期肿瘤,即将离开人世。医生和护士坦然地与老人一起讨论“死”,讨论“如何无痛苦地死”,讨论“死给你带来的感觉”,讨论“死是不可避免的自然规律”,讨论“人应有选择死亡的权利”等等。

这是目前在西欧、北美国家大量存在的安息所。它是六十年代后出现的医疗保健系统中的一种新形式,旨在使临终的病人在生命的最后日子里得到很好的照顾。

这也是安乐死的一项内容,甚至可能是最为重要的一项内容。如果我们国家还没有这样的条件,那么像《中国残疾人》和《三月风》也许就应该担当起这样的职责——使人们对生和死有更为科学的认识,更为镇静和坦然的态度。

以上是我对安乐死的一些看法,肯定有很多毛病和错误。我非常感谢《中国残疾人》杂志辟出版面开展这样的讨论。我也非常感谢他们给我说出上述观点的机会,以便有一天我不幸成了只能浪费氧气、粮食和药品的人,那时候,人们能够知道我对此所持的态度,并仁慈地赐我一个好死。

再从《安乐死》一书上引一段话,作为此文的结尾:

1976 年在日本东京举行了一次“安乐死国际会议”,其宣言中强调,应尊重人“生的意义”和“庄严的死”。这样的提法究竟能够为多少人接受,眼下还难以确定,但把人的生死权利相提并论,至少可以说标志着人类对于自己生命意义的认识进入到了一个新阶段。

1989 年

好运设计

要是今生遗憾太多，在背运的当儿，尤其在背运之后情绪渐渐平静了或麻木了，你独自待一会儿，抽支烟，不妨想一想来世。你不妨随心所欲地设想一下(甚至是设计一下)自己的来世。你不妨试试。在背运的时候，至少我觉得这不失为一剂良药——先可以安神，而后又可以振奋，就像输惯了的赌徒把屡屡的败绩置于脑后，输光了裤子也还是对下一局存着饱满的好奇和必赢的冲动。这没有什么不好。这有什么不好吗？无非是说迷信，好吧，你就迷信它一回。无非是说这不科学，行，况且对于走运和背运的事实，科学本来无能为力。无非说这是空想，这是自欺，这是做梦，没用。那么希望有用吗？希望是不是必得在被证明了是可以达到的之后才能成立？当然，这些差不多都是废话，背了运的时候哪想得起来这么多废话？背了运的时候只是想走运有多么好，要是能走运有多好。到底会有多好呢？想想吧，想想没什么坏处，干嘛不想一想呢？我就常常这样去想，我常常浪费很多时间去做这样的蠢事。

我想，倘有来世，我先要占住几项先天的优越：聪明、漂亮和一副好身体。命运从一开始就不公平，人一生下来就有走运的和不走运的。譬如说一个人很笨，这该怨他自己吗？然而由此所导致的一切后果却完全要由他自己负责——他可能因此在兄弟姐妹之中是最不被父母喜爱的一个，他可能因此常受教师的斥责和同学们的嘲笑，他于是便更加自卑、更加萎顿，饱受了轻蔑终也不知这事到底该怨谁。再譬如说，一个人生来就丑，相当丑，再怎么想办法去美容都无济于事，这难道是他的错误是他的罪过？不是，好，不是。那为什么就该他难得姑娘们的喜欢呢？因而婚事就变得格外困难，一旦有个漂亮姑娘爱上他却又赢得多少人的惊诧和不解，终于有了孩子，不要说别人就连他自己都希望孩子千万别长得像他自己。为什么就该他是这样呢？为什么就该他常遭取笑，常遭哭笑不得的外号，或者常遭怜悯，常遭好心人小心翼翼地对待呢？再说身体，有的人生来就肩宽腿长潇洒英俊(或者婀娜妩媚娉娉婷婷)，生来就有一身好筋骨，跑得也快跳得也高，气力足耐力又好，精力旺盛，而且很少生病，可有的人却与此相反生来就样样都不如人。对于身体，我的体会尤深。譬如写文章，有的人写一整天都不觉得累，可我连续写上三四个钟头眼前就要发黑。譬如和朋友们一起去野游，满心欢喜妙想联翩地到了地方，大家的热情正高雅趣正浓，可我已经累得只剩了让大家扫兴的分儿了。所以我真希望来世能有一副好身体。今生就不去想它了，只盼下辈子能够谨慎投胎，有健壮优美如卡尔·刘易斯一般的身材和体质，有潇洒漂亮如周恩来一般的相貌和风度，有聪明智慧如阿尔伯特·爱因斯坦一般的大脑和灵感。

既然是梦想不妨就让它完美些吧。何必连梦想也那么拘谨那么谦虚呢？我便如醉如痴并且极端自私自利地梦想下去。

降生在什么地方也是件相当重要的事。二十年前插队的时候，我在偏远闭塞的陕北乡下，见过不少健康漂亮尤其聪慧超群的少年。当时我就想他们要是生在一个恰当的地方他们必都会大有作为，无论他们做什么他们都必定成就非凡。但在那穷乡僻壤，吃饱肚子尚且是一件颇为荣耀的成绩，哪还有余力去奢想什么文化呢？所以他们没有机会上学，自然也没有书读，看不到报纸电视甚至很少看得到电影，他们完全不知道外面的世界是什么样子，便只可能遵循了祖祖辈辈的老路，日出而作日入而息，春种秋收夏忙冬闲，日复一日年复一年。光阴如常地流逝，然后他们长大了，娶妻生子成家立业，才华逐步耗尽变作纯朴而无梦想的汉子。然后，可以料到，他们也将如他们的父辈一样地老去，唯单调的岁月在他们身上留下注定的痕迹。而人为什么要活这一回呢？却仍未在他们苍老的心里成为问题。然后，他们恐惧着、祈祷着、惊慌着听命于死亡随意安排。再然后呢？再然后倘若那地方没有变化，他们的儿女们必定还是这样地长大、老去、磨钝了梦想，一代代去完成同样的过程。或许这倒是福气？或许他们比我少着梦想所以也比我少着痛苦？他们会不会也设想过自己的来世呢？没有梦想或梦想如此微薄的他们又是如何设想自己的来世呢？我不知道。我不知道。我只希望我的来世不要是他们这样，千万不要是这样。

那么降生在哪儿好呢？是不是生在大城市，生在个贵府名门就肯定好呢？父亲是政绩斐然的总统，要不是个家藏万贯的大亨，再不就是位声名赫赫的学者，或者父母都是不同寻常的人物，你从小就在一个备受宠爱备受恭维的环境中长大，呈现在你面前的是无忧无虑的现实，绚烂辉煌的前景，左右逢源的机遇，一帆风顺的坦途……不过这样是不是就好呢？一般来说这样的境遇也是一种残疾，也是一种牢笼。这样的境遇经常造就着蠢材，不蠢的概率很小，有所作为的比例很低，而且大凡有点水平的姑娘都不肯高攀这样的人；固然他们之中也有智能超群的天才，也有过大有作为的人物，也出过明心见性的悟者，但毕竟概率很小比例很低。这就有相当大的风险，下辈子务必慎重从事，不可疏忽大意不可掉以轻心，今生多舛来生再受不住是个蠢材了。

生在穷乡僻壤，有孤陋寡闻之虞，不好；生在贵府名门，又有骄狂愚妄之险,也不好。

生在一个介于此二者之间的位置上怎么样?嗯,可能不错。

既知晓人类文明的丰富璀璨,又懂得生命路途的坎坷艰难,这样的位置怎么样?嗯,不错。

既了解达官显贵奢华而危惧的生活,又体会平民百姓清贫而深情的岁月,这位置如何?嗯!不错,好!

既有博览群书并入学府深造的机缘,又有浪迹天涯独自在社会上闯荡的经历;既能在关键时刻得良师指点如有神助,又时时事事都要靠自己努力奋斗绝非平步青云;既饱尝过人情友爱的美好,又深知了世态炎凉的正常,故而能如罗曼·罗兰所说"看清了这个世界,而后爱它"。——这样的位置可好?好。确实不错。好虽好,不过这样的位置在哪儿呢?

在下辈子。在来世。只要是好,咱可以设计。咱不慌不忙仔仔细细地设计一下吧。我看没理由不这样设计一下。甭灰心,也甭沮丧,真与假的说道不属于梦想和希望的范畴,还是随心所欲地来一回"好运设计"吧。

你最好生在一个普通知识分子的家庭。

也就是说,你父亲是知识分子但千万不要是那种炙手可热过于风云的知识分子,否则,"贵府名门"式的危险和不幸仍可能落在你头上:你将可能没有一个健全、质朴的童年,你将可能没有一群浪漫无猜的伙伴,你将会错过唯一可能享受到纯粹的友情、感受到圣洁的忧伤的机会,而那才是童年,才是真正的童年。一个人长大了若不能怀恋自己童年的痴拙,若不能默然长思或仍耿耿于怀孩提时光的往事,当是莫大的缺憾,对于我们的"好运设计",则是个后患无穷的错误。你应该有一大群来自不同家庭的男孩儿和女孩儿作你的朋友,你跟他们一块儿认真地吵架并且翻脸,然后一块儿哭着和好如初。把你的秘密告诉他们,把他们告诉给你的秘密对任何人也不说,你们订一个暗号,这暗号一经发出你们一个个无论正在干什么也得从家里溜出来，密谋一桩令大人们哭笑不得的事件。当你父母不在家的时候,随便找个理由把你的好朋友都叫来——比如说为了你的生日或为了离你的生日还差一个多月,你们痛痛快快随心所欲地折腾一天。折腾饿了就把冰箱里能吃的东西都吃光,然后继续载歌载舞地庆祝,直到不小心把你父亲的一件贵重艺术品摔成分文不值,你们的汗水于是被冻僵了一会儿，但这是个机会是你为朋友们献身的时刻，你脸色煞白但拍拍胸脯说这怕什么这没啥了不起，随后把朋友们都送走,你独自胆战心惊地策划一篇谎言(要是你家没有猫,你记住:邻居家不一定都没有猫)。你还可以跟你的朋友们一起去冒险,到一个据说最可怕的地方,比如离家很远的一片野地、一幢空屋、一座孤岛、孤岛上废弃的古刹、古刹四周阴森零落的荒冢……都是可供选择的地方,你从自己家的抽屉里而不要从别人家的抽屉里拿点钱,以备不时之需;你们瞒过父母,必要的话还得瞒过姐姐或弟弟;你们可以不带那些女孩子去,但如果她们执意要跟着也就别无选择,然后出发,义无反顾。把你的新帽子扯破了新鞋弄丢了一只这没关系,把膝盖碰出了血把白衬衫上洒了一瓶紫药水这没关系,作业忘记做了还在书包里装了两只活蛤蟆一只死乌鸦这都毫无关系,你母亲不会怪你,因为当晚霞越来越淡继而夜色越来越浓的时候,你父亲也沉不住气了,他正要动身去报案,你们突然都回来了,累得一塌糊涂但毕竟完整无缺地回来了,你母亲庆幸还庆幸不过来呢还会再存什么别的奢望吗?“他们回来啦,他们回来啦!”仿佛全世界都和平解放了,一群群平素威严的父亲都乖乖地跑出来迎接你们,同样多的一群母亲此刻转忧为喜光顾得摩挲你们的脸蛋儿和亲吻你们的脑门儿:“你们这是上哪儿去了呀,哎哟天哪,你们还知道回来吗!”你就大模大样地躺在沙发上呼吃唤喝,“累死了,哎呀真是累死了!”你就这样,没问题,再讲点莫须有的惊险故事既吓唬他们也陶醉自己,你就得这样。只要这样，一切帽子、裤子、鞋、作业和书包、活蛤蟆以及死乌鸦，就都微不足道了。(等你长到我这样的年龄时，你再告诉他们那些惊险的故事都是你为了逃避挨揍而获得的灵感，那时你年老的父母肯定不会再补揍你一顿，而仍可能摩挲你的脸甚至吻你的脑门儿了。)但重要的是，这次冒险你无论如何得安全地回来——就像所有的戏剧还没打算结束时所需要的那样，否则接下去的好运就无法展开了。不错，你童年应该是这样的，就应该按照这样的思路去设计，一个幸运者的童年就得是这样。我的纸写不下了，待实施的时候应该比这更丰富多彩。比如你还可颇具分寸地惹一点小祸，一个幸运的孩子理应惹过一点小祸，而且理应遇到过一些困难，遇到过一两个骗子、一两个坏人、一两个蠢货和一两个不会发愁而很会说话的人。一个幸运的孩子应该有点野性。当然你的父亲是个地地道道的知识分子，因为一个幸运的人必需从小受到文化的熏陶，野到什么分上都不必忧虑但要有机会使你崇尚知识，之所以把你父亲设计为知识分子，全部的理由就在于此。

你的母亲也要有知识，但不要像你父亲那样关心书胜过关心你。也不要像某些愚蠢的知识妇女，料想自己功名难就，便把一腔希望全赌在了儿女身上，生了个女孩就盼她将来是个居里夫人，养了个男娃就以为是养了个小贝多芬。这样的母亲千万别落到咱头上，你不听她的话你觉得对不起她，你听了她的话你会发现她对不起你。她把你像幅名画似的挂在墙上后退三步眯起眼睛来观赏你，把你像颗话梅似的含在嘴里颠来倒去地品味你。你呢？站在那儿吱吱嘎嘎地折磨一把挺好的小提琴，长大了一想起小提琴就发抖，要不就是没日没夜地背单词背化学方程式，长大了不是傻瓜就是暴徒。你的母亲当然不是这样。有知识不是有文凭，你的母亲可以没有文凭。有知识不是被知识霸占，你的母亲不是知识的奴隶。有知识不能只是有对物的知识，而是得有对人的了悟。一个幸运者的母亲必然是一个幸运的母亲，一个明智的母亲，一个天才的母亲，她自打当了母亲她就得了灵感，她教育你的方法不是来自于教育学，而是来自她对一切生灵乃至天地万物由衷的爱，由衷的颤栗与祈祷，由衷的镇定和激情。在你幼小的时候她只是带着你走，走在家里，走在街上，走到市场，走到郊外，她难得给你什么命令，从不有目的地给你一个方向，走啊走啊你就会爱她，走啊走啊，你就会爱她所爱的这个世界。等你长大了，她就放你到你想要去的地方去，她深信你会爱这个世界，至于其他她不管，至于其他那是你的自由你自己负责。她只有一个愿望，就是你能常常回来，你能有时候回来一下。

在你两三岁的时候你就光是玩，成天就玩，别着急背诵《唐诗三百首》和弄通百位数以内的加减法，去玩一把没有钥匙的锁和一把没有锁的钥匙，去玩撒尿和泥，然后用不着洗手再去玩你爷爷的胡子。到你四五岁的时候你还是玩，但玩得要高明一点了，在你母亲的皮鞋上钻几个洞看看会有什么效果，往你父亲录音机里撒把沙子听听声音会不会更奇妙。上小学的时候，我看你门门功课都得上三四分就够了，剩下的时间去做些别的事，以便让你父母有机会给人家赔几块玻璃。一上中学尤其一上高中，所有的熟人几乎都不认识你了，都得对你刮目相看：你在数学比赛上得奖，在物理比赛上得奖，在作文比赛上得奖，在外语比赛上你没得奖但事后发现那不过是教师的一个误判。但这都并不重要，这些奖啊奖啊奖啊并不足以构成你的好运，你的好运是说你其实并没花太多时间在功课上。你爱好广泛，多能多才，奇想迭出，别人说你不务正业你大不以为然，凡兴趣所至仍神魂聚注若癫若狂。

你热爱音乐，古典的交响乐，现代的摇滚乐，温文尔雅的歌剧清唱剧，粗犷豪放的民谣村歌，乃至悠长凄婉的叫卖，孤零萧瑟的风声，温馨闲适的节日的音讯。你都听得心醉神迷，听得怆然而沉寂，听出激越和威壮,听到玄缈与空冥,你真幸运,生存之神秘注入你的心中使你永不安规守矩。

你喜欢美术,喜欢画作,喜欢雕塑,喜欢异彩纷呈的烧陶,喜欢古朴稚拙的剪纸,喜欢在杳无人迹的原野上独行,在水阔天空的大海里驾舟,在山林荒莽中跋涉,看大漠孤烟,看长河落日,看鸥鸟纵情翱飞,看老象坦然赴死,你从色彩感受生命,由造型体味空间,在线条上嗅出时光的流动,在连接天地的方位发现生灵的呼喊。你是个幸运的人因为你真幸运,你于是匍匐在自然造化的脚下,奉上你的敬畏与感恩之心吧,同时上苍赐予你不屈不尽的创造情怀。

你幸运得简直令人嫉妒,因为体育也是你的擅长。9"91,懂吗?2:5'59",懂吗? 就是说, 从一百米到马拉松不管多长的距离没有人能跑得过你;2.45 m,8.91 m,知道这是什么意思吗? 就是说没人比你跳得高也没人比你跳得远;突破 23 m、80 m、100 m,就是说,铅球也好铁饼也好标枪也好,在投掷比赛中仍然没有你的对手。当然这还不够,好运气哪有个够呢?差不多所有的体育项目你都行:游泳、滑雪、溜冰、踢足球、打篮球,乃至击剑、马术、射击,乃至铁人三项……你样样都玩得精彩、洒脱、漂亮。你跑起来浑身的肌肤像波浪一样滚动,像旗帜一般飘展;你跳起来仿佛土地也有了弹性,空中也有着依托,你劈波戏水、屈伸舒卷,鬼没神出;在冰原雪野,你翻转腾挪,如风驰电掣;生命在你那儿是一个节日,是一个庆典,是一场狂欢……那已不再是体育了, 你把体育变得不仅仅是体育了,幸运的人,那是舞蹈,那是人间最自然最坦诚的舞蹈,那是艺术,是上帝选中的最朴实最辉煌的艺术形式。这时连你在内,连你的肉体你的心神,都是艺术了,你这个幸运的人,世界上最幸运的人,偏偏是你被上帝选作了美的化身。

接下来你到了恋爱的季节。你十八岁了,或者十九或者二十岁了。这时你正在一所名牌大学里读书,读一个最令人仰慕的系最令人敬畏的专业,你读得出色,各种奖啊奖啊又闹着找你。现在你的身高已经是一米八八,你的喉结开始突起,嘴唇上开始有了黑色但还柔软的胡须,就是在这时候你的嗓音开始变得浑厚迷人,就是在这时候你的百米成绩开始突破十秒,你的动静坐卧举手投足都流溢着男子汉的光彩……总之,由于我们已经设计过的诸项优点或者说优势,明显地追逐你的和不露声色地爱慕着你的姑娘们已是成群结队,你经常在教室里看见她们异样的目光,在食堂里听出她们对你嘁嘁嚓嚓的议论,在晚会上她们为你的歌声所倾倒,在运动会上她们被你的身姿所激动而忘情地欢呼雀跃,但你一向只是拒绝,拒绝,婉言而真诚地拒绝,善意而巧妙地逃避,弄得一些自命不凡的姑娘们委屈地流泪。但是有一天,你在运动场上正放松地慢跑,你忽然看见一个陌生的姑娘也在慢跑,她的健美一点不亚于你。她修长的双腿和矫捷的步伐一点不亚于你,生命对她的宠爱、青春对她的慷慨这些绝不亚于你,而她似乎根本没有发现你,她顾自跑着目不斜视,仿佛除了她和她的美丽这世界上并不存在其他东西,甚至连她和她的美丽她也不曾留意,只是任其随意流淌,任其自然地涌荡。而你却被她的美丽和自信震慑了,被她的优雅和茁壮惊呆了,你被她的倏然降临搞得心恍神惚手足无措。(我们同样可以为她也作一个“好运设计”,她是上帝的一个完美的作品,为了一个幸运的男人这世界上显然该有一个完美的女人,当然反过来也是一样。)于是你不跑了,伏在跑道边的栏杆上忘记了一切,光是看她。她跑得那么轻柔,那么从容,那么飘逸,那么灿烂。你很想冲她微笑一下向她表示一点敬意,但她并不给你这样的机会,她跑了一圈又一圈却从来没有注意到你,然后她走了。简单极了,就是说她跑完了该走了,就走了。就是说她走了,走了很久而你还站在原地。就是说操场上空空旷旷只剩了你一个人,你头一回感到了惆怅和孤零——她不知道你是谁，你也不知道她从哪儿来。但你把她记在了心里。但幸运之神依然和你在一起。此后你又在图书馆里见到过她，你费尽心机总算弄清了她在哪个系。此后你又在游泳池里见到过她，你拐弯抹角从别人那儿获悉了她的名字。此后你又在滑冰场上见到过她，你在她周围不露声色地卖弄你的千般技巧万种本事，终于引起了她的注意。此后你又在朋友家里和她一起吃过一次午饭（你和你的朋友为此蓄谋已久），这下你们到底算认识了，你们谈了很多，谈得融洽而且热烈。此后不是你去找她，就是她来找你，春夏秋冬春夏秋冬，不是她来找你就是你去找她，春夏秋冬……总之，总而言之，你们终成眷属。你是一个幸运的人——至少我们的“好运设计”是这样说的——所以你万事如意。

也许你已经注意到了，我们的“好运设计”至此显得有些潦草了。是的。不过绝不是我们无能把它搞得更细致、更完善、更浪漫、更迷人，而是我忽然有了一点疑虑，感到了一点困惑，有一道淡淡的阴影出现了并正在向我们靠近，但愿我们能够摆脱它，能够把它消解掉。

阴影最初是这样露头的：你能在一场如此称心、如此顺利、如此圆满的爱情和婚姻中饱尝幸福吗？也就是说，没有挫折，没有坎坷，没有望眼欲穿的企盼，没有撕心裂肺的煎熬，没有痛不欲生的痴癫与疯狂，没有万死不悔的追求与等待，当成功到来之时你会有感慨万端的喜悦吗？在成功到来之后还会不会有刻骨铭心的幸福？或者，这喜悦能到什么程度？这幸福能被珍惜多久？会不会因为顺利而冲淡其魅力？会不会因为圆满而阻塞了渴望，而限制了想象，而丧失了激情，从而在以后漫长的岁月中是遵从了一套经济规律、一种生理程序、一个物理时间，心路却已荒芜，然后是腻烦，然后靠流言蜚语排遣这腻烦，继而是麻木，继而用插科打诨加剧这麻木——会不会？会不会是这样？地球如此方便如此称心地把月亮搂进了自己的怀中，没有了阴晴圆缺，没有了潮汐涨落，没有了距离便没有了路程，没有了斥力也就没有了引力，那是什么呢？很明白，那是死亡。当然一切都在走向那里，当然那是一切的归宿，宇宙在走向热寂。但此刻宇宙正在旋转，正在飞驰，正在高歌狂舞，正借助了星汉迢迢，借助了光阴漫漫，享受着它的路途，享受着坍塌后不死的沉吟，享受着爆炸后辉煌的咏叹，享受着追寻与等待，这才是幸运，这才是真正的幸运，恰恰死亡之前这波澜壮阔的挥洒、这精彩纷呈的燃烧才是幸运者得天独厚的机会。你是一个幸运者，这一点你要牢记。所以你不能学那凡夫俗子的梦想，我们也不能满意这晴空朗日水静风平的设计。所谓好运，所谓幸福，显然不是一种客观的程序，而完全是心灵的感受，是强烈的幸福感罢了。幸福感，对了。没有痛苦和磨难你就不能强烈地感受到幸福，对了。那只是舒适只是平庸，不是好运不是幸福，这下对了。

现在来看看，得怎样调整一下我们的设计，才能甩掉那不祥的阴影，才能远远离开它。也许我们不得不给你加设一点小小的困难，不太大的坎坷和挫折，甚至是一些必要的痛苦和磨难，为了你的幸福不致贬值我们要这样做，当然，会很注意分寸。

仍以爱情为例。我们想是不是可以这样：一开始，让你未来的岳父岳母对你们恋爱持反对态度，他们不大看得上你，包括你未来的大舅子、小姨子、大舅子的夫人和小姨子的男朋友等等一干人马都看不上你。岳父说要是这样他宁可去死。岳母说要是这样她情愿少活。大舅子于是奉命去找了你们单位的领导说你破坏了一个美满的家庭。小姨子流着泪劝她的姐姐三思再三思，爹有心脏病娘有高血压。岳父便说他死不瞑目。岳母说她死后作鬼也不饶过你们。你是个幸运的人你真没看错那个姑娘，她对你一往情深始终不渝，她说与其这样不如她先于他们去死，但在死前她有必要提个问题：“请问他哪点儿不好呢？”不仅这姑娘的父母无言以对，就连咱们也无以作答，按照已有的设计，你好像没有哪点不好，你简直无懈可击，那两个老人倘不是疯子不是傻瓜不是心理变态，他们为什么会反对你成为他们的女婿呢？故对此得做一点修改，你不能再是一个完人，你得至少有一个弱点，甚至是一种很要紧的缺欠，一种大凡岳父母都难以接受的缺欠。然后你在爱情的鼓舞下，在那对蛮横老人颇合逻辑的蔑视的刺激下，痛下决心破釜沉舟发奋图强历尽艰辛终于大功告成终于光彩照人终于震撼了那对老人，令他们感动令他们愧悔于是心悦诚服地承认了你这个女婿，使你热泪盈眶欣喜若狂忽然发现天也是格外的蓝地球也是出奇的圆柔情似水佳期如梦幸福地久天长……是不是得这样呢？得这样。大概是得这样。

什么样的缺欠呢？你看给你设计什么样的缺欠比较适合？

笨？不不，这不行，笨很可能是一件终生的不幸，几乎不是努力可以根本克服的，此一点应坚决予以排除。

丑呢？不，丑也不行，丑也是无可挽回的局面，弄不好还会殃及后代，不行，这肯定不行。

无知呢？行不行？不，这比笨还不如，绝对的(或相当严重的)无知与白痴没有什么区别；而相对的无知又不是一项缺欠，我们每个人都是这样。

你总得做一点让步嘛。譬如说木讷一点，古板一点行吗？缺乏点活力，缺乏点朝气，缺乏点个性，缺乏点好奇心，譬如说这样，行吗？哦，你居然还在问“行吗”，再糟糕不过！接下来你会发现你还缺乏勇气，缺乏同情，缺乏感觉，遇事永远不会激动，美好不能使其赞叹，丑恶也不令其憎恶，你既不懂得感动也不懂得愤怒，你不怎么会哭又不大会笑，这怎么能行？你还是活的吗？你还能爱吗？你还会为了爱而痛苦而幸福吗？不行。

那么狡猾一点可以吗？狡猾，唉，其实人们都多多少少地有那么一点狡猾，这虽不是优点但也不必算作缺点，凡要在这世界上生存下去的种类,有点狡猾也是在所难免。不过有一点需要明确:若是存心算计别人、不惜坑害别人的狡猾可不行,那样的人我怕大半没什么好下场。那样的人同样也不会懂得爱(他可能了解性,但他不懂得爱,他可能很容易猎获性器的快感,但他很难体验性爱的陶醉,因为他依靠的不是美的创造而仅仅是对美的赚取),况且这样的人一般来说都没有什么真正的才华和魅力,否则也无需选用了狡猾。不行。无论从哪个角度想,狡猾都不行。

要不,有一点病?哦老天爷,千万可别,您饶了我吧,无论如何帮帮忙,下辈子万万不能再有病了,绝对不能。咱们辛辛苦苦弄这个"好运设计"因为什么您知道不?是的您应该知道,那就请您再别提病,一个字也别提。

只是有一点小病呢?小病也不行,发烧感冒拉肚子?不不,这没用,有点小病不构成对什么人的威胁,也不能如我们所期望的那样最终使你的幸福加倍,有也是白有。但绝不是说你没病则已,有就有它一种大病,不不!绝没有这个意思;你必须要明白,在任何有期徒刑(注意:有期)和有一种大病之间,要是你非得做出选择不可的话,你要选择前者,前者!对对,没有商量的余地。要是你得了一种大病,别急,听我说完,得了一种足以使你日后的幸福升值的大病,而这病后来好了,这怎么样?唔,这倒值得考虑。你在病榻上躺了好几年,看见任何一个健康的人你都羡慕,你想你是他们中间的任何一个你都知足,然后你的病好了,完好如初,这怎么样?说下去。你本来已经绝望了,你想即便不死未来的日子也是无比暗淡,你想与其这样倒不如死了痛快,就在这时你的病情突然有了转机。说下去。在那些绝望的白天和黑夜,你祷告许愿,你赌咒发誓,只要这病还能好,再有什么苦你都不会觉得苦再有什么难你都不会觉得难,默默无闻呀,一贫如洗呀,这都有什么关系呢?你将爱生活,爱这个世界,爱这个世界上所有的人……这时,就在这时奇迹发生了,一个奇迹使你完全恢复了健康，你又是那么精力旺盛健步如飞了。这样好不好？好极了，再往下说。你本来想只要还能走就行，可你现在又能以 9"91 的速度飞跑了；你本来想只要再能跳就好了，可你现在又可以跳过 2.45 m 了；你本来想只要还能独立生活就够了，可现在你的用武之地又跟地球一样大了；你本来想只要还能算个人不至于把谁吓跑就谢天谢地了，可现在喜欢你的好姑娘又是数不胜数铺天盖地而来了。往下说呀，别含糊，说下去。当然你痴心不改——这不是错误，大劫大难之后人不该失去锐气，不该失去热度，你镇定了但仍在燃烧，你平稳了却更加浩荡，你依然爱着那个姑娘爱得山高海深不可动摇，这时候你未来的老丈人老丈母娘自然也不会再反对你们的结合了，不仅不反对而且把你看作是他们的光彩是他们的荣耀是他们晚年的福气是他们九泉之下的安慰。此刻你是多么幸福，你同你所爱的人在一起，在蓝天阔野中跑，在碧波白浪中游，你会是怎样的幸福！现在就把前面为你设计的那些好运气都搬来吧，现在可以了，把它们统统搬来吧，劫难之后失而复得，现在你才真正是一个幸福的人了。苦尽甜来，对，这才是最为关键的好运道。

苦尽甜来，对，只要是苦尽甜来其实怎么都行，生生病呀，失失恋呀，要要饭呀，挨挨揍呀（别揍坏了），被抄抄家呀，坐坐冤狱呀，只要能苦尽甜来其实都不是坏事。怕只怕苦也不尽，甜也不来。其实都用不着甜得很厉害，只要苦尽也就够了。其实都用不着什么甜，苦尽了也就很甜了。让我们为此而祈祷吧。让我们把这作为一条基本原则，无论如何写进我们的“好运设计”中去吧，无论如何安排在头版头条。

问题是，苦尽甜来又怎样呢？苦尽甜来之后又当如何？哎哟，那道阴影好像又要露头。苦尽甜来之后要是你还没死，以后的日子继续怎样过呢？我们应当怎样继续为你设计好运呢？好像问题还是原来的问题，我们并没能把它解决。当然现在你可以不断地忆苦思甜，不断地知足常乐，我们也完全可以把你以后的生活设计得无比顺利,但这样下去我们是不是绕了一圈又回到那不祥的阴影中去了?你将再没有企盼了吗?再没有新的追求了吗?那么你的心路是不是又在荒芜,于是你的幸福感又要老化、萎缩、枯竭了呢?是的,肯定会是这样。幸福感不是能一次给够的,一次幸福感能维持多久这不好计算,但日子肯定比它长,比它长的日子却永远要依靠着它。所以你不能失去距离,不能没有新的企盼和追求,你一时失去了距离便一时没有了路途,一时没有了企盼和追求便一时失去了兴致和活力,那样我们势必要前功尽弃,那道阴影必不失时机地又用无聊、用乏味、用腻烦和麻木来纠缠你,来恶心你,同时葬送我们的"好运设计"。当然我们不会答应。所以我们仍要为你设计新的距离,设计不间断的企盼和追求。不过这样你就仍然要有痛苦,一直要有。是的是的,一时没有了痛苦的衬照便一时没有了幸福感。

真抱歉,我们没想到会是这样。我们一向都是好意,想使你幸福,想使你在来世频交好运,没想到竟还得不断地给你痛苦。那道讨厌的阴影真是把咱们整惨了。看看吧,看看是否还有办法摆脱它。真对不起,至少我先不吹牛了,要是您还有兴趣咱们就再试试看,反正事已至此,我想也不必草草率率地回心转意,看在来世的分上,就再试试吧。

看来,在此设计中不要痛苦是不大可能了。现在就只剩下了一条路:使痛苦尽量小些,小到什么程度并没有客观的尺度,总归小到你能不断地把它消灭就行了。就是说,你能够不断地克服困难,你能够不断地跨越距离,你能够不断地实现你的愿望,这就行了。痛苦可以让它不断地有,但你总是能把它消灭,这就行了,这样你就巧妙地利用了这些混账玩意儿而不断地得到幸福感了。只要这样行了,接下来的事由我们负责。我们将根据以上要求为你设计必要的才能、必要的机运、必要的心理素质、意志品质,以及必要的资金、器械、设施、装备,乃至大夫护士、贤妻良母、孝子乖孙等等一系列优秀的后勤服务。总之，这些我们都能为你设计，只要一个人永远是个胜利者这件事是可能的，只要这样，我们的“好运设计”就算成了。只好也就这样了，这样也就算成了。

不过，这是不是可能的？你见没见过永远的胜利者？好吧，没见过并不说明这是不可能的，没见过的我们也可以设计。你，譬如说你就是一个永远的胜利者，那么最终你会碰见什么呢？死亡。对了，你就要碰见它，无论如何我们没法使你不碰见它，不感到它的存在，不意识到它的威胁。那么你对它有什么感想？你一生都在追求，一直都在胜利，一向都是幸福的，但当死亡来临的时候你想你终于追求到了什么呢？你的一切胜利到底都是为了什么呢？这时你不沮丧，不恐惧，不痛苦吗？你就像一个被上帝惯坏了的孩子，从来不知道什么叫失败，从来没遭遇过绝境，但死神终于驾到了，死神告诉你这一次你将和大家一样不能幸免，你的一切优势和特权（即那“好运设计”中所规定的）都已被废黜，你只可俯首贴耳听凭死神的处置。这时候你必定是一个最痛苦的人，你会比一生不幸的人更痛苦（他已经见到了的东西你却一直因为走运而没机会见到），命运在最后跟你算总账了（它的账目一向是收支平衡的），它以一个无可逃避的困境勾销你的一切胜利。它以一个不容置疑的判决报复你的一切好运，最终不仅没使你幸福反而给你一个你一直有幸不曾碰到的——绝望。绝望，当死亡到来之际这个绝望是如此地货真价实，你甚至没有机会考虑一下对付它的办法了。

怎么办？你怎么办？我们怎么办？你说事情不会是这样，你的胜利依旧还是胜利，它会造福于后人；你的追求并没有白费，它将为后人铺平道路；而这就是你的幸福，所以你不会沮丧不会痛苦你至死都会为此而感到幸福。这太好了，一个真正的幸运者就应该有这样的胸怀有如此高尚的情操——让我们暂时忘记我们只是在为自己设计好运吧，或者让我们暂时相信所有的人都能够享受有同样的好运吧——一个幸运者只有这样才能最终保住自己的好运，才能使自己最终得享平安和幸福。但是——但是！就算我们没有发现您的不诚实，一个如您这般聪明高尚的人总该知道您正在把后人的路铺向哪儿吧？铺到哪儿才算成功了呢？铺到所有的人都幸福都没了痛苦的地方？那么他们不是又将面对无聊了吗？当他们迎候死亡时不是就不能再像您这样，以“为后人铺路”而自豪而高尚而心安理得了吗？如果终于不能使所有的人都幸福都没了痛苦，您的高尚不就成了一场骗局您的胜利又怎么能胜得过阿Q呢？我们处在了两难的境地。如果您再诚实点，事情可能会更难办：人类是要消亡的，地球是要毁灭的，宇宙在走向热寂。我们的一切聪明和才智、奋斗和努力、好运和成功到底有什么价值？有什么意义？我们在走向哪儿？我们再朝哪儿走？我们的目的何在？我们的欢乐何在？我们的幸福何在？我们的救赎之路何在？我们真的已经无路可走真的已入绝境了吗？

是的。我们已入绝境。现在就是对此不感兴趣都不行了，你想糊弄都糊弄不过去了，你曾经不是傻瓜你如今再想是也晚了，傻瓜从一开始就不对我们这个设计感兴趣。而你上了贼船，这贼船已入绝境，你没处可退也没处可逃。情况就是这样。现在我们只占着一项便宜，那就是死神还没驾到，我们还有时间想想对付绝境的办法，当然不是逃跑，当然你也跑不了。其他的办法，看看，还有没有。

过程。对，过程，只剩了过程。对付绝境的办法只剩它了。不信你可以慢慢想一想，什么光荣呀，伟大呀，天才呀，壮烈呀，博学呀，这个呀那个呀，都不行，都不是绝境的对手，只要你最最关心的是目的而不是过程你无论怎样都得落入绝境，只要你仍然不从目的转向过程你就别想走出绝境。过程——只剩了它了。事实上你唯一具有的就是过程。一个只想（只想！）使过程精彩的人是无法被夺剥的，因为死神也无法将一个精彩的过程变成不精彩的过程,因为坏运也无法阻挡你去创造一个精彩的过程,相反你可以把死亡也变成一个精彩的过程,相反坏运更利于你去创造精彩的过程。于是绝境溃败了,它必然溃败。你立于目的的绝境却实现着、欣赏着、饱尝着过程的精彩,你便把绝境送上了绝境。梦想使你迷醉,距离就成了欢乐;追求使你充实,失败和成功都是伴奏;当生命以美的形式证明其价值的时候,幸福是享受,痛苦也是享受。现在你说你是一个幸福的人你想你会说得多么自信,现在你对一切神灵鬼怪说谢谢你们给我的好运,你看看谁还能说不。

过程!对,生命的意义就在于你能创造这过程的美好与精彩,生命的价值就在于你能够镇静而又激动地欣赏这过程的美丽与悲壮。但是,除非你看到了目的的虚无你才能够进入这审美的境地,除非你看到了目的的绝望你才能找到这审美的救助。但这虚无与绝望难道不会使你痛苦吗?是的,除非你为此痛苦,除非这痛苦足够大,大得不可消灭大得不可动摇,除非这样你才能甘心从目的转向过程,从对目的的焦虑转向对过程的关注,除非这样的痛苦与你同在,永远与你同在,你才能够永远欣赏到人类的步伐和舞姿,赞美着生命的呼喊与歌唱,从不屈获得骄傲,从苦难提取幸福,从虚无中创造意义,直到死神和天使一起来接你回去,你依然没有玩够,但你却不惊慌,你知道过程怎么能有个完呢?过程在到处继续,在人间、在天堂、在地狱,过程都是上帝的巧妙设计。

但是我们的设计呢?我们的设计是成功了呢还是失败了?如果为了使你幸福,我们不仅得给你小痛苦,还得给你大痛苦,不仅得给你一时的痛苦,还得给你永远的痛苦,我们到底帮了你什么忙呢?如果这就算好运,我,比如说我——我的名字叫史铁生,这个叫史铁生的人又有什么必要弄这么一份"好运设计"呢?也许我现在就是命运的宠儿?也许我的太多的遗憾正是很有分寸的遗憾?上帝让我终生截瘫就是为了让我从目的转向过程,所以有那么一天我终于要写一篇题为“好运设计”的散文,并且顺理成章地推出了我的好运?多谢多谢。可我不,可我不!我真是想来世别再有那么多遗憾,至少今生能做做好梦!

我看出来了——我又走回来了,又走到本文的开头去了。我看出来了,如果我再从头开始设计我必然还是要得到这样一个结尾。我看出来了,我们的设计只能就这样了。我不知道怎么办了,不知道还能怎么办。上帝爱我!——我们的设计只剩这一句话了,也许从来就只有这一句话吧。

1990 年

随笔十三

一

我曾想过当和尚,羡慕和尚可以住进幽然清静的寺庙里去。但对佛学不甚了了,又自知受不住佛门的种种戒律,想一想也就作罢。何况出家为僧的手续也不知如何办理,估计不会比出国留学容易。

那时我正度着最惶茫潦倒的时光。插队回来双腿残废了,摇着轮椅去四处求职很像是无聊之徒的一场恶作剧,令一切正规单位的招工人员退避三舍。幸得一家街道小作坊不嫌弃,这才有一份口粮钱可挣。小作坊总共三间低矮歪斜的老屋,八九个老太太之外,几个小伙子都跟我差不多,腿上或轻或重各备一份残疾。我们的手可以劳作,嗓子年轻,梦想也都纷繁,每天不停地唱歌,和不停地在仿古家具上画下美丽的图案。在那儿一干七年。十几年后我偶然在一家星级饭店里见过我们的作品。

小作坊附近,曲曲弯弯的小巷深处有座小庙,废弃已久,僧人早都四散,被某个机关占据着。后来时代有所变迁,小庙修葺一新,又有老少几位僧徒出入了,且唱经之声隔墙可闻。傍晚,我常摇了轮椅到这小庙墙下闲坐,看着它,觉得很有一种安慰。单是那庙门、庙堂、庙院的建筑形式就很能让人镇定下来,忘记失学的怨愤,忘记失业的威胁,忘记失恋的折磨,似乎尘世的一切牵挂与烦恼都容易忘记了……晚风中,孩子们鸟儿一样地喊叫着游戏,在深巷里荡起回声,庙院中的老树沙啦沙啦摇动枝叶仿佛平静地看这人间,然后一轮孤月升起,挂在庙堂檐头,世界便像是在这小庙的抚慰下放心地安睡了。我想真不如出家为僧,粗茶淡饭暮鼓晨钟,与世无争地了此一生。

摇了轮椅回家,一路上却想,既然愿意与世无争地度此一生,又何必一定要在那庙里?在我那小作坊里不行么?好像不行,好像只有住进那庙里去这心才能落稳。为什么呢?又回头去看月下小庙的身影,忽有所悟:那庙的形式原就是一份渴望理解的申明,它的清疏简淡朴拙幽深恰是一种无声的宣告,告诉自己也告诉别人,这不是落荒而逃,这是自由的选择,因而才得坦然。我不知道那庙中的僧徒有几位没有说谎,单知道自己离佛境还差得遥远,我恰是落荒而逃,却又想披一件脱凡入圣的外衣。

而且从那小庙的宣告中,我也听出这样的意思:入圣当然可以,脱凡其实不能,无论僧俗,人可能舍弃一切,却无法舍弃被理解的渴望。

二

有一回我发烧到 40.3 度,躺在急诊室里好几天,高烧不退。我一边呻吟并且似乎想了一下后事的安排,一边惊异地发现,周围的一切景物都蒙上了一层沉暗的绿色,幸而心里还不糊涂,知道这不过是 40.3 度在捣鬼。几天后,烧退了,那层沉暗的绿色随之消失,世界又恢复了正常的色彩。那时我想,要是有一种动物它的正常体温就是 40.3 度,那么它所相信的真实世界,会不会原就多着一层沉暗的绿色?这是一种猜测,站在人的位置永远无法证实的猜测。便是那种动物可以说话,它也不能向我们证实这一猜测的对还是错, 因为它不认为那发绿的世界有什么不正常,因为它不可能知道我们所谓的正常到底是什么状态,因为它跟我们一样,无法把它和我们的两种世界作一番比较。

对于色盲者来说，世界上的色彩要少一些——比如说，不是七种而是五种。但为什么不可能是这样：世界上的色彩本不是七种而是九种，因为我们大家都是色盲呢？

我总猜想，在我们分析太阳的光谱时，是否因为眼睛的构造（还有体温呀，心率呀，血压呀等等因素）而事先已被一种颜色（比如沉暗的绿色）所蒙蔽所歪曲了？当然这猜想又是永远无法证实，因为我们不管借助什么高明的仪器，最终总归是要靠眼睛去作结论；而被眼睛所蒙蔽的眼睛，总也看不出眼睛对眼睛的蒙蔽。

那么听觉呢？那么嗅觉和味觉呢？那么人的一切知觉以及由之发展出来的理性呢？况且，人类的知觉说不定会像色盲一样有着盲点呢？我们凭什么说我们可以发现一个纯客观的世界呢？

三

一度，我曾屡屡地做一个大同小异的梦，梦见我的病好了，我的腿又能走了，能跑能跳而且腿上又有了知觉。因为这样的梦做得太多，有一回我在这梦里问这梦里的别人："这回我不是又在做梦吧？"别人说："不是，这怎么会是梦呢？当然不是。"我说："那怎么证明？你怎么能给我证明这一次不是梦呢？"别人于是就给我证明："你看太阳，不是还在天上？""你看这树叶不是绿的么？你听，不是还有风？""你再看这河，水不是还在流着么？"……虽种种证明完全不合逻辑，但在梦中我却一一信服，于是激动得流泪，心想这一回到底不是梦了，到底是真的了。可这么一激动，就又醒了，看着四周的黑夜，心里无比懊恼。懊恼之余我想：要是在梦中可以怀疑是不是梦，那么醒了也该怀疑是不是醒吧？要是在梦中还可以做梦，为什么醒来就不可以再醒来呢？

我还常常做些离奇古怪的梦。有一次我梦见一个周身闪耀着灵光的人对我说:“知道你的病因是什么吗?”我问:“什么?”他说:“你的脊髓里颠倒了八小时。”于是我相信我的病因可算找到了。有一次我梦见走进一片树林,或者有或者只是我感到有——一个声音在对我说:“找找看,哪一棵树是你。”遍地的灌木葳蕤泼洒,高大的乔木蔽日遮天,我摸摸这一丛,敲敲那一棵,心想哪一棵回答说它是我,它就必定是我。有一次我梦见我放声高歌,歌声嘹亮响遏行云,而且是即兴的词曲,但低吟高唱无不抑扬成调。有一次,我梦见,我把右腿卸下来装在左胯上,再把左腿卸下来装在右胯上,于是我就能行走如初了。我也做过周游世界的梦,做过发财的梦,做过被称之为“春梦”的那种梦。我相信弗洛伊德们肯定会找到这些梦的原因,不过我对此没有多少兴趣。日有所思,夜有所梦,总归跑不出这个逻辑。让我感兴趣的是,梦中全不顾什么逻辑和规矩,单是跟着愿望大胆地走去。

无论做什么样的离奇古怪的梦,你都不会在梦中感到这太奇怪,这太不可思议,这根本不可能,你会顺其自然地跟随着走下去。而这些事或这些念头要是放在白天,你就会羞愧不已、大惊失色、断然不信、踟蹰不前。这是为什么?很可能是这样:从人的本性来看,并无任何“奇怪”可言;就人的欲望来说,一切都是正当。所谓奇怪或不正当,只是在这个现实世界的各种规矩的衬照下才有的一种恐惧。

四

写作(这里主要指小说和散文)成为少数人的职业,我总感觉有点荒唐。因而我想“专业作家”可能是一种暂时现象。世界上那么多人,凭什么单要听你们几个人叨唠?人间那么多幸福快乐困苦忧伤,为什么单单你们几个人有诉说的机会?几十亿种生活,几十亿种智慧和迷惑,为什么单单选取你们的那一点点儿向大家公布?我觉得这事太离谱儿。

小说或散文若仅仅是一处商业性的娱乐场所倒也罢了,总归不能人人都开办游乐场。但文学更要紧的是生命感受的交流,是对存在状态的察看,是哀或美的观赏,是求一条生路似的期待,迷途的携手或孤寂的摆脱,有人说得干脆那甚至是情爱般的袒露、切近、以命相许、海誓山盟。这可是少数几个人承担得起的么?

作家都自信道出了世事众生的真相,即便夸张、变形、想象、虚构、拼接、间离……但他们必说那是真或是本质的真。虽对真的检查见仁见智,但有一条肯定:自命虚假的作品绝无。然而人间浩翰复杂瞬息万变,几位职业作家能看见多少真呢?有一副旧对子:百行孝当先/万恶淫为首。据说有位闲人给上下联各添了十二个字:百行孝当先,论心不论迹,论迹贫家无孝子/万恶淫为首,论迹不论心,论心自古无完人。迹可察,但心可度么?我还听一位"文革"中遭拷打而英勇未屈者说过:要是他们再打我一会儿我可能就叛变了,我已经受不住了正要招认,偏这时他们打累了。我有时候猜测:那个打手一定是累了么?还是因为譬如说他与某个女人约会的时间到了?当然还可能是其他原因,无穷无尽的可能性,只要当事人不说,真相便永无大白之日。还是那句话,要是成千上万的人只听几个人说(且是小!说,是散!文),能听见多少真呢?充其量能听见他们几个人自己的真也就难能可贵。

扬言写尽人间真相,其实能看全自己的面目已属不易。其实敢于背地里毫不规避地看看自己,差不多就能算得圣人。记得某位先哲有话:"语言,与其认为是在说明什么,不如说是在掩盖什么。"形单影只流落于千差万别的人山人海中,暴露着肉身尚且招来羞辱,还敢赤裸起心魂么?自亚当、夏娃走出伊甸园人类社会于是开始之日,衣服的作用便有两种:御寒和遮羞;语言的作用也便有两种:交流和欺瞒。孤独拓展开漫漫岁月,同时亲近与沟通成为永远的理想。在我想来,爱情与写作必也是自那时始,从繁衍种类和谋求温饱的活动中脱颖而出——单单脱去遮身的衣服还不够,还得脱去语言的甲胄让心魂融合让差别在那一瞬间熄灭,让危险的世界上存一处和平的场所。可能是罗兰·巴特说过,写作者即恋人。所以有人问我,你理想中的小说(或散文)是什么?我想了又想,发现我的理想中并没有具体的作品,只有一种姑妄名之的小说环境或曰创作气氛,就像年轻恋人的眼前还没有出现具体的情人却早有了焦撩着的爱的期待。于是我说,在我的理想中甚至是思念里,写小说(或写散文)应该是所有人的事,不是职业尤其不是几个人的职业,其实非常非常简单,那是每一个人的心愿,是所有人自由真诚的诉说和倾听。所有人,如果不能一同到一个地方去,就一同到一种时间里去,在那儿,让心魂直接说话,在那儿没有指责和攻击当然也就无需防范和欺瞒,在那儿只立一个规矩:心魂有袒露的权利,有被了解的权利,唯欺瞒该受轻蔑。

所以我希望"职业作家"是暂时现象。我希望未来的写作是所有人的一期假日,原不必弄那么多技巧,几十亿种自由坦荡的声音是无论什么技巧也无法比拟的真实、深刻、新鲜。我希望写作是一块梦境般自由的时间,有限的技巧在那儿死去,无限的心思从那儿流露无限的欣赏角度在那儿生长。当然当然,良辰一过我们还得及时醒来,去种地,去打铁,上下班的路上要遵守交通规则。

五

我最早喜欢起小说来,是因为《牛虻》。那时我大约十三四岁,某一天午睡醒来颇有些空虚无聊的感受,在家中藏书廖廖的书架上随意抽取一本来读,不想就从午后读到天黑,再读到半夜。那就是《牛虻》。这书我读了总有十几遍,仿佛与书中的几位主人公都成了故知,对他们的形象有了窃自的描画。后来听说苏联早拍摄了同名影片,费了周折怀着激动去看,结果大失所望。且不说最让我难忘的一些情节影片中保留太少,单是三位主要人物的形象就让我不能接受,让我感到无比陌生:琼玛过于漂亮了,漂亮压倒了她高雅的气质;蒙泰尼里则太胖,太臃肿,目光也嫌太亮,不是一颗心撕开两半的情状;牛虻呢,更是糟,亚瑟既不像书中所说有着女孩儿般的腼腆纤秀,而列瓦雷士也不能让人想起书中所形容的"像一头美洲黑豹"。我把这不满说给其他的《牛虻》爱好者,他们也都说电影中这三个人的形象与他们的想象相去太远,但他们的想象又与我的想象完全不同。回家再读一遍原著,发现作者对其人物形象的描写很不全面,很朦胧,甚至很抽象。于是我明白了:正因为这样,才越能使读者发挥想象,越能使读者根据自己的经验去把各个人物写真,反之倒限制住读者的参与,越使读者与书中人物隔膜、陌生。"像一头美洲黑豹",谁能说出到底是什么样呢?但这却调动了读者各自的经验,牛虻于是有了千姿百态的形象。这千姿百态的形象依然很朦胧,不具体,而且可以变化,但那头美洲黑豹是一曲鲜明的旋律,使你经常牵动于一种情绪,想起他,并不断地描画他。

在已有的众多艺术品类中,音乐是最朦胧的一种,对人们的想象最少限制的一种,因而是最能唤起人们的参与和创造的一种。求新的绘画、雕塑以及文学,可能都从音乐得了启发,也不再刻意写真写实,而是看重情绪、节奏、旋律,追求音乐似的效果了。过去我不大理解抽象派绘画,去年我搬进一套新居,挺宽绰,空空的白墙上觉得应该有一幅画,找了几幅看看觉得都太写实,太具体,心绪总被圈定在一处,料必挂在家里每天看它会有囚徒似的心情。于是想起以往看过的几幅抽象派画作,当时不大懂,现在竟很想念,我想在不同的日子里跟它们会面,它们会给我常新的感觉,心绪可以像一个囚徒的改过自新。

听觉原就比视觉朦胧,因而音响比形象更能唤起广阔的想象。比听觉更朦胧的,是什么?是嗅觉。将来可否有一种嗅觉交响乐呢?当然那不能叫交响乐,或许可以叫交味乐?把种种气味像音符一样地编排,幽缈或强烈地散发,会怎么样?准定更美妙,浮想联翩,味道好极了!

六

几年前美术馆有过一次别开生面的“现代艺术展”,我因行动不便,没能去看。听说最令人惊诧不解的一份作品是:一个人(作者本人),坐在小板凳上,双脚浸在水盆里,默默然旁若无人地洗脚。有看过的人回来说:“什么玩意儿,越玩越邪乎了!早知这样不如上澡堂子看去。”

我却接受这份作品,心绪因之漫展得辽远,无以名状地感动。为什么会这样,连自己也一时猜不透,是不是也中了邪?慢慢想,似乎有一点儿明白。

我先是想到自己也有类似的时候,无论是生命中的什么滋味,一尝到极端便无以诉说,于是从繁杂的世界回到属于自己的一隅,做着必要的凡俗之事,思绪却东奔西走,但无以诉说的事恰恰指向了现实的绝境,思绪走投无路便可能开出一块艺术的心境,看见生命的危惧,看见不屈不死的渴望,于是看见上帝的恩赐和生活的原状,感动着但是镇定了,镇定了又不想麻木,种种滋味依然处在极端,但一改愤世嫉俗的故习,转而追随了审美的逻辑。

其次我想到这是为什么。——把几颗粗糙平凡随处可以捡到的石子,似乎排布随意地粘在一只素雅的瓷盘上,就使人有了艺术的感受;把几片凋零枯焦并不珍奇的落叶装在精美的镜框里,就产生了审美价值;把农舍门窗上的剪纸陈列在美术馆里,人们就更加看见它们的魅力。原因肯定很多。但我想,至关重要的是发现者的态度。在那石子、落叶、剪纸和瓷盘、镜框、美术馆之间,是发现者的态度,弥漫着发现者坎坷曲回的心路,充溢着发现者迷茫但固执的期盼,从而那里面有了从苦难到赞美的心灵历史。任何一种东西,原本并没有美在其中,万物之间也并没有美的关系,是人发现了美。美,其实是人对世界、对生命的一种态度。在那石子、落叶、剪纸和瓷盘、镜框、美术馆的关系中,便蕴藏了发现者的这类态度。而真正的欣赏也得是一种发现。基于欣赏者的态度而有的一种发现,或者基于这种发现而生长的一种态度。当我们看着这些作品时,我们发现了什么呢?除了发现发现者所发现的,更重要的发现是,我们还发现了发现者与其作品的关系,我们感动的其实是发现者的态度,其实是再发现时我们所持的态度。于是我们也成为发现者,甚至成为有更多发现的发现者,思绪万千。要是你没能发现发现者的态度,没能发现一个孤独的洗脚者和周围高雅堂皇的建筑和各怀心事的人群之间的关系,那当然就不如去路边看石子,和到澡堂子里去看洗浴了。

有一种叫作"接受美学"的东西,我想没准儿就是这么回事。

其实什么叫艺术品呢?真是没有一定之规。莫扎特就一定是?但是听不懂他的人从中毫无所得。冬日北风中的一声叫卖就一定不是?但有人却从中听见人生辽阔的存在。常听说某种艺术被称为空间艺术,某种艺术被称为时间艺术,我想这说法不算恰当。艺术从来就不是发生在空间和时间,而是发生在更高的一维,发生于众生之精神寻觅的网脉一样的遭遇和联结之上,如何地遭遇联结恐怕专属于神的作为,人呢,借助了时空去接近她。但时空常又阻碍了这种接近,这才有无羁无绊的沉思默想跳出在时空之上,无中生有地开辟一条朝圣之路。

七

为什么往事,总在那儿强烈地呼唤着,要我把它们写出来呢?

为了欣赏。人需要欣赏,生命需要被欣赏。就像我们需要欣赏我们的爱人,就像我们又需要被爱人欣赏。

重现往事,并非只是为了从消失中把它们拯救出来,从而使那部分生命真正地存在;不,这是次要的,因为即便它们真正存在了终归又有什么意义呢?把它们从消失中拯救出来仅仅是一个办法,以便我们能够欣赏,以便它们能够被欣赏。在经历它们的时候,它们只是匆忙,只是焦虑,只是“以物喜,为己悲”,它们一旦被重现你就有机会心平气和地欣赏它们了,一切一切不管是什么,都融化为美的流动,都凝聚为美的存在。

成为美,进入了欣赏的维度,一切才都有了价值和意义。说生命的终极价值和意义是美,仿佛有点无可奈何。我们可以把社会的价值和意义发现得很清晰,很具体,很实在或很实用。可是生命呢?如果一切清晰、具体、实在和实用的东西都必然要毁灭,生命的意义难道还可以系之于此吗?如果毁灭一向都在潜伏着一向都在瞄准着生命,那么,生命原本就是无用的热情,就是无目的的过程,就是无法求其真而只可求其美的游戏。

所以,不要这样审问小说——“到底要达到什么?”“到底要说明什么?”“到底要解决什么?”“到底要完成什么?”“到底要探明什么?”“到底要判断什么?”“到底怎么办?”小说只是让我们欣赏生命这一奇丽的现象,这奇丽的现象里包含了上述的“到底”和“什么”,但小说不负责回答它。小说只给我们提供一个机会,一个摆脱真实的苦役,重返梦境的机会:欣赏如歌如舞如罪如罚的生命之旅吧。由一个亘古之梦所引发的这一生命之旅,只是纷纭的过程,只是斑斓的形式。这足够了。

我每每看见放映员摆弄着一盘盘电影胶片,便有一种神秘感,心想,某人的某一段生命就在其中,在那个蛋糕盒子一样的圆圆的铁盒子里,在那里面被卷作一盘,在那儿存在着,那一段生命的前因后果同时在那儿存在了,那些历程,那些焦虑、快乐、痛苦,早都制作好了,只等灯光暗下来放映机转起来,我们就知道是怎么回事了。于是我有时想,我的未来可能也已经制作好了,正装在一只铁盒子里,被卷作一盘,上帝正摆弄它,未及放映,随着时光流逝斗转星移,我就一步步知道我的命运都是怎么回事了。于是我又想,有一天我死了,我一生的故事业已揭晓,那时我在天堂或在地狱看我自己的影片:哈!这不是我吗?哈,我知道我都将遇到什么,你们看吧,我过了二十一岁我就要一直坐在轮椅上,然后我在一家小作坊干了七年,然后我开始学写作……不信你们等着瞧。我常想,要是有那样的机会,能够那样地看自己的一生,我将会被自己感动,被我的每一种境遇所陶醉。

八

Y跟我说,有一回他和几个朋友慕名去见一位精通预测(或曰算命)的大师,大师的本领果然不凡,虽与Y和Y的几个朋友素昧平生,却把Y的几个朋友以往的际遇推算得准确之极。算对了以往再算未来,Y的几个朋友前途各异,因而有的喜形于色,有的掩饰不住忧虑。轮到Y时,Y退却,扭头溜掉。Y说,他原是想看个稀罕,并未认真,不料那大师真的名不虚传。Y说,这一下他倒害怕了。我问:"怕什么?"Y说:"因为他算得太准。把什么都算出来,我往下可还活的什么劲儿呢?就像下棋,每一步都已了然,再下还有什么趣味?"

Y对命运的态度,依我看,比那位大师更高明。

虽然多数的算命属骗钱糊口的勾当(其实这类勾当很多,不止于算命),但我相信有些算命或对命运的预测是有道理的,确凿灵验。是什么道理,我当然不知道。但对天气预报既然可以有所信赖,地震预报虽不灵验者多但仍在提倡,为什么不能尝试其他方面的预测呢,比如命运?

但我也有如Y的一种忧虑:倘终于未来的一切都了如指掌,人生就怕十分的乏味了。除此忧虑外,我还有一份顽固的糊涂:可预测,但可预防么?

如果单单是预测得准确而无法预防,是喜事便好,是祸事呢?岂不倒白白赔进去额外的惊吓与苦恼?所以碰上算命的,我总是请他报喜不报忧,真与不真我并不计较。常言道“笑比哭好”,有一份美梦可做,显见得不是坏事。这美梦越是做得长久,我便越是快慰得长久,假如这美梦在我死前一直不被揭穿,我岂不是落得了一生的好运道?揭穿了也不怕,还可以再为自己预算出一些好运,不断地为自己筹措虚缈的美景良辰,使自己总有美梦可做,至死方休。这么说,肯定会有人以为大谬不然,嗤之以鼻。换一个说法也许就好了:人活着,总是要心怀美丽的理想。人是最喜欢沉醉于虚缈的动物,而且这不是坏品质。

命运,要是不单可以预测,还可以预防,因而可以避祸,那当然最好不过。可是我想,预测仅仅是旁观因而不影响世界原有的结构,预防却是干预,预防之举必定会改变原有的世界,因之原有的预测也就不再准确。那么在这个已经掺进了预防已经改变了的世界中,还可以继续预测和预防么?也就是说,可以预测那些预测么?可以预防那些预防么?假定可以。那么肯定会出现对预测的预测,对预测的预测的预测,对预防的预防的预防……如此无穷地循环,结果必是谁也无从预测,谁也无法预防,或者是大家整日都在忙于预测和预防,再无其他事做。只有一个办法可以拯救预测和预防,那就是只给少数人以预测和预防的特权(人数越少效果越好),就像只给少数人以高官厚禄的机缘。但少数的特权给谁——这可以预测和预防么?倘可预测,便说明命运的不可预防;若可预防,还不又是争权夺利似的争斗?

九

早听人说过特异功能的神奇,不敢不信,但未目睹,总还是心存疑忌。前不久终于有缘亲眼看了一回，一位赫赫有名的特异功能大师离我不足两米之距，只见他把我们刚刚吃饭时用过的两只不锈钢餐叉并在一起，握在掌心，吹一口气，揉捏片刻轻轻一拧，噔啷一声掷于桌面，两只餐叉已是麻花般缠绞在一起。在场的人或惊叫，或目瞪口呆。我定了定神，看看四周的世界，心中竟一阵阵恐惧。怕什么？世界原来藏着秘密，在被认为不可能藏着秘密的地方藏着秘密，世界就很是一个阴谋家似的可怕。我于是懂得，当"地球是圆的地球是围绕太阳转着"的消息第一次发布时，反对者绝不是出于嫉恨，而是出于恐惧。

对特异功能的神奇，还是不相信者居多，这情有可原，因为多数人没有机会亲眼看看。但听说，也有人对此取"不信、不听、不看"的态度，还自称是对科学的捍卫，是反迷信的义举，这真是更为特异的逻辑。不信，那是不信者的自由；不听，则已有盗铃之嫌；不看呢，才真是可怕的迷信了。有人说，现代最大的迷信是科学自己，说得痛快！任何思想、逻辑、认识世界的方法，要是醉在自己的成功上，自负得以致封闭，都有望愚昧蛮横成一头暴君。

对特异功能的神奇，又有人持另一种拜倒的态度：相信那是能使人类千古梦想终得实现的力量，是拯救众生脱离困苦的佛光，是最最最伟大的宗教。我真是不信，同时我相信又一头暴君正在发育成长。

我相信特异功能的神奇力量的确凿。我相信它的效用越是确凿，就越说明它是科学，是潜科学；我相信它越是有神奇的力量，就说明它越不是宗教，宗教一向是在人力的绝境上诞生。我相信困苦的永在，所以才要宗教。我相信，人们不愿承认末日的必来，和不愿承认困苦的永在，乃是所有救世哲学难于自圆的病根。

譬如说佛的宏愿，那不可能是一种事实，那永远只是一个理想；佛以一个美丽的理想，帮助众生与困苦打交道罢了。因为：倘一人不能成佛，众生便未得度。众生都若成佛,世间便无差别和矛盾,也就同于死寂。若从死寂中再升华出一个更高明的世界,也只是有了更高明的差别和矛盾,于是又衍生出众生更为高明的困苦,和更为高明的佛。佛很可能一向就是位媒人,经他介绍,众生才得与困苦相识,并天荒地老永不分离。

十

我这样理解真善美:"有物混成,先天地生",自然,就是真,真得不可须臾违抗。知人之艰难但不退而为物,知神之伟大却不梦想成仙,让爱燃烧可别烧伤了别人,也无需让恨熄灭,唯望其走向理解和宽容;善,其实仅指完善自我,但自我永无完善。因而在无极的路上走,如果终于能够享受快慰也享受哀伤,就看见了美。

但我也发现荒诞:走在街上,坐在家中,或匆匆奔赴一个约会,或津津有味地作一篇文章……这样的时候我的眼睛常常跳到屋顶上、树梢上、天空的各种颜色里,俯看自己,觉得下面这个中年男子真是乖张。这家伙自以为是在奔赴约会,其实呢,不过是一步步去会见死亡;自以为献身一项有益的事业,其实很可能只是自寻烦恼和无事忙;自以为有一份使命,其实说不定正高歌猛进在歧途上。但这样想过却不能放弃,目光从天际回来,依然沉湎于既往的荒唐。

但什么是歧途和荒唐?谁能告诉我,怎样才不是歧途和荒唐?

也许,人,就是歧途。因为人是欲望的化身,没有欲望也就没有人。因为欲望不能停留,否则也就不是欲望。因为"地上本没有路,走的人多了也便成了路"。因为在无路之地举步,本无法保证那是正道。所以倒是歧途养育了我们这种动物。

人,未必就高于其他动物。见一头牛被奴役,便可想到人也在被命运奴役。见一匹鹿自由快乐地消磨光阴,便可想到,人的一切所为,也正是为了快乐地消磨由一生光阴铸成的歧途。就像坐着长途的列车,空洞的时间难熬,便玩着扑克牌,玩呀玩呀,那煎熬的时间就在快乐中过去了,注目再看时,好了,到了,大家散伙下车,扑克牌再无意义了。当然,把扑克牌换成书也行,换成沉思也行,换成辩论和正义的战斗也都行。

那么,比如鹿,比如鱼和鸟,它们"快乐地消磨"的方式,凭什么说一定低于人的方式呢?很怪。唯有想到自己是人这一无可争辩的事实时,才相信自己的方式的必要性。万物平等。人为自己留一颗骄傲的心,人为自己设置美丽的理想,只是更利于"快乐地消磨"罢了,绝不是说人可以傲视一只坦然而飞的鸟,或一条安然入梦的鱼。

也许上帝设计了这歧途是为了做一个试验:就像我们放飞一群鸽子,看看最后哪只能回来。或者是对他的孩子们的一次考验:把他们放进龌龊中去,看看谁回来的时候还干净。

十一

在电视中见过这样一个节目:数名影剧中的反角演员一起登台,向观众祝贺节日,和大家一起欢度佳节。主持人说:人们总是更关注正面角色的演员,但是别忘了他们(摄像机便逐一地对准这一群或"可怕"或"可憎"的面孔),没有他们的合作就没有戏,他们和正面角色的演员一样功不可没。台下鼓掌。然后他们中的一位说:在戏里我们都是坏蛋,在生活里(看看他的一群伙伴),其实咱们都是好人。台下又鼓掌,表达对他们的感谢。这时候我心里似乎惊喜,似乎温暖,似乎一切梦想都接近实现。

坐在电视机前,眼睛再看不见其他节目,我想象一个剧团因为没有了反角演员而面临散伙的窘境。我想,那时所有的正角演员一定都被发动起来,求贤似渴般地去寻找反角演员,就像刘玄德三顾茅庐,就像萧何月下追韩信,甚至就像一条要沉没的船上发出着求救信号,甚至就像一群迷途者在呼唤上帝的指引。据说,一个真正的英雄在打败了所有的敌人之后,忽然感到无比的恐慌,忽然看不见了生命的价值,因而倒成了一个真正的失败者。

世界大舞台,舞台小世界。设若世界上没有了歧途全剩下正道,设若世界上没有了反面角色单留无数英雄豪杰,人类大约也就是一个面临散伙的大剧团,想必我们也得呼唤救星一样地呼唤反面角色,久旱祈雨般地祈求天降歧途。幸好不是这样,幸好上帝深谙戏剧之要义,便是在小世界幕落之后,也还在大舞台上为我们准备了无路之地,待我们去踏出正道也踏出歧途。

有幸踏出正道的当然是好人。谁去踏出歧途呢?不幸踏住歧途的在这大舞台上便被称作坏蛋。(说明一下:歧途者,并不单指山野间的歧途,还指心理和灵魂的歧途。)这就显得不大公平。步入歧途已然不幸,还要被大家轻蔑和唾骂;走上正道已经交的好运,还要追加恭维和赞美。但从戏剧的进展和效果考虑,非如此而不可,唾骂和赞美原是演出歧途和正道的方法。

当然法律还是法律,不可松懈,正如演员不可擅自篡改剧作的编排。我只希望,在世界大舞台上,也有正反角色共度佳节的机会。在坏蛋被惩处的地方,让我们记起角色后面的那个演员,从而在人的意义上,在灵魂的神殿前,呈上一份平等的追悼和理解,想起我们的大剧团所以没散伙的一个原因。

十二

我的一位朋友的儿子,小名儿叫老咪。老咪六七岁的时候,他的哥哥十二三岁。十二三岁的哥哥正处在好奇心强烈的年纪,奇思异想迭出不穷,有一个问题最吸引他:时间,时间是从什么时候开始的?他拿这个问题去问他爹，他爹回答不出。他再拿这问题去问老师，老师也摇头。于是哥哥把它当作一个难倒成年人的法宝，见哪个狂妄之徒胆敢卖弄学问，就把这问题问他，并窃笑那狂徒随即的尬尴。

但有一天老咪给这问题找到了精彩的答案。那天哥哥又向某人提问："时间，你知道吗，是从什么时候开始的？"这时老咪正睡眼蒙眬地瞄准马桶撒尿，一条闪亮的尿线叮咚地激起浪花，老咪打个冷战，偷眼去望墙上的挂钟，随之一字一板泰然答道："从一上弦就开始了。"语惊四坐。这老咪将来做得哲人。

我生于1951年。但在我，1951年却在1955年之后发生。1955年的某一天，我记得那天日历上的字是绿色的，时间，对我来说就始于这个周末。在此之前1951年是一片空白，1955年那个周末之后它才传来，渐渐有了意义，才存在。但1955年那个周末之后，却不是1955年的一个星期天，而是1951年冬天的某个凌晨——传说我在那个凌晨出生，我想象那个凌晨，于是1951年的那个凌晨抹杀了1955年的一个星期天。那个凌晨，四点五十七分我来到人间（有出生证为证），奶奶说那天下着大雪。但在我，那天却下着1956年的雪，我不得不用1956年的雪去理解1951年的雪，从而1951年的冬天有了形象，不再是空白。然后是1958年，这年我上了学，这一年我开始理解了一点儿太阳、月亮和星星的关系。而此前的1957年呢，则是1964年时才给了我突出的印象，那时我才知道一场反右运动大致的情况，因而1957年下着1964年的雨。再之后有了公元前，我知道了并设想着远古的某些历史，而公元前中又混含着对2001年的幻想，我站在今天设想远古又幻想未来，远古和未来在今天随意交叉，因而远古和未来都刮着现在的风。

我理解，博尔赫斯的"交叉小径的花园"是指一个人的感觉、思绪和印象，在一个人的感觉、思绪和印象里，时间成为错综交叉的小径。他强调的其实不是时间,而是作为主观的人的心灵,这才是一座迷宫的全部。

十三

有很多回,有很多事,我冥思苦想,似有所得,并为之欣喜,但忽一日却从书中发现,我所想到的前人早已想到了,不免为之沮丧。

我是不是白想了呢?

没有,我没有白想。

我想到了我才明白了前人的所想,前人的所想才真正存在。如果我没想到,即便我读到前人的所想我也不会理解,前人的所想也就等于无。

所以我知道了:凡我想到的前人都想到了,凡我没想到的也就等于没有前人的所想。

看来亘古至今,人们是在反复地问着和回答着同一个问题,不得不这样。人们轮班地来做同一个猜谜游戏。结束之后是开始。

1992 年 7 月 23 日

减灾四想

一

“减灾报”这名称先让我感动，因为盈耳的一向是捷报和喜报。不可指望世间无灾，抗灾、减灾差不多算得历史主旋律。譬如从猿到人的演变，谁不希望是一路和平？但上帝不许，因而一路的壮举很少不与减灾有关。未来必还是这样，上帝喜欢从中检查人类的智慧和勇气。

希望《减灾报》为我们残疾人开设一目专栏。残疾，无疑是灾，由灾所致，而后成灾。并不期此栏表彰我们的坚韧，唯盼为我们报灾，其他报刊旨趣繁多，此事唯《减灾报》做来名正言顺。至少是我，宁可看见坚韧与灾情共减。

二

先说一件事。我是个住院的老手，往日的百分之五是在病房里度过。我曾与两位陌路老人相逢同一间病室，三张病床我居当中，左边的一位七十岁，右边的一位也是七十岁，我是截瘫，他们俩都是偏瘫，排布得工整恰似一副对联。然而右边的一位有五儿两女，左边的一位只有一个养子，于是看出多子多福来了。右边，每日迎来送往探者如云，昼夜有人轮班守候，老爷子颐指气使要星星要月亮，众儿孙轻唯低诺万苦不辞。左边呢，整日清清寂寂偶得一二鼾声，幸亏老先生善睡，任二便横流纵溢单由护士去操心埋怨。凡走进我们病室的人都叹说：这一下子最少抵消了一万次“只生一个好”的宣传。病人多，护士少，左边老人的臀上、胯上，乃至脚上都长了褥疮。护士说：他那养子什么也不管，真没良心。大夫说：要是早有人扶他起来锻炼，他至少可以恢复到拄着拐杖行走，现在晚了。护士说：他在这儿早就没什么治疗了，通知他家属接他出院，结果他那个养子吓得不敢来了，这可倒好我们这儿成了养老院。右边的老人便对我说：他那养子每星期来一次，晚上来，偷偷看一眼，放下点钱和粮票，乘大夫护士没发现，他赶紧逃。有一天我见到了左边老人的养子，很晚了，病房里已经熄灯，不知他靠了什么妙法钻进来。他把一大堆吃食放在老人的柜橱里，把钱和粮票放进抽屉，在老人身旁默坐。我翻了个身。他见我醒着马上跟我寒暄，谈话很快变成了他的忏悔和诉苦。他说老人把他养大照理说现在正该是他尽孝之时。可是，他说他是汽车司机，白天开车晚上再侍候老人就怕第二天又把谁撞成残疾人。接回家去吧，他说您算算我只有一间房，请个保姆可往哪儿住？再说，他叹道，请个保姆每月八十块还未必请得着，端屎端尿的谁爱干？他说，要不我在家专门侍候老人，可没了奖金老婆孩子都喝西北风去？说到这儿我们俩相对良久无言。最后他说“劳您驾，老爷子有什么事您给招呼一声护士”，一跺脚走了。从那时起我便想，现在都是独儿独女，未来的老年社会此类事怕会成倍涌现。晚年，在前面坚定不移地等待着每一个人，未雨绸缪，可否现在就筹备起一个“晚年互助院”，凡遵纪守法只生一个的好夫妻将来都有资格住进此院，并不麻烦年轻人，因为还要靠他们去抓革命促生产，就让所有退休的人互相帮助走向终点，后倒下的帮助先倒下的，前仆后继。

三

再说一件事。我曾参加编写过一部电影，剧中主人公是一位因病截去左腿的少女。为此导演费尽周折找来一位替身演员，身材与主人公的表演者一般漂亮，但左腿自膝以下没有了。我坐了轮椅去拍摄现场看热闹，见了她，同是残疾人相逢不必曾相识。我问她，你这腿怎么残的？她说，十九岁那年没考上大学，就去一个建筑队当临时工，到工地的第二天她就被派去看守卷扬机，没有人给她一点技术指导或安全教育。头几天侥幸平安无事，后来有一天那机器出了点故障，她用脚去踢，一下子腿就给绞了进去。我问：以后呢？她说：住了几个月医院，腿没了，建筑队给了几百块钱让咱回家。我说：只几百块钱？她说：钱再多又能咋的？可这一下再到哪儿找工作都找不到了。我说：那个建筑队应该负责。她说：负啥责！人家有根有据搬出条条文文给咱看，说是临时工的工伤事故都是这样一次性解决，给你截去了真腿又给你装配了假腿再给你几百块钱这笔账就算清了，合情合理合法。我没有研究过此类条文或法律，但我想一条美丽的腿总不至于就值几百块钱，也许正因为这腿定价太低，所以那建筑队并不把技术培训和安全教育放在心上，于是残疾人队伍总在壮大。我当然不认为一条美丽或不美丽的腿可以用人民币结算，但我想，无论临时工还是合同工若能在工伤事故中享受平等待遇，使那类贪便宜的建筑队有更多的经济损失，虽不算一条高尚的计策，却一定能有减灾之效，一方面残疾人队伍会因此日趋衰落，另一方面也能减轻这支衰落了的队伍的灾情。我想以往的法规条文应当有所修正，否则岂非姑息养灾？

四

最后说说我的事。去年我交了好运，分得一套楼房。房子是好到不能再好，好过了梦想，宽敞明亮，且煤气、暖气、厨房、卫生间俱全，乘轮椅度日其中自由之神在纵情歌唱，相信这样的房子最合适残疾人住，相信残疾人最需要这样的住房。但是！但是“外面的世界很精彩”，一旦乘轮椅要出家门，却发现“外面的世界很无奈”，家门前四级台阶高筑，自由之神顿时歇了唱段。求朋友想办法，大家都以为这事不难，“故事不多宛如平常一段歌”，但把楼门内外、楼前楼后视察几遍，才看出截瘫者住这样的楼房得有“把牢底坐穿”之胆魄。无障碍设计说了好多年了，可如今住宅楼如雨后春笋，林林立立，却不见一处有轮椅坡道，甚至连补建轮椅坡道的地方也不留下。常见建筑工地上有一条标语：百年大计。（我想总不至于是说，百年之内中国的住宅楼只遵守以往的设计。）既是百年大计就更应当想到残疾人了，我想百年之内截瘫者肯定都能搬进楼房了，若总要补建轮椅坡道可要浪费多少人力物力。记得有一回我去一家五星级饭店开会，门前有漂亮的轮椅坡道，我说：“你们这儿真想得周到。”守门的小姐说：“没有无障碍设计就评不上五星级。”我想就是到了共产主义，谁也是进出家门的机会比进出五星级饭店的机会多。我想，住宅小区的建设能否也立一条法规：根据下肢残疾者在全国人口中所占比例，每一片新建住宅小区都要有相应数量的楼门设有轮椅坡道，或留出补建轮椅坡道的地方，否则视为违章。

1992 年

游戏·平等·墓地

一、游戏，摆脱时间的刑役。

设若我们不管为了一个什么目的到一个什么地方去，坐火车去，要在火车上度过比如说三天三夜。我们带上吃的、喝的，以及活命七十二小时所必需的用物，要不就带上钱以备购买这些东西。当然此前我们先买好了车票，就是说我们的肉体在这趟车上已经确定有了一个位置。此外我们还得带上点儿什么呢？考虑到旅途的寂寞，带一副棋或一副牌，也可以是一本书，或者一个可以收听消息的小机器……很明显，这已不是活命的需要，这是逃避、抗拒，或者说摆脱时间空洞的需要，是活命之后我们这种动物所不可或缺的娱乐。如果没有棋没有牌没有书也没有消息，有一个彼此感兴趣的对话者也行，如果连这也没有，那么一个想象力丰富的人还可以在白日梦中与这个世界周旋，一个超凡入圣的人还可以默坐诵经以拒斥俗世的烦恼。但所有这些行为都证明了一个共同的起因：空洞的时间是不堪忍受的，倘其漫长就更是可怕的了。

据说有一种最残酷的刑罚：将一个人关在一间空屋子里，给他充足的食物、水、空气，甚至阳光，但不给他任何事做，不给他任何理睬，不给他与任何矛盾和意义发生关系的机会，总之，就这么让他活着性命，却让他的心神没有着落没有个去处，永远只是度着空洞的时间。据说这刑罚会使任何英雄无一例外地终致发疯，并在发疯之前渴望着死亡。

我们在那趟火车上打牌，下棋，聊天，看书，听各种消息并在心里给出自己的评价……依靠这些玩具和游戏逃过了七十二小时空白时间的折磨，（我们之所以还挺镇静，是因为我们知道七十二小时毕竟不是太久。）然后我们下车，颇有凯旋而归的感觉。其实呢，我们不过是下了一趟小车，又上了一趟大车。地球是一趟大车，在更为广阔的空间中走；生命是一趟大车，在更为漫长的时间中走。我们落生人间，恰如上了一趟有七八十年乃至更长行程的列车。在这趟车上，有吃的、喝的、空气、阳光以及活命所需的一切条件。但若在这趟车上光有一副牌一副棋之类的玩意儿就大大地不够，这一回我们不是要熬三天三夜，而是要度过一生！“无聊”这个词的出现，证明我们有点恐慌；前述那种最残酷的刑罚，点明了我们最大的恐惧并不是死亡，而是漫长而空洞的时间。幸好上帝为我们想得周全，在这趟车上他还为我们预备了取之不尽用之不竭的各式各样的矛盾和困阻。这些矛盾和困阻显示了上帝无比的慈悲。有了它们，漫长的时间就有了变化万千的内容，我们的心神就有了着落，行动就有了反响，就像下棋就像打牌就像对话等等等等，我们在各种引人入胜的价值系统中寻找着各自喜欢的位置，不管是“有情人终成眷属”还是“纵使齐眉举案，到底意难平”，我们就都能够娱乐自己了。谢谢上帝为我们安排得巧妙：想跑，便有距离；想跳，便有引力；想恋爱，便有男人也有女人；想灭欲，便有红尘也有寺庙；想明镜高悬，既能招来权门威逼也能赢得百姓称颂；想坚持真理，既可留一个美名也可落一个横死；想思考，便有充足的疑问；想创造，便有辽阔的荒寂；想真，便有假的对照；想善，便有恶的推举；想美，便有丑的烘托；想超凡入圣，便有卑贱庸碌之辈可供嘲笑；想普渡众生，便有众生无穷无尽的苦难……感谢上帝吧，他给我们各种职业如同给我们各种玩具，他给我们各种意义如同给我们各种游戏，借此我们即可摆脱那种最残酷的刑罚了。

这样来看，一切职业、事业都是平等的。一切职业、事业，都是人们摆脱时间空洞的方法，都是娱乐自己的玩具，都是互为依存的游戏伙伴，所以都是平等的，本不该有高低贵贱之分。如果不是为了我们这种动物所独具的精神娱乐的需要，其实一切职业、事业都不必，度命本来十分简单——像一匹狼或一条虫那样简单，单靠了本能就已足够，反正在终于要结束这一点上我们跟它们没什么两样。所以我想，一切所谓精英、豪杰、大师、伟人都不该再昧了良心一边为自己贴金一边期待着别人的报答，不管是你们为别人做了什么贡献，都同时是别人为你们提供了快乐，(助人为乐，不是么？)最好别忘了这个逻辑，不然便有大则欺世小则卖乖之嫌疑。——当然当然，这也不全是坏，正如丑烘托了美，居功自傲者又为虚怀若谷的人提供了快乐的机缘。

二、平等，上帝有意卖一个破绽给我们猜？

“一切职业、事业都是平等的”，这恐怕只是一个愿望，永远都只是一个愿望。事实上，无论是从酬劳还是从声誉的角度看，世间的职业、事业都是不平等的，从来也没有平等过，谁也没有办法命令它们平等。

要是我们真正理解了上帝的慈悲，我们就应该欣然接受这一事实。上帝无比的慈悲，正在于他给了我们无穷无尽的矛盾和困阻，这就意味了差别的不可抹杀。如果没有平凡的事业、非凡的事业和更为伟大的事业之区分，就如同一出情节没有发展的戏剧，就等于是抽去两极使人类的路线收缩成一个无限小的点，我们娱乐的机缘很快就会趋于零了。这便如何是好呢？因为倘若平等的理想消失，就如同一种没有方向的游戏，就等于是抽去一极而使另一极也不能存在,结果还是一样,我们娱乐的机缘仍会很快消失。我们得想个法子,必须得有个办法既能够保住差别又可以挽救平等。于是一个现实主义的戏剧就不得不有一点理想主义的色彩了,写实的技巧就不得不结合浪漫的手法了,善不仅是真,善还得是美,于是我们说“人的能力有大小,只要如何如何我们的精神就一样都是伟大的”。这法子好,真的好,一曲理想的歌唱便在一个务实的舞台上回响了,就像繁殖的节奏中忽然升华出爱情的旋律。此一举巧夺天工,简直是弥补了上帝的疏漏。不过,也许是上帝有意卖一个破绽期待我们去猜透:在现实的舞台上不能消灭角色的差别,但在理想的神坛上必须树立起人的平等。

跟着,麻烦的问题来了:人的平等,是说任何人都应该是平等的吗?那,我们能够容忍——譬如说,“四人帮”和焦裕禄是平等的——这样的观点吗?绝对不能!好吧,把问题提得小一点:难道小偷可以与警察画等号吗?当然不能。为什么不能?因为人间这一现实的戏剧要演下去,总得有一个美好的方向,自由的方向,爱的方向,使人能够期待幸福而不是苦难,乃是这出戏剧的魅力所在(且不去管它真否能够抵达极乐世界),此魅力倘若消散,不仅观众要退席连演员也要逃跑了。所以,必须使剧情朝着那个魅力所系的方向发展,把一个个细节朝那个方向铺垫,于是在沿途就留下价值的刻度,警察和小偷便有善恶之分,焦裕禄与“四人帮”便有美丑之别。但是,没有凶残、卑下、愚昧,难道可以有勇敢、高尚和英明么?没有假恶丑,难道可以有真善美么?总而言之,没有万千歧途怎么会有人间正道呢?“世上本没有路,走的人多了就成了路”,这是一种常常给我们启迪的思想。但是,世上本没有路,是不是抬腿一走便是一条正道呢?当真如此,人生真是一件又简单又乏味的事了。很可能世上本来有很多路,有人掉进泥潭便使我们发现一条不能再走的路,有人坠落深渊便又使我们发现一条不能再走的路，步入歧途者一多我们的危险就少，所谓“沉舟侧畔千帆过”，于泥潭和深渊之侧就容易寻找正道了。这样看来，证明歧途和寻找正道即便不可等同，至少是一样地重要了。这样一想，我仿佛看见：警察押解着小偷，马克思怒斥着希特勒，（尽管他们不是同时代的人）凡人、伟人、罪人共同为我们走出了一条崎岖但是通向光明的路，共同为我们提供了一个对称因而分明的价值坐标，共同为这出人间戏剧贡献了魅力。

我想，希特勒当然也曾是一个天真无邪的孩子，任何小偷，都没有理由说他生来就配作一个被押解的角色吧？相信存在决定意识的唯物主义者，想必更能同意这种理解。这出人间戏剧啊，要说上帝的脚本策划得很周密，这我信。但要说上帝很公正，我却怀疑。不管是在舞台的小世界，还是在世界的大舞台，没有矛盾没有冲突便没有戏剧，没有坏蛋们的难受之时便没有好人们的开心之日，这很好。但是谁应该作坏蛋？谁应该作丑角？凭什么？根据什么究竟根据什么？偶然。我们只能说这纯粹是偶然的挑选，跟中彩差不多。但是生活的戏剧中必然地有着善与恶、对与错，也必然地需要着这样的差别和冲突，于是这个偶然的中选者就必然地要在我们之中产生，碰上谁谁就自认倒霉吧。那么这些倒霉的中选者自己受着惩罚和唾骂而使别人找到了快乐和光荣，不也有点舍己为人的意思吗？当然他们并无此初衷。当然也不能仅凭效果就给他们奖励。对极了，为了人类美好方向的需要，为了现世戏剧的魅力之需要，我们不仅不能给他们奖励而且必须要给他们恰当的惩罚。杀一儆百有时也是必要的，否则如何标明那是一条罪恶的歧途呢？但是，在俗界的法场上把他们处决的同时，也应当设一个神坛为他们举行祭祀。当正义的胜利给我们带来光荣和喜悦，我们有必要以全人类的名义，对这些最不幸的罪人表示真心的同情（有理由认为，他们比那些为了真理而捐躯的人更不幸），给这些以死为我们标明了歧途的人以痛心的纪念(尽管他们是无意的)。我们会想起他们天真的童年,想起他们本来无邪的灵魂,想起如果不是他们被选中就得是我们之中的谁被选中,如果他们没被选中他们也会站在我们中间。我们虔诚地为他们祈祷为他们超度吧,希望他们来世交好运(如果有来世的话),恰恰被选去作那可敬可爱的角色。我听说过有这样的人,他们向二次大战中牺牲的英雄默哀,他们也向那场战争中战死的罪人默哀。这件事永远令我感动。这才真正是懂得了历史,真正怀有博大的爱心和深重的悲悯。这样人类就再一次弥补了上帝的疏漏(如果不是上帝有意卖一个破绽留给我们去参悟的话),使人人平等的理想更加光芒四射。

在人间的舞台上,英雄、凡人、罪人是不能平等的。那,现在我们以人人平等为由所祭祀的,是不是抽象的人呢?因而是不是一种哗众取宠的虚伪呢?是抽象的人,但并不是哗众取宠的虚伪;抽象的人不一定要真,正如理想,美就行,抽象的人是人类为自己描绘的方向。那么,这种不现实的人人平等又有什么用呢,不是吃饱了撑的瞎扯淡吗?一点都不瞎扯淡,理想从来就不与现实等同,但理想一向都是有用的。(顺便说一句,吃饱了,于猪是理想的完成,于人则仅仅是理想的开端。)唯当在理想的神坛上树立起人的平等,才可望有"法律面前人人平等"的现实。(没理由把"法律面前人人平等"单送给某一个阶级,因为这是属于全人类的智慧和财富。倘若有人卖假药,显然不能因而就把良药也消灭。)没有一个人人平等的神坛,难免就会有一个"君君臣臣"的俗界。不是么?几千年的"君权神授",弄来弄去跑不了是"刑不上大夫"的根由。

三、墓地——历史的祭祀,万灵万物和解的象征。

要是您白天忙了一天,晚上去看戏,戏散了您先别走,我告诉您一个最迷人的去处：后台。我们，我和您，我们设想自己还原成了两个孩子，两个给根棒槌就认真(纫针)的孩子，溜进后台。两个孩子想向孙悟空表达一片敬意，想劝唐僧今后遇事别那么刚愎自用，想安慰一下牛郎和织女，再瞅机会朝王母娘娘脸上啐口唾沫。可是，两个孩子忽然发现卸了装的他们原来是同事，一个个"好人"卸了装还是好人，一个个"坏蛋"卸了装也是好人，一个个"神仙"和"凡人"到了后台原来都是一样，他们打打闹闹互相开着玩笑，他们平平等等一同切磋技艺，"孙悟空"问"猪八戒"和"白骨精"打算到哪儿去度蜜月？于是"唐僧"和"王母娘娘"都抱怨市场上买不到像样的礼品。这时候两个孩子除了惊讶，势必会有一些说不清的感动一直留到未来的一生中去。

孩子长大了，有一天他走到一片墓地，在先人的坟墓前培一捧土、置一束花，默立良久。他有可能是我，也有可能是您。那是某一年的清明。每年的清明都是一样。墓地上无声地传颂着先人的消息，传颂着无比悠远、辽阔和纷繁的历史。往日的喧嚣都已沉寂；往日的悲欢都已平息；往日的功过荣辱，都是历史走到今天的脚步；往日千差万别的地位，被人类艰苦卓绝的旅程衬比得微不足道；曾经恩恩怨怨的那些灵魂，如今都退离了前台，退出了尘世的角色，"万法归一"，如同谢幕一般在幽冥中合唱一曲祭歌，祭祀着人类一致的渴盼与悲壮，因而平等。这时候我，或者您，又闯到世界大舞台的后台去了，这才弄明白，我们曾在舞台小世界的后台所得的那份感动都是什么。

这时我才懂得，人类为什么要有墓地。此前我总是蔑视墓地，以为无用，以为是愚昧的浪费。现在我懂了，那正是历史的祭坛，是象征人类平等的形式。

但是前台常常不免让人灰心，我发现那墓地的辉煌与简陋竟也与死者生前的地位成正比。譬如说：为什么伟人死后要塑一尊像要建一座殿堂,而凡人死了只留一把灰和一捧土呢?难道现世的等级还要延展到虚冥中去分化人类的信念么?难道人不是平等的,连在祈望中都不能得到一个平等的象征么?无论再怎么解释都难有说服力,从不见有一座(哪怕是一座!)凡人纪念堂这一事实,到底是令人悲哀的。我的朋友力雄曾写过一篇文章,他设想建一座凡人纪念堂(不仅仅是骨灰堂),每一个凡人都有资格在那儿占一块小小的空间,小到够放置几页纸或一个小本子就行了。每个人都可以在那儿记录下他们平凡的一生及其感受,以使后人知道历史原来都是什么,以偿人类平等的夙愿。

这设想让我感动不已。我对力雄说,我也有一个不错的想法,很久了。我想,我死的时候穿的什么就是什么,不要特意弄一身装裹,然后找一块最为贫瘠的土地,挖一个以我的肩宽为直径的深坑,把我垂直着埋进去,在那上面种一棵合欢树。我喜欢合欢树。我想这是个好办法。人死了,烧了,未免太无作为,不如让他去滋养一棵树,给正在灰暗下去的地球增添绿色。我想为什么不能人人如此呢?沙漠的扩展、河流的暴虐无常、恶劣气候的频繁,正给人类的生存带来威胁,而这,都是因为地球上的森林正在与日俱减。要是每个人死了都意味着在荒贫的裸土上长成一棵树,中国有十一亿人世界有五十亿人,一百年后中国便多出十几亿棵树,世界便多出五十几亿棵树,那会是一片片多么大的森林!那时候土地会变得肥沃,河流会变得驯顺而且慷慨,气候会更懂秩序,一年四季风调雨顺。当然不是都种合欢树,谁喜欢什么树就种什么树,树都是平等的。后人像爱护先人的坟墓那样爱护着这些树,每逢祭日,培土还是培土,酹酒改为浇灌,献花改为剪枝,死亡不单意味着悲痛,更不意味着浪费,而是意味着建设,意味着对一片乐土的祈祷和展望。森林逐日地大起来,所有可爱的动物和美丽的植物都繁荣昌盛。那样,墓地不仅是人类历史的祭坛,不仅是人类平等的象征,还是万灵万物的圣殿,还是人与自然和解的象征与实证。力雄说我这个想法也很好,就让他那个凡人纪念堂坐落在这样的森林中间,或者就让凡人纪念堂的周围长起这样的大森林来。

我想,为了记住这一棵树下埋的是谁,也可以做一面小小的铜牌挂在树上,写下死者的名字。比如说我,那铜牌上不要写"史铁生之墓",写:史铁生之树。或者把树的名字也写上:史铁生之合欢树。

1991 年 7 月 31 日

三月留念

活着的事,大抵在两个方面:务实与务虚。缺其一,便可算得残疾。譬如一个家,家徒四壁势必难以为继,便是笃爱如牛郎织女者,也是“你耕田来我织布”地需要务实。但“生命诚可贵,爱情价更高”,若爱情没了,万贯家财很可能只是内战的火药捻;爱情,即务虚的一面。

现在的中国,是空前地务实起来了;市场经济正在淘汰着懒汉和清谈家,这真是个好兆头,没有人不盼望她从此富强。但这并不是说,她过去就多么地理解务虚,连年的文打武斗多不过是虚误罢了;爱情呀,人性呀,人道主义呀,都曾一度作过被唾弃的角色,可见务虚的方面也是多么荒芜。

辩论先务实还是先务虚,先谋生计还是先有爱的追寻,先增加财富还是先提高文明水平,似乎都是无聊的逻辑。房子有了而找不到爱情,或新娘来了再去借钱盖屋,都是极不幸的局面。为什么不能舍生忘死地爱着,同时又废寝忘食地建设家园呢?虚实相济才是好文章,才有最新最美的图画。

务实与务虚绝不相互抵触。劳累了一天,人们需要娱乐;奔波了一生,人们向它要求意义;作为五十亿分之一,每个人都有孤独和困苦,都希望这个世界上充满善意和爱情。在参天的大厦下和飞奔的轿车里,这些东西会不期而至么？好像不会；名和利都可能会这样，唯善意和爱情是不能不由期盼来催生的。

在“俗人”成为雅号的时刻，倒是值得冒被挖苦的风险，作一回“雅士”的勾当。沉静地坐一会儿，到大厦之外的荒地上走一趟，凭心神去追回被冷淡了的梦想，风吹雨洒，会看见天堂尚远，而梦想未变。于是，虽得不住“俗人”的雅号，反惹一身“雅士”的俗气，心里也不计较了，觉着往前走去似乎有了底气。

多年的虚误，让理想背了黑锅。但理想的性质注定它不会吊死在一棵树上，注定它要发展，和不可泯灭。说不要理想，那是可以理解的，因为不要理想正也是一种对理想的寻求，但凡活着总是要往前走的，不可抹杀的时空保障了这一点；说不要理想，其实只是在发展着理想，和丰富着前途。但说不要理想，毕竟是说错了。原本想说的很可能是：不要再清谈，不要再虚误吧。

《三月风》到了百期，可喜可贺。“三月风”是一派好风，是虚实相济、催化务实的劳作也催化务虚的梦想的风。三月风后，好天气就来了。

1993 年 1 月 20 日

“嘎巴儿死”和“杂种”

“他妈的”算得国骂，标题上的这两句至少算得京骂。流行于北京一带的千骂万骂当中，这两骂可谓悠久。

“嘎巴儿死”是指向人的终点，是诅咒人的结束简单而快捷，未及挣扎且不隆重，像一只坚果的破裂或一盏电灯的关闭，“嘎巴儿”一声即告完成。我先后在医院里住过两年，见过很多种拖拖拉拉的死法，气管切开、静脉切开、鼻饲、导便……弄到体无完肤尊严扫地还是一死；颇似蹩脚的剧作，不知戛然而止之妙，偏喜好狗尾续貂。我当然不反对医病救命，而是总想不通：为什么“嘎巴儿死”不是祝福倒是诅咒？有一次我的隔壁住进一位危重病人，医生护士昼夜抢救，各种仪器“滴滴答答唧唧咕咕”响了好多天。得便我问护士，他怎样？护士说毫无希望，他差不多是一棵树了。我问：“还要多久？”护士说：“十年八年也说不定，凭现在的医学技术，植物人可以活很久。”同病房的一个老人叹道：“这可是真是何苦，倒不如嘎巴儿死了吧。”这是我第一次听见有人为“嘎巴儿死”翻案，那老人的叹声中明显带出祝福的意味。这让我茅塞顿开。何以大批的诅咒总是指向死呢？死是一件必来的事，公平到每个人都无望逃脱，那么“嘎巴儿死”是最少折磨、最少损耗（包括最少麻烦别人）的一种，在诸多死途里它是最多善意的，加之它的可遇而不可求，它便是一种祝福。死即必来，咒死就真是多余。真正诅咒应该指向生，比如“活受罪”，比如“万寿无疆”。活受罪尚可有死来拯救，“万寿无疆”呢，则简直回头无岸。活上万年，不消说必是亲人早去故友无存了(难怪“万岁爷”总是称孤道寡)，更何况这孤苦绵绵无绝期！所以我想，人们是把“嘎巴儿死”和“万寿无疆”的位置弄颠倒了；前者当是善意的祝福，后者才为恶毒的诅咒。

再说“杂种”。这一回是指向人的起点，是讥笑某人被创造时就疏忽了纯粹，骨血里和形象上既不肖祖宗，心性就更难免被异族外种所污染。大汉族一向自珍自傲，万事都讲究正宗，讲究国粹，何况乎种；因而视“杂种”为大逆大辱。但是纯种何在呢？查《辞海》，“汉族”一条释曰：“中国的主体民族，由古代华夏族和其他民族长期逐渐混血而成。”“混血”乃“杂种”之尊谓罢了，这样看，“汉族”原本都是“杂种”。再看《简明不列颠百科全书》，其中竟云：“现代人是史前期以来种族间不断杂交的结果。”这回干脆而且平等——现在活着的人全是杂种。用不着尴尬，这样一来倒好了，“杂种”二字先难成骂；彼此彼此，何骂之有？然后平心细想，这俩字不仅非骂，倒像恭维。杂交优势早为遗传学所证实，所以从生理上着想，“杂种”必是更强健、更坚韧、更美丽，真个是何乐不为？而涉及到科学、文化、宗教信仰，就更见出杂种的伟大。禅是不是？马列主义是不是？可以说出很多，甚至很可能说到底会发现纯粹早已绝迹，有能力不被淘汰的东西都难免是“杂种”；而且哪一路“杂种”倘若满足不图再杂，就差不多是自寻淘汰。前几天我应约写了一篇短文，其中有这么一段话：“散文与小说之间的界限越来越模糊了。这是件好事。既不必保护散文的贞操，也用不着捍卫小说的领土完整，因为放浪的野合或痛苦的被侵犯之后，美丽而强健的杂种就要诞生了。这杂种势必要胜过它的父母。”纯而又纯乃是灭亡的先兆，谓之“纯种”乃窃盼其衰微以至僵死。“杂种”倒是一份恭维，谓之“杂种”乃赞美其壮丽而且昌隆。

现在如果不能，将来我想也许——“杂种”可作为见面时的问候（以代替“您吃了吗”），“嘎巴儿死”可作为临别时的祝愿，骂人时用“万寿无疆”。

1993 年 4 月 14 日

神位·官位·心位

有好心人劝我去庙里烧烧香，拜拜佛，许个愿，说那样的话佛就会救我，我的两条业已作废的腿就又可能用于走路了。

我说："我不信。"

好心人说："你怎么还不信哪？"

我说："我不相信佛也是这么跟个贪官似的，你给他上供他就给你好处。"

好心人说："哎哟，你还敢这么说哪！"

我说："有什么不敢？佛总不能也是'顺我者昌，逆我者亡'吧？"

好心人说："哎哟哎哟，你呀，腿还想不想好哇？"

我说："当然想。不过，要是佛太忙一时顾不上我，就等他有工夫再说吧，要是佛心也存邪念，至少咱们就别再犯一个拉佛下水的罪行。"

好心人苦笑，良久默然，必是惊讶着我的执迷不悟，痛惜着我的无可救药吧。

我忽然心里有点怕。也许佛真的神通广大，只要他愿意就可以让我的腿好起来？老实说，因为这两条枯枝一样的废腿，我确实丢失了很多很多我所向往的生活。梦想这两条腿能好起来，梦想它们能完好如初，二十二年了，我以为这梦想已经淡薄或者已经不在，现在才知道这梦想永远都不会完结，一经唤起也还是一如既往的强烈。唯一的改变是我能够不露声色了。不露声色但心里却有点怕，或者有点慌：那好心人的劝导，是不是佛对我的忠心所做的最后试探呢？会不会因为我的出言不逊，这最后的机缘也就错过，我的梦想本来可以实现但现在已经彻底完蛋了呢？

果真如此么？

果真如此也就没什么办法：这等于说我就是这么个命。

果真如此也就没什么意思：这等于说世间并无净土，有一双好腿又能走去哪里？果真如此也就没什么可惜：佛之救人且这般唯亲、唯利、唯蜜语，想来我也是逃得过初一逃不过十五。

果真如此也就没什么可怕：无非又撞见一个才高德浅的郎中，无非又多出一个吃贿的贪官或者一个专制的君王罢了。此"佛"非佛。

当然，倘这郎中真能医得好我这双残腿，倾家荡产我也宁愿去求他一次。但若这郎中偏要自称是佛，我便宁可就这么坐稳在轮椅上，免得这野心家一日得逞，众生的人权都要听其摆弄了。

我既非出家的和尚，也非在家的居士，但我自以为对佛一向是敬重的。我这样说绝不是承认刚才的罪过，以期佛的宽宥。我的敬重在于：我相信佛绝不同于图贿的贪官，也不同于专制的君王。我这样说也绝不是拐弯抹角的恭维。在我想来，佛是用不着恭维的。佛，本不是一职官位，本不是寨主或君王，不是有求必应的神明，也不是可卜凶吉的算命先生。佛仅仅是信心，是理想，是困境中的一种思悟，是苦难里心魂的一条救路。

这样的佛，难道有理由向他行贿和谄媚么？烧香和礼拜，其实都并不错，以一种形式来寄托和坚定自己面对苦难的信心，原是极为正当的，但若期待现实的酬报，便总让人想起提着烟酒去叩长官家门的景象。

我不相信佛能灭一切苦难。如果他能,世间早该是一片乐土。也许有人会说:“就是因为你们这些慧根不足、心性不净、执迷不悟的人闹的,佛的宏愿才至今未得实现。”可是,真抱歉——这逻辑岂不有点像庸医无能,反怪病人患病无方么?

我想,最要重视的当是佛的忧悲。常所谓“我佛慈悲”,我以为即是说,那是慈爱的理想同时还是忧悲的处境。我不信佛能灭一切苦难,佛因苦难而产生,佛因苦难而成立,佛是苦难不尽中的一种信心,抽去苦难佛便不在了。佛并不能灭一切苦难,即是佛之忧悲的处境。佛并不能灭一切苦难,信心可还成立么?还成立!落空的必定是贿赂的图谋,依然还在的就是信心。信心不指向现实的酬报,信心也不依据他人的证词,信心仅仅是自己的信心,是属于自己的面对苦难的心态和思路。这信心除了保证一种慈爱的理想之外什么都不保证,除了给我们一个方向和一条路程之外,并不给我们任何结果。

所谓“证果”,我久思未得其要。我非佛门弟子,也未深研佛学经典,不知在佛教的源头上“证果”意味着什么,单从大众信佛的潮流中取此一意来发问:“果”是什么?可以证得的那个“果”到底是什么?是苦难全数地消灭?还是某人独自享福?是世上再无值得忧悲之事?还是某人有幸独得逍遥,再无烦恼了呢?

苦难消灭自然也就无可忧悲,但苦难消灭一切也就都灭,在我想来那与一网打尽同效,目前有的是原子弹,非要去劳佛不可?若苦难不尽,又怎能了无烦恼?独自享福万事不问,大约是了无烦恼的唯一可能,但这不像佛法倒又像贪官庸吏了。

中国信佛的潮流里,似总有官的影子笼罩。求佛拜佛者,常抱一个极实惠的请求。求儿子,求房子,求票子,求文凭求户口,求福寿双全……所求之事大抵都是官的职权所辖，大抵都是求官而不得理会，便跑来庙中烧香叩首。佛于这潮流里，那意思无非一个万能的大官，且不见得就是清官，徇私枉法乃至杀人越货者竟也去烧香许物，求佛保佑不致东窗事发抑或锒铛入狱。若去香火浓烈的地方做一次统计，保险：因为灵魂不安而去反省的、因为信心不足而去求教的、因为理想认同而去礼拜的，难得有几个。

我想，这很可能是因为中国的神位，历来少为人的心魂而设置，多是为君的权威而筹谋。“君权神授”，当然求君便是求神，求官便是求君了，光景类似于求长官办事先要去给秘书送一点礼品。君神一旦同一，神位势必日益世俗得近于衙门。中国的神，看门、掌灶、理财、配药，管红白喜事，管吃喝拉撒，据说连厕所都有专职的神来负责。诸神如此的务实，信徒们便被培养得淡漠了心魂的方位；诸神管理得既然全面，神通广大且点滴无漏，众生除却歌功颂德以求实惠还能何为？大约就只剩下吃“大锅饭”了。“大锅饭”吃到不妙时，还有一句“此处不养爷”来泄怨，还有一句“自有养爷处”来开怀。神位的变质和心位的缺失相互促进，以致佛来东土也只热衷俗务，单行其“慈”，那一个“悲”字早留在西天。这信佛的潮流里，最为高缈的祈望也还是为来世做些务实的铺陈——今生灭除妄念，来世可入天堂。若问：何为天堂？答曰：无苦极乐之所在。但无苦怎么会有乐呢？天堂是不是妄念？此问则大不敬，要惹来斥责，是慧根不够的症兆之一例。

电视剧《北京人在纽约》，曾引出众口一词的感慨以及嘲骂：“美国也（他妈的）不是天堂。”可，谁说那是天堂了？谁曾告诉你纽约专门儿是天堂了？人家说那儿也是地狱，你怎么就不记着？这感慨和嘲骂，泄露了国产天堂观的真相：无论急于今生，还是耐心来世，那天堂都不是心魂的圣地，仍不过是实实在在的福乐。福不圆满，乐不周到，便失望，便怨忿，便嘲骂,并不反省,倒运足了气力去讥贬人家。看来,那“无苦并极乐”的向往,单是比凡夫俗子想念得深远:不图小利,要中一个大彩。

就算天堂真的存在,我的智力还是突破不出那个“证果”的逻辑:无苦并极乐是什么状态呢?独自享福则似贪官,苦难全消就又与集体服毒同效。还是那电视剧片头的几句话说得好,那儿是天堂也是地狱。是天堂也是地狱的地方,我想是有一个简称的:人间。就心魂的朝圣而言,纽约与北京一样,今生与来世一样,都必是慈与悲的同行,罪与赎的携手,苦难与拯救一致地没有尽头,因而在地球的这边和那边,在时间的此岸和彼岸,都要有心魂应对苦难的路途或方式。这路途或方式,是佛我也相信,是基督我也相信,单不能相信那是官的所辖和民的行贿。

还有“人人皆可成佛”一说,也作怪,值得探讨。怎么个“成”法儿?什么样儿就算“成”了呢?“成”了之后再往哪儿走?这问题,我很久以来找不到通顺的解答。说“能成”吧,又想象不出成了之后可怎么办,说“永远不能成”吧,又像是用一把好歹也吃不上的草料去逗引着驴儿转磨。所谓终极发问、终极关怀,总应该有一个终极答案、终极结果吧?否则岂不荒诞?

最近看了刘小枫先生的《走向十字架上的真》,令我茅塞顿开。书中讲述基督性时说:人与上帝有着永恒的距离,人永远不能成为上帝。书中又谈到,神是否存在?神若存在,神便可见、可及,乃至可做,难免人神不辨,任何人就都可能去做一个假冒伪劣的神了;神若不存在,神学即成扯淡,神位一空,人间的造神运动便可顺理成章,肃贪和打假倒没了标准。这可如何是好?我理解那书中的意思是说:神的存在不是由终极答案或终极结果来证明的,而是由终极发问和终极关怀来证明的,面对不尽苦难的不尽发问,便是神的显现,因为恰是这不尽的发问与关怀可以使人的心魂趋向神圣,使人对生命取了崭新的态度,使人崇尚慈爱的理想。

“人人皆可成佛”和“人与上帝有着永恒的距离”，是两种不同的生命态度，一个重果，一个重行，一个为超凡的酬报描述最终的希望，一个为神圣的拯救构筑永恒的路途。但超凡的酬报有可能是一幅幻景，以此来维护信心似乎总有悬危。而永恒的路途不会有假，以此来坚定信心还有什么可怕！

这使我想到了佛的本义，佛并不是一个名词，并不是一个实体，佛的本义是觉悟，是一个动词，是行为，而不是绝顶的一处宝座。这样，“人人皆可成佛”就可以理解了，“成”不再是一个终点，理想中那个完美的状态与人有着永恒的距离，人即可朝向神圣无止地开步了。谁要是把自己披挂起来，摆出一副伟大的完成态，则无论是光芒万丈，还是澹泊逍遥，都像是搔首弄姿。“烦恼即菩提”，我信，那是关心，也是拯救。“一切佛法唯在行愿”，我信，那是无终的理想之路。真正的宗教精神都是相通的，无论东方还是西方。任何自以为可以提供无苦而极乐之天堂的哲学和神学，都难免落入不能自圆的窘境。

1994 年 2 月 2 日

爱情问题

1

有人说,世界上,每分每秒都有贝多芬的乐曲在奏响在回荡,如果真有外星人的话,他们会把这声音认作地球的标志(就像土星有一道美丽的环),据此来辨认我们居于其上的这颗星星。这是个浪漫的想象。何妨再浪漫些呢?若真有外星人,外星人爷爷必定会告诉外星人孙子,这声音不过是近两百年来才出现的,而比这声音古老得多的声音是“爱情”。爱情,几千年来人类以各种发音说着、唱着、赞美着和向往着它,缠绵激荡片刻不息。因此,外星人爷爷必定会纠正外星人孙子:爱情——这声音,才是银河系中那颗美丽星星的标志呢。

2

但,爱情是什么? 爱情,都是什么呢?

大约不会有人反对:美满的爱情必要包含美妙的性(注:本文中的“性”意指性吸引、性行为、性快乐),而美满的性当然要以爱情为前提。因为世上还有一种叫作“友爱”的情感,以及一种叫作“嫖娼”和一种叫作“施暴”的行为。因而大约也就不会有人反对:爱情不等于性,性也不能代替爱情。如同红灯区里的男人或女人都不能代替爱人。

这差不多能算一种常识。

问题是：那个不等同于性的爱情是什么？那个性所不能代替的爱情，是什么？包含性并且大于性的那个爱情，到底是怎么一种事？

3

也许爱情，就是友爱加性吸引？

就算这机械的加法并不可笑，但是，为什么你的异性朋友不止十个，而爱人却只有一个(或同时只有一个)呢？因为只有一个对你产生性吸引？是吗？

也许有人是。可我不是。我不是而且我相信，像我这样不止从一个异性那儿感受到吸引的人很多，像我这样不止被一个美丽女人惊呆了眼睛和惊动了心的男人很多，像我这样公开或暗自赞美过两个以上美妙异性的人肯定占着人类的多数。

证明其实简单：你还没有看见你的爱人之时你早已看见了异性的美妙，你被异性惊扰和吸引之后你才开始去寻找爱人。你在寻找一个事先并不确定的异性作你的爱人，这说明你在选择。你在选择，这说明对你有性吸引力的异性并不只有一个。那么，选择的根据是什么？若仅仅是性，便没有什么爱情发生，因而那是动物界司空见惯的事件与本文无关。你的根据当然是爱情。

但是爱情是什么眼下还不知道。

现在只知道了一件事：性吸引从来不是一对一的，从来是多向的，否则物种便要在无竞争中衰亡。

4

我读过一篇小说，写一对恋人(或夫妻)出门去，走在街上、走进商店、坐上公共汽车和坐进餐厅里，女人发现男人的目光常常投向另外的女人（一些漂亮或性感的女人），于是她从扫兴到愤怒终至离开了那男人。这篇小说明显是嘲讽那个男人，相信他不懂得爱情和不忠于爱情。

但该小说作者的这一判断只有一半的可能是对的，只有一半的可能是，那个男人尚未走出一般动物的行列。另外一半的可能是那个女人不懂爱情。首先她没弄清性与爱的分别，性是多指向的，而性的多指向未必不可以与爱的专一共存。其次她把自己仅仅放在了性的位置上，因为只有在这个位置上她与另外那些女人才是可比的。第三，那男人没有因为众多的性吸引而离开她，她可想过这是为什么吗？她显然没想过，因为倒是她仅仅为了性嫉妒而离开了她的恋人或丈夫。

恋人们或夫妻们，应该承认性吸引的多向性，应该互相允许（公开或暗自）赞赏其他异性之魅力。但是！但是恋人们或夫妻们，可以承认和允许多向的性行为么？不，当然不，至少我不，至少当今绝对多数的人都——不！这，是为什么？这是一个最严重也最有价值的问题。

5

毫无疑问，是因为爱情，因为必须维护爱情的神圣与纯洁，因为专一的爱情才受到赞扬。但是，这就有点奇怪，这就必然引出两个不能含混过去的问题：

一是，爱情既然是一种美好的情感，为什么要专一？为什么只能对一个人？为什么必须如此吝啬？为什么这吝啬或自私倒要受到赞扬，和被誉为神圣与纯洁？

二是，性吸引既然是多向的，为什么性行为不应该也是多向的？为什么性行为要受到限制，而且是以爱情（神圣与纯洁）的名义来限制？为什么对性的态度，竟是对爱情忠贞与否的（一个很重要的）证明？为什么多向的性吸引可与爱情共存,而多向的性行为便被视为对爱情的不忠?

6

先说第二个问题。

这不忠的观念,可能是源于早先的把爱情与婚姻、家庭混为一谈,源于婚姻、家庭所关涉的财产继承。所以这不忠,曾经主要是一个经济问题,现在则不过是旧观念的遗留问题。这不无道理。但,这么简单么?那么在今天,爱情已不等同于婚姻、家庭,已常常与经济无涉,这不忠的观念是否就没有了基础就很快可以消逝了呢?或者这不忠的观念,仅仅是出于动物式的性争夺,在宽厚豁达和更为进步的人那儿已不存在?

我知道一位现代女性,她说只要她的丈夫是爱她的,她丈夫的性对象完全可以不限于她,她说她能理解,她说她自己并不喜欢这样但是她能理解她的丈夫,她说"只要他爱我,只要他仍然是爱我的,只要他对别人不是爱,他只爱我"。可是,当那男人真的有了另外的性对象而且这样的事情慢慢多起来时,这位现代女性还是陷入了痛苦。不,她并不推翻原来诺言,她的痛苦不是因为旧观念的遗留,更不是性嫉妒,而是一个始料未及的问题:"可我怎么能知道,他还是爱我的?"她说,虽然他对她一如既往,但是她忽然不知道为什么他还是爱她的。她不知道在他眼里和心中,她与另外那些女人有什么不同。她不知道为什么她不是与另外那些女人一样,也仅仅是他的一个性对象?她问:"什么能证明爱情?"一如既往的关心、体贴、爱护、帮助……这些就是爱情的证明么?可这是母爱、父爱、友爱、兄弟姐妹之爱也可以做到的呀!但是爱情,需要证明,需要在诸多种爱的情感中独树一帜表明那不是别的那正是爱情!

什么,能证明爱情?

7

曾有某出版社的编辑，约我就爱情之题写一句话。我想了很久，写了：没有什么能够证明爱情，爱情是孤独的证明。

这句话很可能引出误解，以为就像一首旧民谣中所表达的愿望，爱情只是为了排遣寂寞。(那首旧民谣这样说：小小子儿，坐门墩儿，哭着喊着要媳妇儿。要媳妇儿干嘛呀？点灯说话儿，吹灯就伴儿，早上起来梳小辫儿。)不，孤独并不是寂寞。无所事事你会感到寂寞，那么日理万机如何呢？你不再寂寞了但你仍可能孤独。孤独也不是孤单。门可罗雀你会感到孤单，那么门庭若市怎样呢？你不再孤单了但你依然可能感到孤独。孤独更不是空虚和百无聊赖。孤独的心必是充盈的心，充盈得要流溢出来要冲涌出去，便渴望有人呼应他、收留他、理解他。孤独不是经济问题也不是生理问题，孤独是心灵问题，是心灵间的隔膜与歧视甚或心灵间的战争与戕害所致。那么摆脱孤独的途径就显然不能是日理万机或门庭若市之类，必须是心灵间戕害的停止、战争的结束、屏障的拆除，是心灵间和平的到来。心灵间的呼唤与呼应、投奔与收留、袒露与理解，那便是心灵解放的号音，是和平的盛典是爱的狂欢。那才是孤独的摆脱，是心灵享有自由的时刻。

但是这谈何容易，谈何容易！

让我们记起人类社会是怎样开始的吧。那是从亚当和夏娃偷吃了禁果于是知道了善恶之日开始的，是从他们各自用树叶遮挡起生殖器官以示他们懂得了羞耻之时开始的。善恶观(对与错、好与坏、伟大与平庸与渺小等等)，意味着价值和价值差别的出现。羞耻感(荣与辱，褒与贬，歌颂与指责与唾骂等等)，则宣告了心灵间战争的酿成。这便是人类社会的独有标记，这便是原罪吧。从那时起，每个人的心灵都要走进千万种价值的审视、评判、褒贬，乃至误解中去(枪林弹雨一般)，每个人便都不得不遮挡起肉体和灵魂的羞处，于是走进隔膜与防范，走进了孤独。但从那时起所有的人就都生出了一个渴望：走出孤独，回归乐园。

那乐园就是，爱情。

8

寻找爱情，所以不仅仅是寻找性对象，而根本是寻找乐园，寻找心灵的自由之地。这样看来，爱情是可以证明的了。自由可以证明爱情。自由或不自由，将证明那是爱情或者不是爱情。

自由的降临要有一种语言来宣告。文字已经不够，声音已经不够，自由的语言是自由本身。解铃还需系铃人。孤独是从遮掩开始的，自由就要从放弃遮掩开始。孤独是从防御开始的，自由就要从拆除防御开始。孤独是从羞耻开始的，自由就要从废除羞耻开始。孤独是从衣服开始，从规矩开始，从小心谨慎开始，从距离和秘密开始，那么自由就要从脱去衣服开始，从破坏规矩开始，从放浪不羁开始，从消灭距离和泄露秘密开始……（我想，相视如仇一定是爱的结束，相敬如宾呢，则可能还不曾有爱。）

性行为是一种语言。在爱人们那儿，袒露肉体已不仅仅是生理行为的揭幕，更是心灵自由的象征；炽烈地贴近已不单单是性欲的催动，更是心灵的相互渴望；狂浪的交合已不只是繁殖的手段，而是爱的仪式。爱的仪式不能是自娱，而必得是心灵间的呼唤与应答。爱的仪式，并不发生在一个与世隔绝的孤岛，爱的仪式是百年孤独中的一炬自由之火。在充满心灵战争的人间，唯这儿享有自由与和平。这儿施行与外界不同甚或相反的规则，这儿赞美赤身裸体，这儿尊敬神魂颠倒，这儿崇尚礼崩乐坏，这儿信奉敞开心扉。这就是爱的仪式。爱的表达。爱的宣告。爱的倾诉。爱之祈祷或爱之祭祀。

9

君王与嫔妃、嫖客与娼妓、爱人与爱人，其性行为之方式的相同点想必很多，那是由于身体的限制。但其性行为之方式的不同点肯定更多，因为，就便是相同的行动也都流溢着不同的表达，那是源自心灵的创造。

譬如哭，是忧伤还是矫情，一望可知。譬如笑，是欢欣还是敷衍，一望可知。譬如西门庆和查泰莱夫人的情人，其境界的大不同一读可知。这很像是人们用着相同的文字，而说着不同的话语。相同的文字大家都认得，不同的话语甚至不能翻译。

顺便想到：什么是淫荡呢？在不赞成禁欲的人看来，并没有淫荡的肉身，只有淫荡的心计。只要是爱的表达（譬如查泰莱夫人与其情人），一切礼崩乐坏的作为都是真理，并无淫荡可言。而若有爱之外的指向（譬如西门庆），再规范再八股的行动也算流氓。

10

性是爱的仪式，爱情有多么珍重，性行为就要多么珍重。好比，总不能在婚礼上奏哀乐吧，总不能为了收取祭品就屡屡为亲娘老子行葬礼吧。仪式，大约有着图腾的意味，是要虔敬的。改变一种仪式，意味着改变一种信念，毁坏一种仪式就是放弃一种相应的信念。性行为，可以是爱的仪式，当然也可以是不爱的告白。

这就是为什么，对性的态度，是对爱情忠贞与否的一个重要证明。这就是为什么，性要受到限制，而且是以爱情的名义。

爱情，不是自然事件，不是荒野上交媾的季节。爱情是社会事件，在亚当夏娃走出伊甸园之后发生，爱情是在相互隔膜的人群里暴发的一种理想，并非一种生理的分泌。所以性不能代替爱情。所以爱情包含性又大于性。

11

再说第一个问题：爱情既然是美好的感情，为什么要专一为什么不该多向呢？为什么不该在三个以至一万个人之间实现这种感情呢？好东西难道不应该扩大倒应该缩小到只是一对一？多向的爱情，正可与多向的性吸引相和谐，多向的性行为何以不能仍然是爱的仪式呢？那岂不是在更大的范围里摆脱孤独么？岂不是在更大的范围里敞开心扉，实现心灵的自由与和平么？这难道不是更美好的局面？

不能说这不是一个美好的理想。这差不多与世界大同类似，而且不单是在物质享有上的大同。在我想来，这更具有理想的意味。至少，以抽象的逻辑而论，没有谁能说出这样的局面有什么不美和不好。若有不美和不好，则必是就具体的不能而言。问题就在这儿，不是不该，而是不能。不是理想的不该，不是逻辑的不通，也不是心性的不欲，而是现实的不能。

为什么不能？

非常奇妙：不能的原因，恰恰就是爱情的原因。简而言之：孤独创造了爱情，这孤独的背景，恰恰又是多向爱情之不能的原因。倘万众相爱可如情侣，孤独的背景就要消失，于是爱情的原因也将不在。孤独的背景即是我们生存的背景，这与悲观和乐观无涉，这是闭上眼睛也能感受到的事实，所以爱情应当珍重，爱情神圣。

倘有三人之恋，我看应当赞美，应当感动，应当颂扬。这与所谓第三者绝无相同，与群婚、滥交、纳妾、封妃更是天壤之别。唯其可能性微乎其微。更别说四。

12

我知道有一位性解放人士，他公开宣称他爱着很多女人，不是友爱而是包含性且大于性的爱情,他的宣称不是清谈,他宣称并且实践。这实践很可能值得钦佩。但不幸,此公还有一个信条:诚实。(这原不需特别指出,爱情嘛,没有诚实还算什么?)于是苦恼就来了,他发现他走进了一个二律背反的处境:要保住众多爱情就保不住诚实,要保住诚实就保不住众多爱情。因为在他众多地诚实了之后,众多的爱人都冲他嚷:要么你别爱我,要么你只爱我一个!于是他好辛苦:对A瞒着B,对B瞒着C,对C瞒着AB,对B瞒着AC……于是他好荒唐:本意是寻找自由与和平,结果却得到了束缚和战争,本意要诚实结果却欺瞒,本意要爱结果他好孤独。他说他好孤独,我想他已开始成人。他或者是从动物进化成人了,或者是从神仙下凡成人了,总之他看见了人的处境。这处境是:心与心的自由难得,肉与肉的自由易取。这可能是因为,心与心的差别远远大于肉与肉的差别,生理的人只分男女,心灵的人千差万别。这处境中自由的出路在哪儿?我想无非两路:放弃爱情,在欺瞒中去满足多向的性欲,麻醉掉孤独中的心灵,和,做爱情的信徒,知道她非常有限,因而祈祷因而虔敬,不恶其少恶其不存,唯其存在,心灵才注满希望。

13

不过真正的性解放人士,可能并不轻视爱,倒是轻视性。他们并不把性与爱联系在一起,不认为性有爱之仪式的意义,为什么吃不是爱的告白呢?性也不必是。性就是性如同吃就是吃,都只是生理的需要与满足,爱情嘛,是另一回事。这不失为一个聪明的主张。你可以有神圣的专注的爱情,同时也可以有随意的广泛的性行为,既然爱与性互不相等,何妨更明朗些,把二者彻底分割开来对待呢?真的,这不见得不是一个好主意,性不再有自身之外的意义,性就可以从爱情中解放出来,像吃饭一样随处可吃,不再引起其他纠葛了。但是,爱,还包含性么?当然包含,爱人,为什么不能也在一块儿吃顿饭呢？爱情的重要是敞开心扉不是吗，何须以敞开肉体作其宣布？敞开肉体不过是性行为一项难免的程序，在哪儿吃饭不得先有个碗呢？所以我看，这主张不是轻视了爱，而是轻视了性，倘其能够美满就真是人类的一次伟大转折。

但是这样，恐怕性又要失去光彩，被轻视的东西必会变得乏味，唾手可得的东西只能使人舒适不能令人激动，这道理相当简单，就像绝对的自由必会葬送自由的魅力。据说在性解放广泛开展的地方，同时广泛地出现着性冷漠，我信这是真的，这是必然。没有了心灵的相互渴望，再加上肉体的沉默（没有另外的表达），性行为肯定就像按时的服药了。假定这不重要，但是爱呢？爱情失去了什么没有？

爱情失去了一种最恰当的语言。这语言随处滥用，在爱的时候可还能表达什么呢？还怎么能表达这不同于吃饭和服药的爱情呢？正所谓"假作真时真亦假，无为有处有还无"了。爱情，必要有一种语言来表达，心灵靠它来认同，自由靠它来拓展，和平靠它来实现，没有它怎么行？而且它，必得是不同寻常的、为爱情所专用的。这样的语言总是要有的，不是性就得是其他。不管具体是什么，也一样要受到限制，不可滥用，滥用的结果不是自由而是葬送自由。

既然这样，作为爱的语言或者仪式，就没有什么别的东西能够优于性。因为，性行为的方式，天生酷似爱。其呼唤和应答，其渴求和允许，其拆除防御和解除武装，其放弃装饰和袒露真实，其互相敞开与贴近，其互相依靠与收留，其随心所欲及轻蔑规矩，其携力创造并共同享有，其极乐中忘记你我刹那间仿佛没有了差别，其一同赴死的感觉但又一起从死中回来，曾经分离但现在我们团聚，我们还要分离但我们还会重逢……这些形式都与爱同构。说到底，性之中原就埋着爱的种子，上帝把人分开成两半，原是为了让他们体会孤独并崇尚爱情吧。上帝把性和爱联系起来，那是为了，给爱一种语言或一个仪式，给性一个引导或一种理想。上帝让繁衍在这样的过程里面发生，不仅是为了让一个物种能够延续，更是为了让宇宙间保存住一个美丽的理想和美丽的行动。

14

可为什么，性，常常被认为是羞耻的呢？我想了好久好久，现在才有点明白：禁忌是自由的背景，如同分离是团聚的前提。

这是一个永恒的悖论。

这是一切“有”的性质，否则是“无”。

我们无法谈论“无”，我们以“有”来谈论“无”。

我们无法谈论“死”，我们以“生”来谈论“死”。

我们无法谈论“爱情”，我们以“孤独”来谈论“爱情”。

一个永恒的悖论，就是一个永恒的距离，一个永恒孤独的现实。

永恒的距离，才能引导永恒的追寻。永恒孤独的现实，才能承载永恒爱情的理想。所以在爱的路途上，永恒的不是孤独也不是团聚，而是祈祷。

祈祷。

一切谈论都不免可笑，包括企图写一篇以“爱情问题”为题的文章。某一个企图写这样一篇文章的人，必会在其文章的结尾处发现：问题永远比答案多。除非他承认：爱情的问题即是爱情的答案。

1993 年 12 月 28 日

无病之病

听说有这样的医生，对治病没什么兴趣，专长论文，虽医道平平，论文却接二连三地问世。他们也接诊病人，也查阅病历，却只挑选“有价值”的一类投以热情。据说那是为了科研。毫无疑问我们都应当拥护科研，似不该对其挑选心存疑怨。但是，他们的挑选标准却又耐人寻味：遇寻常的病症弃之，见疑难的病症避之，如此淘汰之余才是其论文的对象。前者之弃固无可非议，科研嘛，但是后者之避呢，又当如何解释？要点在于，无论怎么解释都已不妨碍其论文的出世了。

以上只是耳闻，我拿不出证据，也不通医道。尤其让我不敢轻信的原因是，“寻常”与“疑难”似有非此即彼的逻辑，弃避之余的第三种兴趣可能是什么呢？第三种热情又是靠什么维系的？但如果注意到，不管是在什么领域，论文的数量都已大大超过了而且还在以更快的速度超过着发明与发现，便又可信上述耳闻未必虚传。于是想到：论文之先不一定都是科研的动机，论文也可以仅仅是一门手艺。

世上有各种手艺：烧陶、刻石、修脚、理发、酿酒、烹饪、制衣、编席……所以是手艺，在于那都是沿袭的技术，并无创见。一旦有了创见，大家就不再看那是手艺，而要赞叹：这是学问！这是艺术啊！手艺，可以因为创造之光的照耀，而成长为学问或艺术。反之，学问和艺术也可以熟谙成一门手艺。比如文学作品，乃至各类文章，常常也只能读出些熟而生巧的功夫。

其实，天下论文总归是两类动机：其一可谓因病寻医问药；其二是应景，无病呻吟。两类动机都必散布于字里行间，是瞒不过读者的。前一种，无论其成败，总能见出心路的迷惑，以及由之而对陌生之域的惊讶、敬畏与探问。后一种呢，则先就要知难而避，然后驾轻车行熟路。然而，倘言词太过庸常，立论太过浅显，又怕轻薄了写作的威仪，不由得便要去求助巧言、盛装，甚至虎皮。

还以前述那类医生作比——到底什么病症才对他们“有价值”呢？不是需要医治的一种，也不是值得研究的一种，而是便于构筑不寻常之论文的那一种。方便又不寻常，这类好事不可能太多，但如果论文的需求又太多太多呢？那就不难明白，何以不管在什么领域，都会有那么多不寻常的自说自话了。它们在“寻常”与“疑难”之间开辟了第三种可能，在无病之地自行其乐。

“寻常”，是已被榨干说尽的领域，是穷途，是一种限制。“疑难”尚为坚壁，或者说不定还是陷阱，是险径，也是限制。而限制，恰恰是方便的天敌，何苦要与它过不去呢？（正像一句流行的口头禅所劝导的：哥们儿你累不累？）所以要弃之与避之。这样，方便就保住了，只缺着不寻常。然而不寻常还有什么不方便么？比如撒一泡旷古的长尿（听说在所谓的“行为艺术”中出现过这类奇观）。对于论文，方便而又不寻常的路在哪儿？在语言市场上的俏货，在理论的叠床架屋并浅入深出，在主义的相互帮忙和逻辑的自我循环，在万勿与实际相关，否则就难免又碰上活生生的坚壁或陷阱——势必遭遇无情的诘问。所以，魔魔道道的第三种热情，比如说，就像庸医终于逃脱了患者的纠缠，去做无病的诊治游戏，在自说自话中享受其论说的自由。

我没说论文都是这样。我只是说有些论文是这样,至少有些论文让人相信论文可以是这样:有富足的智力,有快乐的心理,唯不涉精神的疑难。其病何在?无病之病是也。

写到这儿,我偶然从《华人文化世界》上读到一篇题为"当代医学的挑剔者"的文章(作者王一方),其中提到一位名叫图姆斯的哲学家,以其自身罹病的经验,写了一本书:《病患的意义》。文中介绍的图姆斯对现代医学的"挑剔",真是准确又简洁地说出了我想说而无能说出的话。

> 在图姆斯看来,现代医学混淆了由医生(客体)通过逻辑实证及理性建构的医学图景与病患者(主体)亲自体验的异常丰富的病患生活世界的界限。前者是条理近乎机械、权威(不容怀疑)的"他们"的世界,后者是活鲜、丰富的"我"的世界;前者是被谈论的、被研究的、被确认的客观世界,后者是无言的体验、或被打断或被告知不合逻辑的、荒诞不经的主观世界。正是这一条条鸿沟,不仅带来医患之间认识、情感、伦理判断及行为等方面的冲突,也使得医学只配作为一堆"知识"、"信息"、"技术项目",而不能嵌入生命与感情世界。为此,患者图姆斯为现代医学开出了药方,一是建议医学教育中重视医学与文学的沟通,鼓励医科学生去阅读叙述疾病过程与体验的文学作品,以多重身份去品味、体悟、理解各种非科学的疾患倾诉;二是亲自去体验疾病。……古人"三折肱而为良医",图姆斯的"折肱"……却为现代医学的精神困境送去了一支燃烧着的红烛。

以上所录图姆斯对现代医学的"挑剔"和药方,我想也可以是照亮现代文学、艺术和评论之困境的红烛吧。况且精神的病患甚于生理的病患,而生理病患的困苦终归是要打击到精神上来,才算圆满了其魔鬼的勾当。——图姆斯大约也正是基于这一点而希望医学能与文学沟通的。

我记得,好像是前两年得了诺贝尔奖的那个诗人帕斯说过:诗是对生活的纠正。我相信这是对诗性最恰切的总结。我们活着，本不需要诗。我们活着，忽然觉悟到活出了问题，所以才有了“诗性地栖居”那样一句名言。诗性并不是诗歌的专利，(有些号称诗歌的东西，其中并无诗性。)小说、散文、论文都应该有，都应该向诗性靠近，亦即向纠正生活靠近。而纠正生活，很可能不是像老师管教学生那样给你一种纪律，倒更可能像似不谙世故的学生，捉来一个司空见惯却旷古未解的疑问，令老师头疼。这类疑问，常常包含了生活的一种前所未有的可能性，因而也常常指示出现实生活的某种沉疴痼疾。

1997年3月21日

复杂的必要

母亲去世十年后的那个清明节，我和父亲和妹妹去寻过她的坟。

母亲去得突然，且在中年。那时我坐在轮椅上正惶然不知要向哪儿去，妹妹还在读小学。父亲独自送母亲下了葬。巨大的灾难让我们在十年中都不敢提起她，甚至把墙上她的照片也收起来，总看着她和总让她看着我们，都受不了。才知道越大的悲痛越是无言：没有一句关于她的话是恰当的，没有一个关于她的字不是恐怖的。

十年过去，悲痛才似轻了些，我们同时说起了要去看看母亲的坟。三个人也便同时明白，十年里我们不提起她，但各自都在一天一天地想着她。

坟却没有了，或者从来就没有过。母亲辞世的那个年代，城市的普通百姓不可能有一座坟，只是火化了然后深葬，不留痕迹。父亲满山跑着找，终于找到了他当年牢记下的一个标志，说离那标志向东三十步左右就是母亲的骨灰深埋的地方。但是向东不足二十步已见几间新房，房前堆了石料，是一家制作墓碑的小工厂了，几个工匠埋头叮当地雕凿着碑石。父亲憋红了脸，喘气声一下比一下粗重。妹妹推着我走近前去，把那儿看了很久。又是无言。离开时我对他们俩说：也好，只当那儿是母亲的纪念堂吧。

虽是这么说，心里却空落得以致于疼。

我当然反对大造阴宅。但是，简单到深埋且不留一丝痕迹，真也太残酷。一个你所深爱的人，一个饱经艰难的人，一个无比丰富的心魂……就这么轻易地删减为零了？这感觉让人沮丧至极，仿佛是说，生命的每一步原都是可以这样删除的。

纪念的习俗或方式可以多样，但总是要有。而且不能简单，务要复杂些才好。复杂不是繁冗和耗费，心魂所要的隆重，并非物质的铺张可以奏效。可以火葬，可以水葬，可以天葬，可以树碑，也可为死者种一棵树，甚或只为他珍藏一片树叶或供奉一根枯草……任何方式都好，唯不可意味了简单。任何方式都表明了复杂的必要。因为，那是心魂对心魂的珍重所要求的仪式，心魂不能容忍对心魂的简化。

从而想到文学。文学，正是遵奉了这种复杂原则。理论要走向简单，文学却要去接近复杂。若要简单，任何人生都是可以删减到只剩下吃喝屙撒睡的，任何小说也都可以删减到只剩下几行梗概，任何历史都可以删减到只留几个符号式的伟人，任何壮举和怯逃都可以删减成一份光荣加一份耻辱……但是这不行，你不可能满足于像孩子那样只盼结局，你要看过程，从复杂的过程看生命艰巨的处境，以享隆重与壮美。其实人间的事，更多的都是可以删减但不容删减的。不信去想吧。比如足球，若单为决个胜负，原是可以一上来就踢点球的，满场奔跑倒为了什么呢？

1995年2月10日

外国及其他

旅客陆续登机的时候，机舱里有一只苍蝇。它悠然但也许是怅然地飞着——这说不准，嗡嗡地这里兜一圈，那里落一下。

旅客到齐了，舱门关闭，飞机缓缓驶向跑道，那苍蝇还在舱中自由乱窜。就是说，这只北京苍蝇，必不可免地也要到外国去逛一趟了，去瑞典。这只万里挑一的北京苍蝇，懵然不知身处何地，更不可能知道，八个半小时之后当舱门再次打开，那已经是在八千六百公里之外了。那儿的夏天，黑夜非常短，晚上十点钟依然阳光灿烂，它会否为此而惊慌呢？如果它飞出去，它将混迹于斯德哥尔摩蝇群，从此不可辨认。但据说，那座美丽的城市干净得没有它的同类，那么它是否也会有点儿什么特别的感想？

这是我第一次出国。说来奇怪，我常能梦见一些我不曾见过的东西，甚至离奇到我想也想不出的境物，却从来梦不见外国。我从电影、电视上已屡屡见过外国了(尤其是美国和欧洲)，但在梦中那样的外国从不出现。我几次梦见到了外国，都不过是在意识中有一个概念——这是外国，而四处的景物却还都是中国的。我很想就此听听释梦专家的意见。我相信这里面一定藏着些非常有趣的心理线索，或情结。

出国，确实是令人向往的。十几年前我有过一次出国的机会(后来挺荒诞地错过了),记得当时我对一个朋友说起,他竟站起来拍我的肩,一边说着:“祝贺你,祝贺你呀!”我觉得这多少有点过分。不过,出去走走,不管到哪儿去看看,到底是件让人兴奋的事情。

有人说,旅游与外遇,其中的魅力或者诱惑是相近的。这话像似有点道理。人对新奇的事物,本能地存着欲望。

飞机飞得平稳极了,几乎觉察不出它在动,唯发动机隆隆的喧嚣表明它在风驰电掣,唯理智教你相信它正以一千公里的时速飞向瑞典。肯定是飞向瑞典吗?只好抱定对驾驶员的信赖。

那只北京苍蝇还在机舱里轻歌曼舞,大有“隔江犹唱后庭花”之嫌。

命运其实也就是一架飞机,或者比飞机更高明的什么飞行器吧,上帝的东西。时间之动更是平稳得让你觉察不到,历史的喧嚣司空见惯地在你耳边震响,命运于中穿越,“坐地日行八万里”。你在命运的舱中自由乱窜而已,你不可能了解命运之神要到哪儿去旅游或者去开会。你一出生就撞进了它的舱门,懵然不知身处何地,不知要被带去何方。你应该抱定对谁或者对什么的信赖呢?你嗡嗡然说着话已经半生时光,东一头西一头,思绪在这里兜一圈,到里落一下,悠然但也许是怅然——这从来就说不准。命运之神若留意我,也会看我是一只万里挑一的北京什么吧。

差不多十小时之后,我坐在了斯德哥尔摩的一家小旅店门前。够神奇!仿佛只是钻进一间怪模怪样的小咖啡厅里去待了一会儿,出来,“洞中方数日,世上已千年”,世界已经大变。

小旅店是一座历史悠久的建筑,浓郁的欧洲风格,处处流露着雕塑技艺的精湛。这样的建筑规定不可随意增删,因而未设轮椅坡道。老友 M 负责接待我们,他连连抱歉,说是忘了我坐轮椅,否则他会选择其他旅馆。我倒觉得这儿很好,更像电影中所见的外国。同行的人们先要去交涉住宿,答应一会儿来接我和一堆行李。他们,包括我妻子,便轻手轻脚闪进那旅店古旧的小门不见了。

我点上一支烟,振作起精神打算认真看一看外国,具体说是瑞典,更具体地说是斯德哥尔摩皇后街的一角。我早就想看一看外国了,四十多年中仅仅是听说。不错,空气真是干净,天虽阴着,但极目所望一切都很清晰,好像我的视力也变好起来。古老的和现代的楼房连绵铺陈,安详悦目仿佛一片童话。欧洲,一向是神奇而美丽的同义。幽静的门窗中,料必蕴藏着很多悠久的故事,策划着很多现代的故事,但都是与我无关的故事。他们并不觉察我的到来。可我来了,腾云驾雾飞了一阵,降落在离他们很近的地方。但这样就能看见他们吗——我是说就能看见外国了吗?街上行人很少,少得总让人担心是出了什么事。我渐渐有些紧张,看看眼前的一堆行李,再望望小旅店那扇陌生的多少带点魔幻气息的小门,不由得自己吓唬自己起来:要是他们(同来的人包括我的妻子)从此不再出来,我是不是就掉进一个美丽却恐怖的志怪故事里去了,平白无故地那么飞行了一阵?我紧抽几口烟,转而安抚自己:这儿总还会有其他懂汉语的人的。——那意思大约是说:一旦紧急,总还是会有人听懂我的呼救。

这让我想起两件事。一是小时候跟母亲出去,也许是公园也许是商店,在人流中正蹦跳得猖狂时,猛回身发现母亲不见了,于是欢笑顿收,紧张寻找,没头没脑地四处乱撞,已弄不清是在人间抑或是在地狱之时,忽见母亲抱歉着迎面而来,这才大放悲声。那时心里便记下了一句话:我差点儿把自己走丢了。这不是一句讲不通的话吗?自己如何把自己丢了呢?但这话没人不懂。可见自己并非仅指此一肉身,由于精神的牵挂而有着一个更大的自己。

另一件事是从书上读到的：科学将可以虚拟现实。据说通过电脑呀，光纤呀，数字化呀，全息术呀……不仅可以虚拟三维图像、立体音响，而且可以虚拟触觉反馈，使你如临其境并可参与其中，总之，将有种种高明的技术把你带入灵境。对，不是梦境也不是幻境，他们把那叫作“灵境”，即虽知一切都是虚拟，却分辨不出与现实有任何区别。书中说，现有的技术还很粗陋，尚难称心，但随着科学的发展和各方面技术的完备，这诺言终会全面兑现的。天！那可要比梦境美妙多了。梦，不是你想怎样做就能怎样做的，而这灵境，你却可以随心所欲，呼之即来。那时你要去比如说瑞典，你何必再坐那种有可能把你摔死的飞机呢？你噼里啪啦按动一些电钮就行了，眼前就会出现斯德哥尔摩的街道，闻到波罗的海清爽的风，听见教堂的钟声在白昼般的夜晚里飘荡，你还可以走进瓦萨沉船博物馆，去看看那条三百多年前的大木船，或者去逛逛商店，摸一摸你喜欢的商品。是呀是呀，摸一摸是办得到的(虚拟触觉反馈)，但可以在灵境中把它买走么？就算买不走(人家可不要虚拟的克朗)那也没关系，也仍然与现实没多大区别——我是指我的现实，我和我妻子在斯德哥尔摩逛商店时，多半也只是摸一摸那些精美的商品就走开。严重的问题不在于囊中羞涩，而在于：倘虚拟技术可以如此乱真，我们又如何知道我们现在不是在虚拟之中呢？幸亏这技术现在还粗陋，未来的人们可是要小心。

现在可以放心，那次我们在博姆什维克真心投入的文学讨论会绝非虚拟。博姆什维克离斯德哥尔摩六十多公里，森林和湖水环绕，青天碧浪绿地红房，幽然无比。讨论会的题目是“沟通：中国文学面对世界”。是呀，当然是要面对世界，因为世界面对你。至于沟通嘛，倒更像是一种奢侈。我在随后的一份感想中写过：语言的阻障，就像语言的求生一样坚强。同操汉语的一群作家，未必都互相听懂了对方在说什么，几乎每句话都产生不止一个误解。那些误解甚至是解释不清的,因为解释同样得求助于那些魔术般的语言,于是继续繁衍同样多的误解。不过我现在想,阻障和误解,恰可用以区分虚拟与真实吧。虚拟可以随心所欲,真实的生活可没那么便宜。比如说,虚拟甚至可能给你一份性快感,但你能从中得到爱情吗?心灵之丰富是可以无中生有的,这可怎么虚拟?因而也就无法虚拟同样丰富的心灵之间的阻障,不能虚拟这阻障所催生的对沟通的焦灼与渴望。什么是爱情呢?正是这份对沟通的焦灼与渴望啊。所以早有先哲说过:困苦使你存在。

在那次讨论会上,我注意到了一个最动人的象征。这象征体现于帕尔梅国际中心亚洲部主任(真抱歉,我记不住他的名字了)。他是那次会议的组织者之一,也是那次会上唯一不懂汉语的人。当一群中国作家和瑞典汉学家热烈讨论的时候,他默守一旁,随时提供会议所需的一切用具、食品和饮料,没有什么需要他的时候他就静观我们的讨论,很偶尔地请人给他翻译一两句,然后点头含笑。会议快结束时,大家请他也说几句,他说得非常简单:他很高兴,虽然他听不懂汉语,但他看得出来中国作家们讨论得很认真,甚至很激烈,不像前不久的一群古巴作家,话不投机就都跑出去游逛了,这就是让他快乐的理由。看见一群素昧平生的人渴望相互沟通,便是那位亚洲部主任快乐的理由!我想,这同时也是一个最动人的象征:沟通,并不非有其圆满的结果不可,有其真诚的渴望就该庆祝。沟通从来就是这样吧,难得通处才要沟之,若全通畅,怕又涉嫌虚拟了。

会议之余,M带我们在斯德哥尔摩的街上逛。天气一副举棋不定的样子,时而阳光明媚,时而细雨霏霏。我穿了毛衣还有些冷。M的儿子骑在他爹脖子上,两条小腿冻得发紫却毫不在意。

M是汉人,他妻子A金发碧眼。大家于是端详他们的儿子,问:他更像中国人呢,还是更像瑞典人?这似乎是个很自然的问题,可一旦提出,却发现其实不能成立。瑞典汉学家G女士反问道:瑞典人是什么样子?瑞典只有八百多万人,却有一百三十多个民族,M不是瑞典人么?是呀,大家幡然醒悟:有瑞典人,但至少在相貌上瑞典人并无统一的标识。那么,有一首流行了很久的歌——黑头发黑眼睛黄皮肤……我的中国心——不见得是在存心开一个国际玩笑吧?中国一向以其民族众多为骄傲,为什么竟习惯以"黑头发黑眼睛黄皮肤"来认同一颗中国心呢?再说,黑头发黑眼睛黄皮肤的又未必都是中国人。

我们在商店里买一点儿小纪念品的时候,常被快乐的货主问道:你们是日本人吧?看来大家容易犯一样的错误。看似一样,当然其间有着微妙的差异。但不管微妙到哪里去,敏感的心恐怕也只需要沟通,用不着愤怒。

在一位原籍上海的瑞典导游先生的带领下,我们去参观了瓦萨沉船博物馆。那里面陈列着一艘三百多年前的战船。这战船下水只几十分钟就沉进了海底,沉没的原因用今天的话说就是:外行领导内行。那船本已造好,但国王非要再加建一层并增加若干门火炮不可,于是头重脚轻翻身藏入海底,只好等待几个世纪后人们来观赏它了。三百多年后它被打捞上来,因那处海域温度低,船体竟无大损。这是件了不起的文物,导游先生说,为了让它长久保存下去,瑞典人一日数遍在船体上喷一种药水,"你们猜喷了多久?"有猜一年的,有猜三年的。导游先生笑笑:"十六年!"

这真让我惊讶,并让我想起目前中国到处都流行得通的一个"累"字。"哥们儿你累不累?"——这可以是挖苦,也可以是劝告,还可以是潇洒的标榜。也许我们是给累怕了。

可曾经我们也是不怕累的呀。但那时我们太过宠爱了愚公移山的"移"字,而忽视了首先的那个"愚"字。比如北京的城墙,差不多能算一条小型的山脉,但愚公们一锹一锹竟把它挖平啦!累定思累,原来愚不可及。那么总该愚定思愚了吧?却又轮到嫌累了,于是速成地都聪明起来。地上的城墙已尽,但地下的古墓犹存,愚勇也在,子子孙孙就又挖,挖如果累,干脆炸开岂不快捷?剩下多少算多少,拿去换钱总归都进自己的腰包。刚刚听说,烟台附近的一处汉墓群又遭劫难。

古老的中国,伤心之处到底都牵联在哪儿呢?

记得马尔克斯就其《百年孤独》答记者问时说过:百年孤独的原因,就是因为人们不懂得爱情,或者是丧失了爱情。——记不清他的原话了,大意是这样。

真的,我有时想这不是偶然的:当一个家以爱情作引领的时候,其成员必齐心建设。而一个没有了爱情的家,其家政再怎么强化,也难免"忽喇喇似大厦倾"。腐败的根源,在于从来就是物本位,精神的求索或私下变成物的期货,或公开划作不可越步的雷池。失神者,能不落魄?

因而,这也就不是偶然的:倘若言爱,就会有人问你"是不是太累"?要是仅仅发生性的操作呢?倒有种种春药似的目光或警句给你以鼓舞。

既到了斯德哥尔摩,又是来开一个文学讨论会,去瞻仰一回瑞典文学院是理所当然的。

大轿车送我们到一座并不雄伟的建筑前面,可能是因为又累又匆忙,我对那座建筑的印象并不深刻。只记得大家把我抬上很多级台阶,我心中填满了歉意,想到很多文学巨匠都曾庄严地迈步于这些台阶,歉意就更增长。

然后来到一间古朴的大厅,大家随意坐下,听马悦然教授讲一些有关诺贝尔奖的事情。马教授潇洒谦和,站在那个著名的演讲台旁,一口地道的汉语。那台子不高,一步就可以迈上去,几步就可以走到福克纳和马尔克斯当年作过获奖演说的位置。但大家从始至终恭敬地坐在台下,没有谁走到那个位置上去开一回玩笑。这很好。它并不高得吓人，但它需要仰望，这确实很好。也许没有哪一个奖可以做到完全正确，（托尔斯泰和博尔赫斯未能中选，就是诺贝尔奖永远的遗憾），但人们心里总要存一处不许冒犯的圣堂。

我无端地想起曾经读过的一本书上的话：你不可以做和尚，但你不可以不想做和尚。我一直记得这句话，觉其必有深妙之处，但一直懵懂未通。它是不是说，圣堂更应该保持住一个梦想的位置呢？不是说梦想的到达，而是说梦想的永在。无论可否到达，都不可没有那样一份永久的供奉。倘这供奉容易被百万美元以及豪华的名声所骚扰，其梦想的位置就更要强调。

但是瑞典，它真是离中国太远了。瑞典是不是真能够读懂中国，我很怀疑。当然瑞典可以有瑞典的读法。比如我看瑞典，实际也只看见了一个童话。

回国之后，朋友们都很自然地问我：瑞典好吗？但那不是能用好与不好来回答的，那是一个童话。它美如童话，它又远如童话。它离我，不是空间的距离，也不是时间的距离，而是现实与童话的距离。并不是说我见的那个瑞典是假的，而是说瑞典对于我，只相当于媒人牵线的一次匆匆相会。从这样的角度看，它真是美丽极了，童话一样令人赞叹。但我从来不大能理解一见钟情。中国呢，却是我全部的现实，诸多的梦想也都是由于它。虽然从观赏的角度以及舒适的角度看，它都比不上瑞典，它有很多令人伤心的地方。但如果可以生活在童话里，我们可以描绘比瑞典更美丽的童话，可生活是全面的现实，便连那些伤心的地方也是你命定的诱惑。

我坐在斯德哥尔摩的街道旁，坐在博姆什维克的森林里和湖水旁，坐在波罗的海的岸边，静静地看它，直到白夜。但我发现我只能看到它却听不到它。虽然一阵阵天使飞翔般的教堂钟声令人心静神宁，但我还是听不到它。到底想要听见什么呢?诉说。你听不见它有什么要对你诉说,它的深处对你是断然关闭的,尽管这并不是它的错。

我想起我的一位画家朋友Y,他尤以画人体著名。他走过世界很多地方。有一回他对我说,他多次试着画过外国模特儿,但总是画不好。不能说那些外国模特儿不美,也许更美,但Y说,他找不见他们,面对面地也找不见他们。Y的意思,我当时没弄大懂,Y又是个不善言词的人。现在我有点儿懂了,画也是要听的,画他们,就是为了能够听到他们,诉说和倾听诉说。

我到过外国了,但我还是梦不见外国,不管是美丽的还是不那么美丽的,我都不再梦见。循此心理线索分析下去,一定会很有趣的。不过我并不拒绝什么时候再去看看外国,随便哪儿,东南西北如果我的身体允许,我愿意与他们多见几面,我对地球乃至宇宙有全面的兴趣。但是说到居住,我还是愿意居住在我正于其中居住的地方。——这有点像狡猾的狐狸吗?听人说起过一份“最适于居住之地”的排行榜,排在第一位的,有说是加拿大的,有说是澳大利亚的。我想那些地方肯定是不错,不过我情愿把它们列为“最适于旅游之地”,尽管这也只是一厢情愿。

我常常感到,上帝真是把这个世界创造得丰富多彩,什么样的地方都有人居住,什么样的命运都有人承担,什么样的行为都有人来体现,虽然这样就不会是完美无缺。但完美无缺了倒又是一种缺憾,反使心魂无路可循。上帝必是看到了这一点,这是上帝的难处,也是上帝的高明。

写于1997年5月12日

2000年2月27日修改

在家者说

宇宙无边，地球广阔，且时有风雨袭来，或烈日曝晒，故不得不寻一有限之地，立以四壁，覆以顶盖，日落避于其中，日出游乎其外，这就是家吗？也可能是旅馆。备好丰足的衣食，装上成套的电器，窗外四季更迭，室内全无寒暑，排布开精美的家具，点缀些字画、古董，或再有高朋满座，窗外月黑风高，室内其乐融融，这就是家了吗？仍可能是饭店。

把家打扮成饭店、旅馆，像似从贫穷走向富裕的一个必经阶段，艳羡的眼睛已经睁开，审美的心尚无归处。陈村曾打电话给我说：你要装修吗？记住方便自己，勿只为偶尔一来的客人说好。又听人讲起一对富裕了的夫妻，满打满算两口人，却偏要买下二百多平米的豪居，初时客人不断，来道喜，来恭维，时间一久谁还老来呢？于是一到周末两口子就发慌，唯恐豪居闲置，便东一个电话西一个电话地求人来："来吧来吧，一切都预备好了！"岂不是饭店吗？且有一男一女两位侍者。

谁会在家门前挂一排霓虹灯呢？家有家的语言，比如一张老床，默默然说着一个家族的历史。比如所有的家具都不配套，形色不一，风格各异，便会让你回忆起历历如新的诸多往事。比如一个谈不上多么美妙的小器物，别人不理会，只你和你的家人知道它所负涵的纪念，视其为不可亵玩的圣物。这类东西是模仿不来的，一模仿就又是饭店。家是模仿不来的，一模仿就又是“宾至如归”。家,一俟你走向它,便会听见它的召唤;一俟你走到它近前,便会闻辨出它的气息;你一推开家门,心里便会有一个声音:“噢,家!”“噢,久违了。”家说:“喂,你还好吗?”你就甩掉鞋帽,甩掉衣裳,甩掉你在外面的世界里不得不钻入其中的那一套行头,露出原形(不单指身体)——这也是一种语言,是你对家的报答,是对它由衷的信任和感激。

即便这家只你一人,你也不能总在街上乱走。即便你用不着起火落灶,你总也得有一处安魂入梦的地方。家其实不限于空间,家更是一种时光,一种油然的心绪。此时与此心,可以清理你的秘密,不拘一格地思想,想入非非,正如你可以随意躺倒,肆意欢叫,不必再让微笑堆痛你的脸。你可以独享你的心情,独享你的智慧和想象,因而家又忽然地可以穿透四壁,山高水长,无边无际地铺展。

单有精美的家具堆在身边,你担不担心这儿可能是家具店?单有价值连城的古董摆在四周,你怀不怀疑这儿可能是博物馆?就比如一群妖艳女子整天伴你左右,你怕不怕这儿可能是红灯区?家,正是要消除你的这类恐惧。家徒四壁也依然是容纳你的躯体又放纵你的心情的地方,是陪伴你的欢乐又收容你的痛苦的地方。设若只你一人有些孤独,你不妨扭亮台灯,翻开书,塌塌实实地听一回先哲的教诲,那一刻便全是回家的感觉。也不妨铺开纸,随心所欲,给一位心仪已久的人写封信,于是乎那一条邮路上便都是家的消息。这其实就是写作了。写作就是写给心仪已久的人呀,尽管你不知道他们是谁,位于空间的何处。

竞争是件好事,否则人间不免寂寞。但为什么一定要比着豪华呢?不可以比着简朴吗?享受更是无可非议,但是,人终于能够享受的只有心情和智慧,借助倾诉与倾听。所以,就祝愿所有的家都至少有两个人,相亲相爱的两个人。一个电话又一个电话地为那闲置的豪居呼救,冤哪!

2001 年 12 月 27 日

在北京友谊医院“友谊之友”座谈会上的发言*

坐在这个位置上的本该是位大夫，可现在却是个病人，一个资深病人。所以今天不可能是治疗，也不可能是讲课，更不要以为是一个什么身残志不残的人给大伙作报告。我是奉柏大夫之命，以一个老牌病人的身份，跟各位交流一下生病的体会。所以我只能保证以毫不隐瞒的态度说说我自己的经验，看看有没有什么可以让各位借鉴的东西；有，我就没白来，没有，就只能怪柏大夫找错了人。我不是大夫，这可以让我推卸责任，要是我说得文不对题，只好劳驾各位大夫帮我收场。

这个开场白有两个目的，一是请各位不要对我抱太大的希望，一是我自己先为自己减轻一下负担。我写作的时候，也总是先给自己减去负担，劝告自己：别去想这一回能写得多么好，能够在哪儿发表，甚至得一个什么奖，这一回只当是闲来无事自己跟自己说说话，写一篇废品吧。这样劝过之后心里就比较轻松，因而就能比较自由，自由了就容易看清自己，看清自己的愿望和问题。

写作，说到底也就是交流，与同是生活在这个世界上的人沟通。同是

* 本文曾以《史铁生谈困境》为题在2002年《北京青年报》刊载，刊载时有删节。

生活在这个世界上，谁的生活中都难免有些艰难，谁心里都难免有些苦恼和困惑。甚至可以这样说，艰难和困惑就是生命本身，这是与生俱来的，甚至终生不能消灭的，否则人生岂不就太简单了？设想一下，要是有一天生活中的困难都消灭干净了，人生实在也就没什么意思了；就像下棋，什么困阻都没有你可还下得什么劲儿？

有位先哲说过这样的话：比陆地辽阔的是海洋，比海洋辽阔的是天空，比天空辽阔的是人的内心。那么也就是说，内心世界比外部世界要复杂得多，认识内心世界比认识外部世界要困难得多。心理问题浩瀚无边，别指望一蹴而就即可解决所有我们心里的迷惑。那么指望什么呢？我想，人们能够坐在一起敞开心扉，坦诚地说一说我们的困惑，大胆地看一看平时不敢触动的某些心灵角落，这就是最好的办法。心里的困惑存在一天，这办法就不会过时。就是说，一切具体的心理治疗方法，都要由这样的开端来引出。自我封闭，是心理治疗的最大障碍。

困境不可能没有，艰难不可能彻底消灭，但人与人之间的交流、沟通，倾诉与倾听，却可能使人获得一种新的生活态度，或说达到一种新境界。什么境界？我先给各位讲个童话，不是我编的，是从书上看来的，《小号手的故事》：战争结束了，有个年轻的号手最后离开战场，回家。他日夜思念着他的未婚妻，一路上都在设想如何同她见面，如何把她娶回家。可是，等他回到家乡，却听说未婚妻已和别人结婚，家乡早已流传着他战死沙场的消息。小号手痛苦之极，便又离开家乡，四处漂泊。孤独的路上，陪伴他的只有那把小号，他便吹响小号，凄惋悲凉。有一天，他走到一个国家，国王听见了他的号声，使人把他唤来，问：你的号声为什么这样悲伤？号手便把自己不幸的经历讲给国王，国王听了非常同情……看到这儿我就放下了，心说又是个老掉牙的故事，接下来无非是国王很喜欢这个年轻号手，而且看他才智不俗，就把女儿许配给了他，最后呢？肯定是他与公主白头偕老，过着幸福的生活。可是我猜错了。这个故事不同凡响的地方就在于它的结尾，这个国王不落俗套：他下了一道命令，请全国的人都来听这号手讲他的故事，都来听他那哀伤的号声……日复一日，年轻人不断地讲，人们耐心地听，只要那号声一响，人们便围拢来，在他周围默默地听……就这样，不知从什么时候起，他的号声已不再那么低沉、凄凉了。又不知从什么时候起，那号声开始变得嘹亮，变得生气勃勃了。

所谓新境界，我想至少有两方面。一是认识了爱的重要——困境不可能没有，最终能够抵挡它的是人间的爱愿。什么是爱愿呢？是那个国王把自己的女儿嫁给小号手呢？还是告诉他，困境是永恒的，你只有镇静地面对它。应该说都是，但前一种是暂时的输血，后一种是帮你恢复起自己的造血能力。前者也是救助，但不是根本的救助，比如说，要是那个公主另有新欢了呢？小号手岂不又要贫血？后者是根本的救助，它不求一时的快慰和满足，也不相信因为好运的降临从此困境就不会再找上你，它是说：困苦来了，大家跟你在一起，但谁也不能让困苦消灭，每个人都必须自己鼓起勇气，镇定地面对它。人生的困境不可能全数消灭，这样的认识才算得上勇敢，这勇敢使人有了一种智慧，即不再寄希望于命运的全面优待，而是倚重了人间的爱愿。爱愿，并不只是物质的捐赠，重要的是心灵的相互沟通、了解，相互精神的支持、信任，一同探讨我们的问题。比如像我们现在这样。

新境界的另一方面就是镇静，就是能够镇静地对待困境了，不再恐慌了。别总想逃避困境；你恨它，怨它，跟它讲理，想不通，觉着委屈，其实这都是想逃避它。可困境所以是困境，就在于它不讲理，它不管不顾、大摇大摆地就来了，就找到了你头上，你怎么讨厌它也没用，你怎么劝它一边去它也不听，你要老是执著地想逃离它，结果只能是助纣为虐，在它对你的折磨之上又添了一份自己对自己的折磨。

有一回，有个记者问我：你对你的病是什么态度？我想了半天也找不出一个恰当的词，好像说什么也不对，说什么也没用，最后我说：是敬重。这并不是说我多么喜欢它，但是你说什么呢？讨厌它吗？恨它吗？求它快快滚蛋？一点儿用也没有，除了自讨没趣，就是自寻烦恼。但你要是敬重它，把它看作是一个强大的对手，是命运对你的锤炼，就像是个九段高手点名要跟你下盘棋，这虽然有点无可奈何的味道，但你却能从中获益，你很可能就从中增添了智慧，比如说逼着你把生命的意义看得明白。一边是自寻烦恼，一边是增添智慧，选择什么不是明摆着的吗？对困境，先要对它说“是”，接纳它，然后试着跟它周旋，输了也是赢。这不是阿Q，阿Q的“精神胜利法”是展示他的癞头疮，以丑为荣；你这是“置之死地而后生”，比如腿死了，肾也死了，但未必精神就不能赢，就不能活得更好。

我常以打牌来比喻人生。你可能运气不好，你可能抓了一手坏牌，但光靠好牌来赢算不得能耐，而一手坏牌也肯定有最好的打法，去寻找那个最好的打法就是。总是乞灵于好运，差不多是浪费光阴，不断地洗牌、洗牌、洗牌……你知道是洗来的好，还是洗掉的好？

说到死，有人就着急，发慌，沮丧得不行，甚至闭口不谈，想都不敢想。这样的话，死，肯定就会以更加狰狞的面目来找你了；你要是镇静地看它呢，它其实也平常。死什么样？就像你没出生时那样呗。死，不过是在你活着的时候吓唬吓唬你，你一发抖，它就成功。其实，我们不都是从那儿来的吗？比如说，我是1951年从那儿来的，柏大夫是1952年。这个问题说起来复杂，我只是起个头儿，抛砖引玉，各位可以慢慢去想。

其实，死，不过是活着的时候的一种想法。谁想它想得发抖了，谁就输了,谁想它想得坦然镇定了,谁就赢了。当然不能骗自己,其实这件事你想骗也骗不了。为什么一些真正有信仰的人并不害怕死呢?不过这不是能教的,得自己镇静下来慢慢去思索,去体悟。但要是你先就对它说“不”,固执地对它说“不”,你不仅一无所得,反面会焦躁不安、恐惧倍加,终生受它的伤害。其实所有的困境,包括死,都是借助于你自己的这种恐慌来伤害你的。我估计,我讲的不大可能符合柏大夫的要求。这我就不管了。她是大夫,我是病人,照理说,病人在申述自己病情的时候,比大夫有发言权。咱们都可以畅所欲言,然后把一个烂摊子交给她,那时候再听她的吧。

在我双腿瘫痪的时候,以及双肾失灵的时候,有人劝我:要乐观些,要坚强些,你看看生活多么美好呀!我心里说,玩儿去吧,病又没得在你身上。那时候我不能体会什么是乐观,凭什么可以乐观。尤其是,我双腿瘫痪的时候才二十一岁,我可是没有发现什么生命的诱惑。我想的是,我要是不能再站起来,就算是能磨磨蹭蹭地走,我也不想再活了。那时候,我整天用目光在病房的天花板上写两个字,一个是肿瘤的“瘤”(因为大夫说,要是肿瘤就比较好办,否则就得准备以轮椅代步了),另一字是“死”。我祈祷把这两个字写到千遍万遍或许就能成真,不管是肿瘤还是死,都好。我想我只能接受这两种结果。到后来,现实是越来越不像是肿瘤了,那时候我就只写一个字了。但我为什么迟迟没有去实施呢?那可不是出于什么诱惑,那时候对我最具诱惑的就是死;每天夜里醒来,都想,就这么死了多好!每天早晨醒来,都很沮丧,心说我怎么又活过来了?我所以没有去死,绝不是生的诱惑,而是死的耽搁,是死期延缓,缓期执行吧。是什么使我要缓期执行呢?是亲情和友情,是爱。

那时候,我的亲人,同学,各路朋友,几乎每天都来看我;不是探视的日子他们也能进来,友谊医院的条条暗道他们都了如指掌。还在陕北插队的同学经常给我写信来,软硬兼施,劝骂并举,想尽办法让我先活下去再说。他们的计谋其实都让我看穿,但即使你看穿,这份情谊是还是起作用。我觉得不能让他们太失望,不能让他们有一天来了却听说这小子已经自杀了,这好像太不够意思。那时候我也还是不大想活,希望有一个自然的死亡。但是死亡一经耽搁,你不免就进入了另一些事情,另一种情绪,就像小河里的水慢慢丰盈了,你难免就顺水漂流,漂进大河里去了,四周的风景豁然开朗,心情不由得也就变了。终于有一天你又想到了死,心说算了吧,再试试,何苦前功尽弃呢?凭什么我非得输给你不可呢?这时候,你已经开始对残废有一种幽默的态度了。

启发我的是卓别林的一部电影,好像是叫“城市之光”吧。女主人公要自杀,拧开了煤气,结果让卓别林演的那个角色发现了,把这女的救了。这女的说:“你凭什么救我?你有什么理由不让我死?”卓别林的回答妙极了,他说:“急什么?早晚还不是这回事?”这是大师的态度,不悟透生死的人想不出这样的话。这里面不仅有着非凡的智慧,而且有着深沉的爱,意思跟那个国王对小号手说的大同小异,都是说:这是困境,是我们谁也逃避不了的,但是我们在一起,我们再一起来看看还有没有别的办法。这就是爱。

我就是靠了这种爱而耽搁和延缓了死亡的,然后才感到了生的诱惑。你要是说这爱就是生命的诱惑,也行。但绝不是生理性生命的诱惑,而是精神性生命的诱惑,是生命意义的诱惑。不过,我觉得“诱惑”这个词不算很贴切;“诱”字常常是指失去了把握自己的能力,“惑”呢,是迷茫的意思。所谓“四十而不惑”,大概是说明白了生命的意义吧。所以,当终于有一天我不再想自杀的时候,生命不见得是向我投来了它的诱惑,而是向我敞开了它的魅力的意义。所以我说，对病，对死，对一切困境，最恰当的态度是敬重，它使我提前若干年“知命”了。所谓“知命”，就是知道命运反正是不可能遂人愿的，人呢？务必不可逃避困境，而是要正眼看它。你下棋吗？你打球吗？其实人的一切事，都是与困境的周旋。在与困境周旋的时候，你会觉得很苦，很累，没用。那时候你最想干什么呢？你最想找人谈谈，朋友、亲人、爱人，于是你感到支持，感到爱的美好，感到生命的魅力和意义。如果你觉得这仍然不够，你也可以一个人静静地思索，与天，与地，与上帝或与佛祖都谈谈，那样就更能让你清楚什么是生，什么是死。

总之，千万别把自己封闭起来，你要强行使自己走出去，不光是身体走出屋子去，思想和心情也要走出去，走出一种牛角尖去，然后你肯定会发现别有洞天。萨特说“他人即地狱”，其实他人也可以是天堂。此外没有天堂。我写过，地狱和天堂都在人间，地狱和天堂是人对生命以及对他人的不同态度罢了。向友谊、爱，敞开自己的心灵，是最好的医药。比如柏大夫，还有王主任，她们没能治好我的腿，但她们真正是好大夫。好大夫也有治不了的病，但好大夫更懂得爱是最好的医药。72 年我的腿坏了，我有幸住进了友谊医院，“友谊”这两个字真是好兆，是命运对我的恩赐。不仅有我一起插队的同学都在关心我，神经内科所有的大夫、护士也都像亲人一样地关心我，这不是套话，这是事实。说实在的，我现在气力不济，很多活动我都没力气参加，说话说多了就冒汗，可这次是柏大夫命令我来，我不能不从命。

所以，各位能到这儿来，我看是英明的选择。倒也不是说这儿有柏大夫，有“友谊”这个护身符，而不如说交流、沟通、倾诉与倾听，是克服任何心理困境的最好的选择。但是，爱，或者友谊，不是一种熟食，买回来切切就能下酒了。爱和友谊，要你去建立，要你亲身投入进去，在你付出的同时你得到。在你付出的同时你必定已经改换了一种心情,有了一种新的生活态度。其实,人这一生能得到什么呢?只有过程,只有注满在这个过程中的心情。所以,一定要注满好心情。你要是逃避困境,困境可并不会躲开你,你要是封闭自己,你要总是整天看什么都不顺眼,你要是不在爱和友谊之中,而是在愁恨交加之中,你想你能有什么好心情呢?其实,爱、友谊、快乐,都是一种智慧。上帝给你一命,何苦你老让它受气呢?

2002 年

病隙碎笔·之一

一

所谓命运,就是说,这一出“人间戏剧”需要各种各样的角色,你只能是其中之一,不可以随意调换。

写过剧本的人知道,要让一出戏剧吸引人,必要有矛盾,有人物间的冲突。矛盾和冲突的前提,是人物的性格、境遇各异,乃至天壤之异。上帝深谙此理,所以“人间戏剧”精彩纷呈。

写剧本的时候明白,之后常常糊涂,常会说:“我怎么这么倒霉!”其实谁也有“我怎么这么走运”的时候,只是这样的时候不嫌多,所以也忘得快。但是,若非“我怎么这么”和“我怎么那么”,我就是我了吗?我就是我。我是一种限制。比如我现在要去法国看“世界杯”,一般来说是坐飞机去,但那架飞机上天之后要是忽然不听话,发动机或起落架谋反,我也没办法再跳上另一架飞机了,一切只好看命运的安排,看那一幕戏剧中有没有飞机坠毁的情节,有的话,多么美妙的足球也只好由别人去看。

二

把身体比作一架飞机,要是两条腿(起落架)和两个肾(发动机)一起失灵,这故障不能算小,料必机长就会走出来,请大家留些遗言。

躺在"透析室"的病床上,看鲜红的血在"透析器"里汩汩地走——从我的身体里出来,再回到我的身体里去,那时,我常仿佛听见飞机在天上挣扎的声音,猜想上帝的剧本里这一幕是如何编排。

有时候我设想我的墓志铭,并不是说我多么喜欢那路东西,只是想,如果要的话最好要什么?要的话,最好由我自己来选择。我看好《再别康桥》中的一句:轻轻地我走了,正如我轻轻地来。在徐志摩先生,那未必是指生死,但在我看来,那真是最好的对生死的态度,最恰当不过,用作墓志铭再好也没有。我轻轻地走,正如我轻轻地来,扫尽尘嚣。

但既然这样,又何必弄一块石头来做证?还是什么都不要吧,墓地、墓碑、花圈、挽联以及各种方式的追悼,什么都不要才好,让寂静,甚至让遗忘,去读那诗句。我希望"机长"走到我面前时,我能镇静地把这样的遗言交给他。但也可能并不如愿,也可能"筛糠"。就算"筛糠"吧,讲好的遗言也不要再变。

三

有一回记者问到我的职业,我说是生病,业余写一点东西。这不是调侃,我这四十八年大约有一半时间用于生病,此病未去彼病又来,成群结队好像都相中我这身体是一处乐园。或许"铁生"二字暗合了某种意思,至今竟也不死。但按照某种说法,这样的不死其实是惩罚,原因是前世必没有太好的记录。我有时想过,可否据此也去作一回演讲,把今生的惩罚与前生的恶迹一样样对照着摆给——比如说,正在腐败着的官吏们去作警告?但想想也就作罢,料必他们也是无动于衷。

四

生病也是生活体验之一种,甚或算得一项别开生面的游历。这游历当然是有风险，但去大河上漂流就安全吗？不同的是，漂流可以事先做些准备，生病通常猝不及防；漂流是自觉的勇猛，生病是被迫的抵抗；漂流，成败都有一份光荣，生病却始终不便夸耀。不过，但凡游历总有酬报：异地他乡增长见识，名山大川陶冶性情，激流险阻锤炼意志，生病的经验是一步步懂得满足。发烧了，才知道不发烧的日子多么清爽。咳嗽了，才体会不咳嗽的嗓子多么安详。刚坐上轮椅时，我老想，不能直立行走岂非把人的特点搞丢了？便觉天昏地暗。等到又生出褥疮，一连数日只能歪七扭八地躺着，才看见端坐的日子其实多么晴朗。后来又患"尿毒症"，经常昏昏然不能思想，就更加怀恋起往日时光。终于省悟：其实每时每刻我们都是幸运的，因为任何灾难的前面都可能再加一个"更"字。

五

坐上轮椅那年，大夫们总担心我的视神经会不会也随之作乱，隔三差五推我去眼科检查，并不声张，事后才告诉我已经逃过了怎样的凶险。人有一种坏习惯，记得住倒霉，记不住走运，这实在有失厚道，是对神明的不公。那次摆脱了眼科的纠缠，常让我想想后怕，不由得瞑揖默谢。

不过，当有人劝我去佛堂烧炷高香，求佛不断送来好运，或许能还给我各项健康时，我总犹豫。不是不愿去朝拜(更不是不愿意忽然站起来)，佛法博大精深，但我确实不认为满腹功利是对佛法的尊敬。便去烧香，也不该有那样的要求，不该以为命运欠了你什么。莫非是佛一时疏忽错有安排，倒要你这凡夫俗子去提醒一二？唯当去求一份智慧，以醒贪迷。为求实惠去烧香磕头念颂词，总让人摆脱不掉阿谀、行贿的感觉。就算是求人办事吧，也最好不是这样的逻辑。实在碰上贪官非送财礼不可，也是鬼鬼祟祟的才对，怎么竟敢大张旗鼓去佛门徇私舞弊？佛门清静，凭一肚子委屈和一叠账单还算什么朝拜？

六

约伯的信心是真正的信心。约伯的信心前面没有福乐作引诱，有的倒是接连不断的苦难。不断的苦难曾使约伯的信心动摇，他质问上帝，作为一个虔诚的信者，他为什么要遭受如此深重的苦难。但上帝仍然没有给他福乐的许诺，而是谴责约伯和他的朋友不懂得苦难的意义。上帝把他伟大的创造指给约伯看，意思是说：这就是你要接受的全部，威力无比的现实，这就是你不能从中单单拿掉苦难的整个世界！约伯于是省悟。

不断的苦难才是不断地需要信心的原因，这是信心的原则，不可稍有更动。倘其预设下丝毫福乐，信心便容易蜕变为谋略，终难免与行贿同流。甚至光荣，也可能腐蚀信心。在没有光荣的路上，信心可要放弃么？以苦难去作福乐的投资，或以圣洁赢取尘世的荣耀，都不是上帝对约伯的期待。

七

曾让科学大伤脑筋的问题之一是：宇宙何以能够满足如此苛刻的条件——阳光、土壤、水、大气层，以及各种元素恰到好处的比例，以及地球与其他星球妙不可言的距离——使生命孕育，使人类诞生？

若一味地把人和宇宙分而观之，人是人，宇宙是宇宙，这脑筋就怕要永远伤下去。天人合一，科学也渐渐省悟到人是宇宙的一部分，这样，问题似乎并不难解：任何部分之于整体，或整体之于部分，都必定密切吻合。譬如一只花瓶，不小心摔下几块碎片，碎片的边缘尽管参差诡异，拿来补在花瓶上也肯定严丝合缝。而要想复制同样的碎片或同样的缺口，比登天还难。

八

世界是一个整体,人是它的一部分,整体岂能为了部分而改变其整体意图?这大约就是上帝不能有求必应的原因。这也就是人类以及个人永远的困境。每个角色都是戏剧的一部分,单捉出一个来宠爱,就怕整出戏剧都不好看。

上帝能否插手人间?一种意见说能,整个世界都是他创造的呀。另一种意见说不能,他并没有体察人间的疾苦而把世界重新裁剪得更好。从后一种理由看,他确是不能。但是,从他坚持整体意图的不可改变这一点想,他岂不又是能吗?对于向他讨要好运的人来说,他未必能。但是,就约伯的省悟而言,他岂不又是能吗?

九

撒旦不愧是魔鬼,惯于歪曲信仰的意义。撒旦对上帝说:约伯所以敬畏你,是因为你赐福于他,否则看他不咒骂你!上帝想看看是不是这样,便允许撒旦夺走了约伯的儿女和财产,但约伯的信心没有动摇。撒旦又对上帝说:单单舍弃身外之物还不能说明什么,你若伤害他的身体,看看会怎样吧!上帝便又允许撒旦让约伯身染恶病,但信者约伯仍然没有怨言。

撒旦的逻辑正是行贿受贿的逻辑。

约伯没有让撒旦的逻辑得逞。可是,他却几乎迷失在另一种对信仰的歪曲中:“约伯,你之所以遭受苦难,料必是你得罪过上帝。”这话比魔鬼还可怕,约伯开始觉到委屈,开始埋怨上帝的不公正了。

这样的埋怨我们也熟悉。好几次有人对我说过,也许是我什么时候不留神,说了对佛不够恭敬的话,所以才病而又病,我听了也像约伯一样顿生怨愤——莫非佛也是如此偏爱恭维、心胸狭窄?还有,我说约伯的埋怨我们也熟悉，是说，背运的时候谁都可能埋怨命运的不公平，但是生活，正如上帝指给约伯看到的那样，从来就布设了凶险，不因为谁的虔敬就给谁特别的优惠。

十

可是上帝终于还是把约伯失去的一切还给了约伯，终于还是赐福给了那个屡遭厄运的老人，这又怎么说？

关键在于，那不是信心之前的许诺，不是信心的回扣，那是苦难极处不可以消失的希望啊！上帝不许诺光荣与福乐，但上帝保佑你的希望。人不可以逃避苦难，亦不可以放弃希望——恰是在这样的意义上，上帝存在。命运并不受贿，但希望与你同在，这才是信仰的真意，是信者的路。

十一

重病之时，我总想起已故好友周郿英，想起他躺在病房里，瘦得只剩一副骨架，高烧不断，溃烂的腹部不但不愈合反而在扩展……窗外阳光灿烂，天上流云飞走，他闭上眼睛，从不呻吟，从不言死，有几次就那么昏过去。就这样，三年，他从未放弃希望。现在我才看见那是多么了不起的信心。三年，那是一分钟一分钟连接起来的，漫漫长夜到漫漫白昼，每一分钟的前面都没有确定的许诺，无论科学还是神明，都没给他写过保证书。我曾像所有他的朋友一样赞叹他的坚强，却深藏着迷惑：他在想什么，怎样想？

可能很简单：他要活下去，他不相信他不能够好起来。从约伯故事的启示中我知道：真正的信心前面，其实是一片空旷，除了希望什么也没有，想要也没有。

但是他没能活下去，三年之后的一个早晨，他走了。这是对信心的嘲弄吗？当然不是。信心，既然不需要事先的许诺，自然也就不必有事后的恭维，它的恩惠唯在渡涉苦难的时候可以领受。

十二

求神明保佑，可能是人人都会有的心情。“人定胜天”是一句言过其实的鼓励，“人是被抛到这个世界上来的”才是实情。生而为人，终难免苦弱无助，你便是多么英勇无敌，多么厚学博闻，多么风流倜傥，世界还是要以其巨大的神秘置你于无知无能的地位。

有一部电影，《恺撒大帝》。恺撒大帝威名远扬，可谓“几百年才出一个”。其中一个情节：他唯一倾心的女人身患重病，百般医药，千般祈告，终归不治。恺撒，这个意志从未遭遇过抗逆的君主，涕泪横流仰面苍天，一声暴喊：“老天哪！把她还给我，恺撒求你了！”那一声喊让人魂惊魄动。他虽然仍不忘记他是恺撒，是帝王，说话一向不打折扣，但他分明是感到了一种比他更强大的力量，他以一生的威严与狂傲去垂首哀求，但是……结果当然简单——剧场灯亮，恺撒时代与电影时代相距千载，英雄美人早都在黑暗的宇宙中灰飞烟灭。

我也曾这样祈求过神明，在地坛的老墙下，双手合十，满心敬畏(其实是满心功利)。但神明不为所动。是呀，恺撒尚且哀告无功，我是谁？古园寂静，你甚至能感到神明在傲慢地看着你，以风的穿流，以云的变幻，以野草和老树的轻响，以天高地远和时间的均匀与漫长……你只有接受这傲慢的逼迫，曾经和现在都要接受，从那悠久的空寂中听出回答。

十三

有三类神。第一类自吹自擂好说瞎话，声称万能，其实扯淡，大水冲了龙王庙的事并不鲜见。第二类喜欢恶作剧，玩弄偶然性，让人找不着北。比如足球吧,世界杯赛,就是用上最好的大脑和电脑,也从未算准过最后的结局。所以那玩意儿可以大卖彩票。小小一方足球场,满打满算二十几口人,便有无限多的可能性让人料想不及,让人哭,让人笑,让翩翩绅士当众发疯,何况偌大一个人间呢。第三类神,才是博大的仁慈与绝对的完美。仁慈在于,只要你往前走,他总是给路。在神的字典里,行与路共用一种解释。完美呢,则要靠人的残缺来证明,靠人的向美向善的心愿证明。在人的字典里,神与完美共用一种解释。但是,向美向善的路是一条永远也走不完的路,你再怎样走吧,“月亮走我也走”,它也还是可望不可即。

刘小枫先生在他的书里说过这样的意思:人与上帝之间有着永恒的距离。这很要紧。否则,信仰之神一旦变成尘世的权杖,希望的解释权一旦落到哪位强徒手中,就怕要惹祸了。

十四

唯一的问题是:向着哪一位神,祈祷?

说瞎话的一位当然不用再理他。

爱好偶然性的一位,有时候倒真是要请他出面保佑。事实上,任何无神论者也都免不了暗地里求他多多关照。但是,既然他喜欢的是偶然性而并不固定是谁,你最好就放明白些,不能一味地指靠他。

第三位才是可以信赖的。他把行与路作同一种解释,就是他保证了与你同在。路的没有尽头,便是他遥遥地总在前面,保佑着希望永不枯竭。他所以不能亲临俗世,在于他要在神界恪尽职守,以展开无限时空与无限的可能,在于他要把完美解释得不落俗套、无与伦比,不至于还俗成某位强人的名号。他总不能为解救某处具体的疾苦,而置那永恒的距离失去看管。所以,北京人王启明执意去纽约寻找天堂,真是难为他了。

十五

我寻找他已多年，因而有了一点儿体会：凡许诺实惠的，是第一位。有时取笑你，有时也可能帮你一把的是第二位。第三位则不在空间中，甚至也不在寻常的时间里，他只存在于你眺望他的一刻，在你体会了残缺去投奔完美、带着疑问但并不一定能够找到答案的那条路上。

因而想到，那也应该是文学的地址，诗神之所在，一切写作行为都该仰望的方向。奥斯维辛之后人们对诗产生了怀疑，但正是那样的怀疑吧，使人重新听见诗的消息。那样的怀疑之外，诗，以及一切托名文学的东西，都越来越不足信任。文学的心情一旦顺畅起来，就不大明白为什么一定要有它。说生活是最真实的，这话怎么好像什么也没说呢？大家都生活在生活里，这样的真实如果已经够了，文学干吗？说艺术源于生活，或者说文学也是生活，甚至说它们不要凌驾于生活之上，这些话都不易挑剔到近于浪费。布莱希特的“间离”说才是切中要害。艺术或文学，不要做成生活（哪怕是苦难生活）的侍从或帮腔，要像侦探，从任何流畅的秩序里听见磕磕绊绊的声音，在任何熟悉的地方看出陌生。

十六

写《务虚笔记》的时候，我忽然明白：凡我笔下人物的行为或心理，都是我自己也有的，某些已经露面，某些正蛰伏于可能性中伺机而动。所以，那长篇中的人物越来越互相混淆——因我的心路而混淆，又混淆成我的心路：善恶俱在。这不是从技巧出发。我在哪儿？一个人确切地存在于何处？除去你的所作所为，还存在于你的所思所欲之中。于是可以相信：凡你描写他人描写得（或指责他人指责得）准确——所谓一针见血，入木三分，惟妙惟肖——之处，你都可以沿着自己的理解或想象，在自己的心底找到类似的埋藏。真正的理解都难免是设身处地,善如此,恶亦如此,否则就不明白你何以能把别人看得那么透彻。作家绝不要相信自己是天命的教导员,作家应该贡献自己的迷途。读者也一样,在迷途面前都不要把自己洗得太干净,你以什么与之共鸣呢?可有谁一点儿都不体会丑恶所走过的路径吗?

这便是人人都需要忏悔的理由。发现他人之丑恶,等于发现了自己之丑恶的可能,因而是已经需要忏悔的时刻。这似乎有点过分,但其实又适合国情。

十七

眼下很有些宗教热的味道,至少"宗教"一词终于在中国摆脱了贬意,信佛、信道、信基督都可以堂堂正正,本来嘛。但有一个现象倒要深想:与此同时,经常听到的还是"挑战",向着这个和向着那个,却很少听到"忏悔"。忏悔是要向着自己的。前些天听一位学者说,他在考证"文革"时期的暴力事件时发现,出头做证的只有当年的被打者,却没有打人的人站出来说点儿什么。只有蒙冤的往事,却无抚痛的忏悔,大约就只能是怨恨不断的克隆。缺乏忏悔意识,只好就把惨痛的经验归罪给历史,以为潇洒,以为豁达。好像历史是一只垃圾箱,把些谁也不愿意再沾惹的罪孽封装隐蔽,大家就都可以清洁。

忏悔意识,其实并非只是针对那些"文革"中打过人的人。辉煌的历史倘不是几个英雄所为,惨痛的历史也就不由几个歹徒承办。或许,那些打过人的人中,已知忏悔者倒要多些,至少他们的不敢站出来这一点已经说明了良心的沉重。倒是自以为与那段历史的黑暗无关者,良心总是轻松着——"笑话,我可有什么要忏悔?"但是,你可曾去制止过那些发生在你身边的暴行么?尤其值得这样设想:要是那时以革命的名义把皮带塞进你手里,你敢于拒绝或敢于抗议的可能性有多大?这样一问,理直气壮的人肯定就会少下去,但轻松着的良心却很多,仍然很多,还在多起来。

十八

记得“文革”刚开始时,我曾和一群同学到清华园里去破过“四旧”,一路上春风浩荡落日辉煌,少年们满怀豪情。记不清是到了谁家了,总之是一位“反动学术权威”吧,到了人家的客厅里砸碎几只花瓶,又去人家的卧室里割破了两双尖皮鞋,然后便想不出再要怎样表现一腔忠勇。幸亏那时知识太少,否则就可能亲手毁灭一批文物,可见知识也并不担保善良。正当我们发现了那家主人的发型有阶级异己之嫌,高叫剪刀何在时,楼门内外传来了更为革命的呐喊:“非红五类不许参加我们的行动!”这样,几个同学留下来继续革命,另几个怏怏离去。我在离去者中。一路上月影清疏晚风忧怨,少年们默然无语,开始注意到命运的全面脸色。

待暴力升级到拳脚与棍棒时,这几个不红不黑的少年已经明确自己的地位,只作旁观了。我不敢反对,也想不好该不该反对,但知不能去反对,反对的效果必如牛反对拖犁和马反对拉车一般。我心里兼着恐惧、迷茫、沮丧,或者还有一些同情。恐惧与同情在于:有个被打的同学不过是因为隐瞒了出身,而我一直担心着自己的出身是否应该再往前推一辈,那样的话,我就正犯着同样的罪行。迷茫呢,说起来要复杂些:原来大家不都是相处得好好的么,怎么就至于非这样不可?此其一。其二,你说打人不对,可敌人打我们就行,我们就该文质彬彬?伟大的教导可不是这样说的。其三,其实可笑——想想吧,什么是“我们”?我可是“我们”?我可在“我们”之列?我确实感觉到了那儿埋藏着一个怪圈。

十九

几年以后我去陕北插队。在山里放牛，青天黄土，崖陡沟深，思想倒可以不受拘束，忽然间就看清了那个把戏：我不是“我们”，我又不想是“他们”，算来我只能是“你们”。“你们”是不可以去打的，但也还不至于就去挨。“你们”是一种候补状态，有希望成为“我们”，但稍不留神也很容易就变成“他们”。这很关键，把越多的人放在这样的候补位置上，“我们”就越具权势，“他们”就越遭孤立，“你们”就越要乖乖的。

这逻辑再行推演就更令人胆寒：“你们”若不靠拢“我们”，就是在接近“他们”；“你们”要是不能成为“我们”，“你们”还能总是“你们”？这逻辑贯彻到那副著名的对联里去时，黑色幽默便有了现实的中国版本。记得我站在高喊着那副对联的人群中间，手欲举而又怯，声欲放却忽收，于是手就举到一半，声音发得含含糊糊。“你们”要想是“我们”，“你们”就得承认“你们”是混蛋，但是但是，“你们”既然是混蛋又怎能再是“我们”？那个越要乖乖的位置其实是终身制。

二十

我曾亲眼见一个人跳上台去，喊：“我就是混蛋！”于是赢来一阵犹豫的掌声。是呀，该不该给一个混蛋喝彩呢？也许可以给一点吧，既然他已经在承认是蛋的一刻孵化成混。不过当时我的心里只有沮丧，感到前途无比暗淡。我想成为“我们”，死也不想是“他们”。所以我现在常想，那时要有人把皮带塞给我，说“现在到了你决定做‘我们’还是做‘他们’的时候了”，我会怎样？老实说，凭我的胆识，最好的情况也就是把那皮带攥出汗来，举而又怯，但终于不敢不抡下去的——在那一刻孵化成混。

二十一

大约就是从那时起，我非常地害怕了“我们”，有“我们”在轰鸣的地方我想都不如绕开走。倒不一定就是怕“我们”所指的那很多人，而是怕“我们”这个词，怕它所发散的符咒般的魔力，这魔力能使人昏头昏脑地渴望被它吞噬，像“肯德基家乡鸡”那样整整齐齐都排成一股味儿。我说过我不喜欢“立场”这个词，也是这个意思。“我们”和“立场”很容易演成魔法，强制个人的情感和思想。“文革”中的行暴者，无不是被这魔法所害——“我们”要坚定地是“我们”，“你们”要尽力变成“我们”，“我们”干吗？当然是对付“他们”。于是沟堑越挖越深，忠心越表越烈，勇猛而至暴行，理性崩塌，信仰沦为一场热病。

二十二

“上山下乡”已经三十年，这件事也可以更镇静地想一想了：对于那场运动，历史将记住什么？“老三届”们的记忆当然丰富，千般风流，万种惆怅，喜怒悲忧都是刻骨铭心。但是你去问吧，问一千个“老三届”，你就会听见一千种心情，你就会对“上山下乡”有一千种印象：豪情与沮丧，责任与失落，苦难与磨炼，忠勇与迷茫，深切怀念与不堪回首，悔与不悔……但历史大概不会记得那么详细，历史只会记住那是一次在“我们”的旗帜下对个人选择的强制。再过三十年，再过一百年，历史越往前走越会删除很多细节，使本质凸现：那是一次信仰的灾难。

并没有谁捆绑着我们去，但“我们”是一条更牢靠的绳子。一声令下，便树立起忠与不忠的标识。我那时倒没有很多革命的准备，也还来不及忧虑前途，既然大家都去，便以为是一次壮大的旅游或者探险，有些兴奋。也有人确是满怀了革命豪情，并且果然大有作为。但这就像包办婚姻，包办婚姻有时也能成全好事，但这种方法之下不顺心的人就多。我记得临行时车站上有很多哭声，绝非“满怀豪情”可以概括。

二十三

不过我现在也还是相信，贫困的乡村是需要知识青年的，需要科学，需要文化，需要人才。但不是捆绑的方法，不能把人才强行送过去，强行一旦得逞，信仰难保不是悲剧。很可能，人才被强行送过去的同时，强行本身也送过去了。贫困的乡村若因而成长起几个强徒，那祸害甚至不是科学能够抵挡的。

方法常常比目的还要紧。比如动物园里的狼，关在笼子里，写一块牌子挂上，说这是狼，可谁看了都说像狗。狼不是被饲养的，狼是满山遍野里跑的，把狼关在笼子里一养，世界上就有了狗。

二十四

直到有一年，奥运会上传来一阵歌声，遥远却又贴近：我们是世界，我们是孩子……这下才让我恍然而悟“我们”的位置，这个词原来是要这样用的呀，真是简单又漂亮！我迷上奥运会，要紧的原因其实在这儿。飘荡在宇宙中的万千心魂，苍茫之中终见一处光明，“我们是世界，我们是孩子”，于是牵联浮涌，聚去那里，聚去那声音的光照中。那便是皈依吧，不管你叫他什么，佛法还是上帝。

所以，“我们”的位置并不在与“他们”的对立之中，而在与神的对照之时。当然是指第三位神，即尽善尽美所发出的要求，所发出的审问，因而划出了现实的残缺，引导着对原罪的领悟，征求忏悔之心。这是神对人的关切，并没有行贿受贿的逻辑在里面，当然不是获取实惠的方便之门。

二十五

灵魂不死，是一个既没有被证实，也没有被证伪的猜想。而且，这猜想只可能被证实，不大可能被证伪。怎样证伪呢？除非灵魂从另一个世界里跳出来告密。

可是，却有一种强大的意志信誓旦旦地宣布：死即是绝对的寂灭，并无灵魂的继续，死了就什么都没了，唯此才是科学，相反的期待全属愚昧，是迷信。相信科学的人竟很少对此存疑，真是咄咄怪事。未被证伪而信其伪，与未被证实而信其实，到底怎么不一样？倘前者是科学，后者怎么就一定愚昧？莫非不能证明其有，便已经是证明其无了？这就更加奇怪，岂不等于是说一切猜想都是愚昧吗？可是，哪一样科学不是由猜想作为引导？

局面似乎不好收拾。首先，人出生了，便迟早要死，迟早会对死后的境况持一种态度。其次，死后无非那两种可能，并无第三类机会。最后，那两种可能无论你相信哪一种，都一样不好意思请科学来撑腰。

二十六

但猜想是必要的。猜想的意义并不一定要由证实来支持。相反，猜想支持着希望，支持着信心。一定要把猜想列为迷信，只好说，一律地铲除迷信倒不美妙。活着，不是仅仅有了科学就够。当然，装神弄鬼骗人钱财的，自封神明愚弄百姓的，理应铲除。但其所以要铲除，倒不是看它不科学，是看它不人道。原子弹很科学，也要铲除。一个人，身患绝症，科学已无能给他任何期待，他满心的坚强与泰然可是牵系于什么呢？地球早晚要毁灭，太阳也终于要冷下去，科学尚不知那时人类何去何从，可大家依然满怀豪情地准备活下去，又是靠着什么？靠着信心，靠着对未来并无凭据的猜想和希望。但这就是迷信吗？但这不能铲除。相反，谁要铲除这样的信心，甚或这样的迷信，倒不允许。先哲有言：科学需要证明，信仰并不需要。事实上，我们的前途一向都隐藏在神秘中，但我们从不放弃，不因为科学注定的局限而沮丧。那也就是说，科学并非我们唯一的依赖，甚至不是根本的依赖。

二十七

既然人死后，灵魂的有与无同样都拿不到证据（真是一件公平的事啊），又为什么会有泾渭分明的两种信奉，一种宁可信其有，另一种偏要宣布其无呢？依我想，关键在于接下来互不相同的推演。

信其有者的推演是：于是会有地狱，会有天堂，会有末日审判，总之善恶终归要有个结论。这大约就是有神论。不过，有神论对神的态度并不都一致，这是另外的话。

宣布其无者的推演是：当然就没有什么因果报应，没有地狱，没有天堂，也没有末日审判。此属无神论。但无神论也有着对神的描画，否则怎么断定其无呢？且其描画基本一致，即那是一种谁也没见过、也不可能见过，然而却束缚人，甚至威胁着人类自由的东西。“不，那根本是没有的！”

二十八

这其实就有点儿问题了：根本没有的东西如何威胁人？根本没有，何至于这么着急上火地说它没有？显然是有点儿什么，不一定有形，但确乎在影响我们。并非看得见摸得着的东西才存在，你能撞见谁的梦吗？或者摸一摸谁的幻想？神，在被猜想之时诞生，在被描画的时候存在，在两种相反的信奉中同样施展其影响。

信其有者，为人的行为找到了终极评判乃至奖惩的可能，因而为人性找到了法律之外的监督。比如说警察照看不到的地方，恶念也有管束。

当然，弄不好也会为专制者提供方便，强徒也会祭起神明。

信其无者则为人的为所欲为铺开坦途，看上去像是渴盼已久的自由终于降临，但种种恶念也随之解放，有恃无恐。但这也并不就能预防专制，乱世英雄大权独握，神俗都踩在脚下。

二十九

说白了，作恶者更倾向于灵魂的无。死即是一切的结束，恶行便告轻松。于此他们倒似乎勇敢，宁可承担起死后的虚无，但其实这里面掩藏着潜逃的颤栗，即对其所作所为不敢负责。这很像是蒙骗了裁判的犯规者，事后会宽慰有加地告诉你：比赛已经结束，录像并不算数。

人死后灵魂依然存在，是人类高贵的猜想，就像艺术，在科学无言以对的时候，在神秘难以洞穿的方向，以及在法律照顾不周的地方，为自己填写下美的志愿，为自己提出善的要求，为自己许下诚的诺言。

但是恶行出现了。恶行警觉地发现，若让那高贵的猜想包围，形势明显不妙。幸亏灵魂不死难于证实，这不是个好消息么？恶行于是看中“证实”二字，慌不择路地拉扯上科学——什么好意思不好意思的——向那高贵的猜想发难。但是匆忙中它听差了，灵魂不死的难于证实并不见得对它是个好消息，那只是说，科学在这个问题上持弃权态度。科学明白：灵魂的问题从来就在信仰的领域，“证实”与“证伪”都是外行话。

三十

可什么是恶呢？有时候善意会做成坏事，歹念碰巧了竟符合义举。这样的时候善恶可怎么评断，灵魂又据何奖惩？以效果论吗，有法律在，其他标准最好都别插嘴。以动机论吗，可是除了自己，谁又吃得准谁一定是怎么想的？所以，良心的审判，注定的，审判者和被审判者都只能是自己。

这就难了，自我的审判以什么作标准呢?除非是信仰!或者你心里早有着一种善恶标准，或者你就得费些思索去寻找它。这标准的高低姑且不论，但必超乎于法律之外，必非他人可以代劳，那是你自己的事，是灵魂独对神的倾诉、忏悔和讨教。这标准碰巧了也可能符合科学，但若不巧，你的烦忧恰恰是科学的盲区呢？便只好在思之所极的空茫处，为自己选择一种正义，树立一份信心。这选择与树立的发生，便可视为神的显现。这便是信仰了，无需实证却可以坚守。

善恶的标准，可以永久地增补、修正，可以像对待幸福那样，做永久的追寻。怕只怕人的心里不设这样的标准，拆除这样的信守，没有这样的法庭也不打算去寻找它，同时快乐地宣扬这才是人性的复归。

三十一

不过麻烦并没有完：倘那选择与树立完全由着自己说了算，事情岂不荒唐？岂不等于还是没有标准？岂不等于可以为所欲为、自做神明？一家一面旗，都说自己替天行道，冷战热战于是不亦乐乎，神明与神明的战争并不见得比群殴来得文明。

所以必有一个问题：神到底在哪儿？神到底负责什么事？

所以必有一种回答：神永远不是人，谁也别想冒充他。神拒绝“我们”，并不站在哪一家的战壕里。神，甚至是与所有的人都作对的——他从来都站在监督人性的位置上，逼人的目光永远看着你。在对人性恶的觉察中，在人的忏悔意识里，神显现。在人性去接近完美却发现永无终途的路上，才有神圣的朝拜。

三十二

“因果报应”还是靠近着谋略。善行义举，不为今生利禄，但求来世福报，这逻辑总还是疙里疙瘩的与撒旦的思想类似。倘来世未必就有福报呢，善行义举是不是随之就有疑问？那样的话，岂不仍是谋略？说得不好听，有点放长线钓大鱼的意思。这样的谋略潜移默化，很容易成为贿赂的参考——既然可以为来世的福报去阿谀神明，何以不能为今生的利禄去谄媚高官？

三十三

我听到过一种劝人为善的教导，说是做人不要怕吃亏，吃亏未尝不是好事。可接下来的逻辑让人迷惑：你今生吃多少亏，来世便得多少福，那个占了你便宜的人呢，来世便有多少苦。再往下听：你不妨多让别人占些便宜去，不要以为这不划算，其实是别人用他的福换走了你的苦。好家伙！原是劝人不要怕吃亏，怎么最后倒赚走了别人的福去？

三十四

气功，从一听说它我就相信。截断物欲的追逼，放弃人类的妄自尊大，回到与万物平等的地位，物我两忘，谛听自然神秘的脚步……我相信气功确有其科学不可比及的力量。比如在现代医学束手无策的地方创造奇迹，比如在沉思默想中看见生命更深处的奥秘。还有一些听上去更近科学的功法，比如沟通宇宙信息，比如超越三维空间汲取更高级的能量，比如从更微观的世界中脱胎换骨，这些我都倾向于相信。甚至风水、符咒之类，大概也不是全无道理。世界之神秘，是人的智力永难穷尽的，没理由不相信奇迹的存在。

但若以奇迹论神明，就怕那神明还是说瞎话的一位。奇迹能把这人间照顾得周全吗？能改变这“人间戏剧”只留下幸运的角色吗？能使人间只有福乐，不存悲忧吗？要是不能，就算它上天入地擒风缚雨也并没有真正改变人的处境。神明一落到实惠,总难免捉襟见肘力不从心。人间呢,仍要有各类角色,大家还是得分工合作把所有的角色都承担起来。所谓奇迹,大概就像“宝葫芦的秘密”,把别人的好运偷来给你,差别守恒,无非角色调换一下位置拉倒。

三十五

看足球就像看人生。或看它是一场圣战,全部热情都在打败异己。或视之为一次信心的锤炼和精神狂欢,场地上演出的是坎坷人生的缩影,看台上唱诵的是对不屈的颂扬,是爱的祈盼。再是说,这火暴的游戏真是荒唐,执迷不悟,如痴如癫压根儿是一场错误,何如及早抽身脱离红尘,去投奔无苦无忧的极乐之地?

第三种态度常令我暗自踌躇。越是接近人生的终点,越是要想:这人间真的可爱吗?说可爱,太过简单,简单得像一句没有内容的套话,其实人人心底都有一幅更美好的图景。就连科学也已经看见,人的自命不凡已经把这个星球搞得多么乌烟瘴气,贪婪鼓舞着贪婪,纷争繁衍着纷争,说不定哪天冒出个狂人,一场细菌大战,人间戏剧忽然收场。也许人间真的是一场错误?也许,在某一种时空中真的存在着极乐?人是这样的渺小无知,人的智识之外,宇宙的神秘浩瀚无边,为什么肯定没有那样的地方?人不知其所在罢了,人却可能在来生去投靠它。这真是多么迷人的图景!于是正有很多这样的理想流行,天上人间,美妙超过以往的种种主义,种种法门汇成一句话:到那儿去吧,这儿已经无可留恋,这儿已是残山剩水,那儿才是你的梦中天堂。信与不信,常让我暗自踌躇。

三十六

单说遏制人类的贪婪吧,乐观的理由就少,悲观的根据越来越多。森林消失，草原沙化，河流干涸，海洋污染，天上破着个大窟窿而且越来越大，但人类还在热火朝天地敲榨和掠夺。这差不多已经成了习惯，真能遏制吗？令人怀疑。比如我，下了好大决心，也只抗拒了羊绒衫的诱惑——据说那东西破坏植被，但更多的诱惑只在理论上抗拒。人类也真是发明了很多好玩意儿，空调、汽车、飞机、化肥、农药、电脑……丰富得超过有用的商品、新奇得等于屠杀的美味、舒适得近似残废的生活……人能齐心协力放弃这样的舒适吗？还是让人怀疑。就算有九十九个人愿意放弃，但剩下一个人坚持，舒适的魔力就要扩散，就会有二、三、四、五、六……个人出来继承和发扬。

常能读到一些"现代主义"或者"后现代主义"的精彩理论，赞叹之余一走神儿，看见生活自有其不要命的步伐。魔法一旦把人套住，大概就只有"一直往前走，不要朝两边看"了。

三十七

设想有一处不同于人间的极乐之地，不该受到非难。但问题是，谁能洞开通向那儿的神秘之门？

这就又惹动了争夺。大师林立，功法纷纭，其实都说着同一句话：跟随我吧。到底应该跟随谁呢？这神秘的权力究竟是谁掌握着？无从分辨。似乎就看谁许下的福乐更彻底了。

既已许下福乐，便不愁没人着迷，于是又一场蜂拥，以当年眺望"主义"的热情去眺望另一维时空了——原来天堂并不在咱这地界儿，以往真是瞎忙。于是调离苦难的心情愈加急迫，然而天堂的门票像似有限，怎么办？那就只好谁先觉悟谁先去吧，至于那些拿不到门票的人嘛，实在是他们自己慧根不够、福缘浅薄，又怨得哪一个？

闹来闹去这逻辑其实又熟悉：为富不仁者对穷人不是也这么说

吗——你自己无能,又怨得谁个?这逻辑也许并不都错,但这漠然无爱的境界不正是人间凶险的首要?记得佛门有一句伟大教诲:一人未得渡,众生都未得渡。佛祖有一句感人的誓言:我不下地狱谁下地狱?怎么到了一些自命的佛徒那里,竟变得与福利分房相似?——房源(或者福运)有限,机不可失,大家各显神通吧。

三十八

因此我大大地迷惑:就算那极乐之地确凿,就算我们来生确实有望被天堂接纳,但那可是凭着“先天下之乐而乐”的心情就能够去的么?倘天堂之门也是偏袒着争抢之下的强者,天堂与人间可还有什么两样?好吧,退一步想,就算争抢着去的也就去了,但这漠然无爱的心情被带去天堂,天堂还会永远无忧么?争抢的欲望,不会把那儿也搅得“群雄并起,天上大乱”?

所以我宁可还是相信,所谓天堂即是人的仰望,仰望使我们洗去污浊。所谓另一维时空,其实是指精神的一维,这一维并不与人间隔绝,而是与我们所在的这个世界重叠融会。

神秘的力量,毫无疑问是存在的。神秘,存在于冥冥之中。这其实很好,恰为人间的梦想与完善铺筑起无限的前途。但是,这无限既由神秘所辖,便不容得凡人染指。原因简单:有限的凡人怎么可能通晓无限的神秘?神秘的商标一旦由凡人注册,就最值得大众担心——他掌握着神秘的权力啊,有什么疑问还敢跟他讨论?有什么不同意见还敢跟他较真儿?岂不又是“理解的执行,不理解的也要执行”了吗?

三十九

如果奇迹并不能改变这“人间戏剧”,苦难守恒,幸运之神无非做些调换角色的工作,众生还能求助于什么呢?只有相互携手,只有求助于爱吧。

这样说,明显已经迂腐,再要问爱是什么,更要惹得潇洒笑话。比如说爱情,潇洒曾屡次告诫过我们了:其实没有。有婚姻,有性欲,有搭伙过日子,哪有什么爱情?这又让迂腐糊涂:你到底是说什么没有,什么?迂腐真是给潇洒添乱——你要是说不出没有的是什么,你怎么断定它没有?你要是说出没有了什么,什么就已经有了。爱情本来是一种心愿,不能到街上看看就说没有。而没有这份心愿的人也不会说它没有,他们觉得婚姻和性欲已经就是了。

所以,“爱的奉献”这句话也不算很通顺。能够捐资,捐物,捐躯,可心愿是能够捐的吗?爱如果是你的心愿,爱已经使你受益,无论如何用不上大义凛然。

四十

在街市上我见过两只狗,隔着熙攘的人群,远远地它们已经互相发现,互相呼唤,眉目传情。待主人手上的绳索一松,它们就一个从东一个从西,钻过千百条人腿飞奔到一起,那样子就像电影中久别的情人一朝重逢,或历尽劫波的夫妻终于团聚。它们亲亲密密地偎依,耳鬓厮磨,窃窃地说些狗话。然后时候到了,主人喊了,主人“重利轻别离”,它们呢,仍旧情意缠绵,觉得时间怎么忽然走得这样快。主人过来抓住绳索,拍拍它们的脑门儿,告诉它们:你们是狗啊,要本分,要把你们的爱献给某一处三居室。它们于是各奔东西,“孔雀东南飞,五里一徘徊”,消失在人海苍茫之中,而且互相不知道地址。

我常想,这两只狗一定知道它们怀念的是什么,虽然它们说不出,抑或只因为我们听不懂。不过可以猜想:只身活在异类当中,周围全是语言难通的两足动物,孤独还能叫它们怀念什么呢?只是我未及注意它们的性别,不知那是否仅仅出于性欲。

四十一

不管怎么说，给爱下定义是要惹上帝发笑的。不如先绕开它，换个角度，这样问：什么时候，你第一次感到了爱？或者是在什么样的时候，你感到了需要爱？

我常回想那是在什么时候，什么样的时候？

那大约要追溯到上小学的时候。有个女孩儿，与我同年，她长得漂亮吗？但是我的目光总被她吸引，只要她在，我的注意力就总是去围绕她。最初发现她是在一次“六一”儿童节的庆祝会上，她朗诵一首诗，关于一个穷苦的黑人孩子的诗……会场中先还有些喧闹，但忽然喧闹声沉落下去，只剩下她的声音在会场中飘荡，清纯、稚气，但却微微地哽咽，灯光全部聚向她时，我看见她的眼边有泪光……从那以后我总想去接近她，但又总是远远地看她并不敢走去近前，甚至跟她说话也有自惭形秽之感，甚至连她的住处也让我想象迭出觉得神圣不可及。这是爱吗，爱的萌动？但这与性有多少关系呢？那女孩儿，现在想来真的不能算漂亮，身上一点女人的迹象也还没有。是什么触动了我呢？

四十二

如果那一次触动中其实有着懵懂的性因素，可同样的触动也曾来自一个男孩儿，他住在一座不同寻常的房子里，我在《务虚笔记》中写过那座房子，在《务虚笔记》中我借助对一个女孩儿的眺望，写过，我怎样走进了那座漂亮的房子，看见了里面的生活。那是一座在我当时看去不可思议的房子，和一种我想象不到的生活，在《务虚笔记》中我写到了我当时的感受。在走不尽的灰暗小街的缠缠绕绕之中，在寂寞的冬天的早晨，朦胧的阳光之下，那座房子明朗、清洁、幽静，仿佛置身世外。那里面的布设和主人们的举止，都高雅得让我惊诧，让我羡慕，让一个欲念初萌的孩子从头到脚弥漫开沉沉的自卑。我很快就感觉到了一种冷淡，和冷淡的威胁。不错，是自卑，我永远都看见那一刻，那一刻永不磨灭。那儿的人是否傲慢地说了什么并不重要，重要的是那自卑与生俱来，重要的是那冷淡的威胁其实是由自卑构筑，即使那儿的人没有任何傲慢的表示我也早就想逃跑了。《务虚笔记》中写的是：我想回家。我跑出了那座美丽的房子，我走在回家的路上，但是家——那一向等待着我的温暖之中，忽然掺进了一缕黯然。家，由于另一种生活的衬照，由于冷淡的威胁，竟也变得孤独堪怜。在《务虚笔记》中，我借助于画家Z的形象去看过我自己那时的心情……

四十三

自卑，历来送给人间两样东西：爱的期盼，与怨愤的积累。

我想，画家Z曾经得到的是后一种。我呢？我之所以能够想象他，想象他就是在那次回家的路上走进了怨愤，料必因为Z是我的一部分，至少曾经是这样。要征服那冷淡，要以某种姿态抵挡乃至压倒那冷淡的威胁，自卑于是积累起怨愤，怨愤再加倍地繁衍自卑——这就是画家Z。相反，若是梦想着世间不再有那样的冷淡，梦想着，被那冷淡雕铸的怨愤终于消散，所有失望过和傲慢过的心灵都能够相互贴近，那就是爱的期盼。甚至纯真的心从不多看那冷淡一眼，唯热盼着与另外的心灵沟通，不屈不挠地等待，走遍一生去寻找，那就是爱的路程。在《务虚笔记》中，我借助诗人L、女教师O和F医生的身影，走进这样的梦想，借助于对他们的理解看见了我的另一种心情。

这两种心情似乎都是与生俱来，盘根错节同时都在我心里，此起彼伏，铺设成我的心路。别人也都是这样吗？我只知道，兼具这两种心情的我才是真实的我。我站在Z的脚印上，翘望L、O和F的方向。我体会着

Z的自卑,而神往于L、O和F痴心不改的步伐。而且,越是Z的消息沉重,越是L、O和F的消息明媚动人。我知道了,爱,原就是自卑弃暗投明的时刻。自卑,或者在自卑的洞穴里步步深陷,或者转身,在爱的路途上迎候解放。

四十四

不过自卑,也许开始得还要早些。开始于你第一次走出家门的时候。开始于你第一次步入人群,分辨出了自己和别人的时候。开始于你离开母亲的偏袒和保护,独自面对他者的时候。开始于这样的时候:你的意识醒来了,看见自己被局限在一个小小的躯体中,而在自己之外世界是如此巨大,人群是如此庞杂,自己仿佛囚徒。开始于这样的时候:在这纷纭的人间,自己简直无足轻重,而这一切纷纭又都在你的欲望里,“自己”二字是如此地不可逃脱,不能轻弃。开始于这样的时候:你想走出这小小躯体的囚禁,走向别人,盼望着生命在那儿得到回应,心魂从那儿连接进无比巨大的存在,无限的时间因而不再是无限的冷漠……但是,别人也有这样的愿望么?在墙壁的那边,在表情后面,在语言深处,别人,到底都是什么?对此你毫无把握。但囚徒们并不见得都想越狱出监,囚徒中也会有告密者,轻蔑、猜疑和误解加固着牢笼的坚壁,你热烈的心愿前途未卜,而一旦这心愿陷落,生命将是多么孤苦无望,多么索然无味,荒诞不经。我能记起很多次这样的经历。从幼年一直到现在, 我有过很多次失望——可能我也让别人有过这类失望——很多次深刻的失望其实都可以叫作失恋,无论性别,因为在那之前的热盼正都是爱的情感:等待着他人的到来,等待着另外的心魂,等待着自由的团聚。虽因年幼,这热盼曾经懵然不知何名,但当有一天,爱的消息传来,我立刻认出那就是它,毫无疑问一直都是它。

四十五

“爱”这个字，颇多歧义。母爱、父爱等等，说的多半是爱护。“爱牙日”也是说爱护。爱长辈，说的是尊敬，或者还有一点威吓之下的屈从。爱百姓，还是爱护，这算好的，不好时里面的意思就多了。爱哭，爱睡，爱流鼻涕，是说容易、控制不住。爱玩，爱笑，爱桑拿，爱汽车，说的是喜欢。“爱怎么着就怎么着”，是想的意思，随便你。“你爱死不死”，也是说请便，不过已经是恨了。

爱，与喜欢混淆得最严重。“我爱你”，可能是表达着一次真正的爱情，也可能只是好色之徒的口头禅，还可能是各有所图的一回交易。喜欢，好东西谁不喜欢？快乐的事谁不喜欢？没有理由谴责喜欢，但喜欢与爱的情感不同。爱的情感包括喜欢，包括爱护、尊敬和控制不住，除此之外还有最紧要的一项：敞开。互相敞开心魂，为爱所独具。这样的敞开，并不以性别为牵制，所谓推心置腹，所谓知己，所谓同心携手，是同性之间和异性之间都有的期待，是孤独的个人天定的倾向，是纷纭的人间贯穿始终的诱惑。

四十六

所以爱是一种心愿，不在街上和衣兜里，也不在储蓄所。睁着俩眼向外找，可以找到救济（包括性方面的救济），仅此而已。

爱却艰难，心魂的敞开甚至危险。他人也许正是你的地狱，那儿有心灵的伤疤结成的铠甲，有防御的目光铸成的刀剑，有语言排布的迷宫，有笑靥掩蔽的陷阱。在那后面，当然，仍有孤独的心在战栗，仍有未熄的对沟通的渴盼。你还是要去吗？不甘就范？那你可要谨慎，以孤胆去赌——他人即天堂，甚至以痛苦去偿你平生的夙愿。爱不比性的地方正在这里，性唯快乐,爱可没那么轻松。潇洒者早有警告:哥们儿你累不累?

四十七

爱情所以选中性作为表达,作为仪式,正是因为,性,以其极端的遮蔽状态和极端的敞开形式,符合了爱的要求。极端的遮蔽和极端的敞开,只要能表达这一点,不是性也可以,但恰恰是它,性于是走进爱的领地。没有什么比性更能体现这两种极端了,爱情所以看中它,正是要以心魂的敞开去敲碎心魂的遮蔽,爱情找到了它就像艺术家终于找到了一种形式,以期梦想可以清晰,可以确凿,可以不忘,尽管人生转眼即是百年。

但也正因为这样,性可以很方便地冒充爱情,正像满街假冒艺术的雕塑还少么?如果仪式之后没有内容,如果敞开的只是肉体,肌肤相依而心魂依然森严壁垒,那最多不过还是"喜欢"和"控制不住"。(假冒的仪式越来越多,比如种种的宣誓,种种隆重的典礼和剪彩,比如荒诞可以成为时尚,真诚可以用作包装……)其实好色倒也是人情之常。红灯区如同公厕,利于卫生。只是这样无可厚非下去似乎文不对题——在美妙的肉体唾手可得的年代,心灵的孤独怎样了?爱怎样了?以及,性又随之怎样了呢?

性冷漠据说在蔓延,越是性解放的地方,性越是失去着激情。是性不应该解放吗?不,总把性压迫在罪恶的阴影下是要出事的。但也不宜被解放到无根无据的地步,倘其像吐痰一样毫无弦外之音,爱凭什么偏要对它情有独钟,偏要向它注入奔涌不息的能量呢?

四十八

爱之永恒的能量,在于人之间永恒的隔膜。爱之永远的激越,由于每一个"我"都是孤独。人不仅是被抛到这个世界上来的,而且是一个个分开着被抛来的。

在上帝那儿，在灵魂被囚进肉体之前，“一生二，二生三，三生万物”之初，并无我、你、他之分别，巨大的存在之消息浑然一体，无分彼此内外，浮摇漫展无所不在。然后人间诞生了，人间诞生了其实就是有限诞生了。巨大的存在之消息被分割进亿万个小小的肉体，小小的囚笼，亿万种欲望拥挤磨擦，相互冲突又相互吸引，纵横交错成为人间，总有一些在默默运转，总有一些在高声喊叫，总有一些黯然失色随波逐浪，总有一些光芒万丈彪炳风流，总有弱中弱，总有王中王——不管是以什么方式，不管是以什么标牌，不管是以刀枪、金钱还是话语……总归一样。尼采说对了：权力意志。所有的种子都想发芽，所有的萌芽都想长大，所有的思绪都要漫展，没有办法的事。把弱者都聚拢到一块儿去平安吧，弱者中会浮涌出强人。把强人都归堆到一块儿去平等呢，强人中会沉淀出弱者。把人一个个地都隔离开怎么样？又群起而不干。小时候，我们几个堂兄弟之间经常打架，奶奶就嚷：“放在一块儿就打，分开一会儿又想！”奶奶看得明白，就这么回事。

四十九

说真的，我不大相信“话语霸权”之类的东西可能消灭，就像我也不大相信可以消灭人的贪婪。但消灭霸权和贪婪正在成为人的愿望，这就好，就像爱情，要紧的是心愿。我怀疑上帝是不是闷了，寂寞得不行，所以摆布一场反反复复的游戏？别管上帝的事吧。人呢，就像我和我的堂兄弟们一样，要紧的是相互想念，虽然打架。那巨大的存在之消息，因分割而冲突，因冲突而防备，因防备而疏离，疏离而至孤独，孤独于是渴望着相互敞开——这便是爱之不断的根源。

敞开，不是性的专利，性是受了爱的恩宠，所以生气勃勃。如果性已经冷漠，已经疲倦，已经泛滥到失去了倾诉的能力，那就让它仅仅去负责繁殖和潇洒。敞开,可以找到另外的仪式和路径,比如艺术,比如诗歌,比如戏剧和文学。不过“文学”这个词并不美妙,并不恰切,不如是写作,不如是倾诉和倾听,不如是梦幻、是神游。因为那从来就不是什么学问,本不该有什么规范,本不该去符合什么学理,本不必求取公认,那是天地间最自由的一片思绪呀,是有限的时空中响彻的无限呼唤。为此上帝也看重它,给它风采,给它浪漫,给它鬼魅与神奇,给它虚构的权力去敲碎现实的呆板,给它荒诞的逻辑以冲出这个既定的人间,总之给它一种机会,重归那巨大的存在之消息,浩浩荡荡万千心魂重新浑然一体,赢得上帝的游戏,破译上帝以斯芬克斯的名义设下的谜语。

五十

但这是可能的吗?迫使上帝放弃他的游戏,可能吗?放弃分割,放弃角色们的差异,让上帝结束他非凡的戏剧,这可能吗?那么喜欢热闹的上帝,又是那么精力旺盛、神通广大,让他重新回到无边的寂寞中去,他能干?要是他干,他曾经也就不必创造这个人间。喜好清静如佛者,也难免情系人间。我还是不能想象人人都成了佛的图景,人人都是一样,岂不万籁俱寂?人人都已圆满,生命再要投奔何方?那便连佛也不能有。佛乃觉悟,是一种思绪。一团圆满一片死寂,思将安附,悟从何来?所以有“烦恼即菩提”的箴言。

人间总是喧嚣,因而佛陀领导清静。人间总有污浊,所以上帝主张清洁。那是一条路啊!皈依无处。皈依并不在一个处所,皈依是在路上。分割的消息要重新联通,隔离的心魂要重新聚合,这样的路上才有天堂。这样的天堂有一个好处:不能争抢。你要去吗?好,上路就是。要上路吗?好,争抢无效,唯以爱的步伐。任何天堂的许诺,若非在路上,都难免刺激起争抢的欲望。不管是在九天之外,或是在异元时空,任何所谓天堂只要是许诺可以一劳永逸地到达,通向那儿的路上都会拥挤着贪婪。天堂是一条路,这就好了,永远是爱的步伐,又不担心会到达无穷的寂寞。上帝想必是早就看穿了这一点,所以把他的游戏摆弄个没完。佛陀谙熟此道,所以思之无极。谢天谢地,皈依是一种心情,一种行走的姿态。

五十一

爱是软弱的时刻,是求助于他者的心情,不是求助于他者的施予,是求助于他者的参加。爱,即分割之下的残缺向他者呼吁完整,或者竟是,向地狱要求天堂。爱所以艰难,常常落入窘境。

所以"爱的奉献"这句话奇怪。左腿怎么能送给右腿一个完整呢?只能是两条腿一起完整。此地狱怎么能向彼地狱奉献一个天堂呢?地狱的相互敞开,才可能朝向天堂。性可以奉献,爱却不能。爱就像语言,闻者不闻,言者还是哑巴。甘心于隔离地活着,唯爱和语言不需要。爱和语言意图一致——让智识走向心魂深处,让深处的孤独与惶然相互沟通,让冷漠的宇宙充满热情,让无限的神秘暴露无限的意义。巴别塔虽不成功,语言仍朝着通天的方向建造。这不是能够嘲笑的,连上帝也不能。人的处境是隔离,人的愿望是沟通,这两样都写在了上帝的剧本里。

五十二

可这有什么用么?通常的嘲笑和迷惑就在这里:人不可能永生,这一切又有什么用呢?爱有什么用?心魂的敞开有什么用?热情又有什么用呢?但,什么是有用?若仅仅做一种活物,衣食住行之外其实什么都可以取消。然而,乖张如人者偏不安守这样的地位,好事如上帝者偏不允许这样的寂寞,无限膨胀的宇宙偏偏孕育出一种不衰的热情。先哲有言:"人是一堆无用的热情。"人即热情,这热情并不派什么别的用场。人就是飘荡在宇宙中的热情消息，就是这宇宙之热情的体现，或者，唯宇宙之热情称为人。若问“热情何用”，等于是问“人何用”，等于问“宇宙何用”，“无用何用”。从必死的角度看，衣食住行又有何用？不如早早结束这一场荒诞。说人就是为了活着，也对，衣食住行是为了活着，梦想也是，倘发狠去死，一切真都是何必？但是，说人只是为了活着，意思就大不一样，丰衣足食地关在监狱里如何？

五十三

但是死，那么容易吗？我是说，谁能让“无用的热情”死去？谁能让宇宙的热情的消息飘散？谁能用一瓶安眠药让世界永远睡去？

宇宙这只花瓶是一只打不烂的魔瓶，它总能够自我修复，保持完整，热情此消彼长永不衰减。人间这出戏剧是只杀不死的九头鸟，一代代角色隐退，又一代代角色登台，仍然七情六欲，仍然悲欢离合，仍然是探索而至神秘、欲知而终于知不知，各种消息都在流传，万古不废。

五十四

这也许荒诞。荒诞如果难逃，哀叹荒诞岂不更是荒诞！荒诞如果难逃，自然而然会有一种猜想：或许这人间真的不过是一座炼狱？我们是来服刑的，我们是来反省和锻炼的，是来接受再教育的（改造客观世界的同时改造主观世界）。下放与下凡异曲同工。迷信和神话中常有这类说法：天神有罪，被遣人间，譬如猪八戒。天神何罪？多半都是“天蓬元帅”一般受了红尘的引诱。好吧，你就去红尘走一遭，在肉体的牢笼中再加深一回对苦难的理解。贾宝玉和孙悟空这一对女娲的弃物，也都是走了这条路，不过比八戒多着自愿的成分。

这样的猜想让人长舒一口气，仿佛西绪福斯的路终于可以有头，终有一天可以放假回家万事大吉，但细想这未必美妙，彻底的圆满只不过是彻底的无路可走。

五十五

经过电子游戏厅，看见痴迷又疲惫的玩客，仿佛是见了人间的模型。变幻莫测的游戏是红尘的引诱，一台台电脑即姓名各异的肉身。你去品尝红尘，要先具肉身——哪一样快乐不是经由它传递？带上足够的本金去吧，让欲望把定一台电脑，灵魂就算附体了，你就算是投了胎，五光十色的屏幕一亮你已经落生人间。孩子们哭闹着想进游戏厅，多像一块块假宝玉要去做“红楼梦”。欲望一头扎进电脑，多像灵魂钻进了肉身？按动键盘吧，学会入世的规矩。熟练指法吧，摸清谋生的门道。谢谢电脑，这奇妙的肉身为实现欲望接通了种种机会——你想做英雄吗？这儿有战争。想当领袖吗？这儿有社会。想成为智者？好，这儿有迷宫。要发财这儿有银行可抢。要拈花惹草这儿有些黄色的东西您看够不够？要赌博？咳呀那还用说，这儿的一切都是赌博。

你玩得如醉如痴，噼里啪啦到噼里啪啦，到本金告罄，到游戏厅打烊，到老眼昏花，直到游戏日新月异踏过你残老的身体，这时似乎才想起点别的什么。什么呢？好像与快乐的必然结束有关。

荒诞感袭来是件好事，省得说“瞎问那么多有什么用”。其实应该祝愿潇洒从头至尾都不遭遇荒诞的盘查，可这事谁也做不了主，荒诞并非没有疏漏，但并不单单放过潇洒。而且你不能拒绝它：拒绝盘查，实际已经被盘查。

五十六

怕死的心理各式各样。作恶者怕地狱当真。行善者怕天堂有诈。潇洒担心万一来世运气不好，潇洒何以为继？英雄豪杰，照理说早都置生死于度外，可一想到宏图伟业忽而回零，心情也不好。总而言之，死之可怕，是因为毕竟谁也摸不清死要把我们带去哪儿。

然而人什么都可能躲过，唯死不可逃脱。

可话说回来，天地间的热情岂能寂灭？上帝的游戏哪有终止？宇宙膨胀不歇，轰轰烈烈的消息总要传达。人便是这生生不息的传达，便是这热情的载体，便是残缺朝向圆满的迁徙，便是圆满不可抵达的困惑和与之同来的思与悟，便是这永无终途的欲望。所以一切尘世之名都可以磨灭，而"我"不死。

五十七

"我"在哪儿？在一个个躯体里，在与他人的交流里，在对世界的思考与梦想里，在对一棵小草的察看和对神秘的猜想里，在对过去的回忆、对未来的眺望、在终于不能不与神的交谈之中。

正如浪与水。我写过：浪是水，浪消失了，水还在。浪是水的形式，水的消息，是水的欲望和表达。浪活着，是水，浪死了，还是水。水是浪的根据，浪的归宿，水是浪的无穷与永恒。

所有的消息都在流传，各种各样的角色一个不少，唯时代的装束不同，尘世的姓名有变。每一个人都是一种消息的传达与继续，所有的消息连接起来，便是历史，便是宇宙不灭的热情。一个人就像一个脑细胞，沟通起来就有了思想，储存起来就有了传统。在这人间的图书馆或信息库存里，所有的消息都死过，所有的消息都活着，往日在等待另一些"我"来继续，那样便有了未来。死不过是某一个信号的中断，它"轻轻地走"，正如它还会"轻轻地来"。更换一台机器吧——有时候不得不这样，但把消息拷贝下来，重新安装进新的生命，继续，和继续的继续。

一个人和一只牛

照片中的这只牛出生于1971年春天，现在不可能还活着。牛一般活不过二十岁。这只牛生在陕北最艰苦的年代，肯定更要命短。牛的童年只历三个寒暑，是其最不如人的地方。1984年我回“清平湾”时，顺便去找过它，知道它应该已经老了，唯望它还活着。但在老牛的行列里，我已不能辨认出它，它的样子想必变得非常厉害，它落生时又没有什么胎记。我向乡亲们说明了它早年的身世，得到的回答是：牛的身世都是一样。我很后悔当年没给它起个名字，以致它一生都只叫作牛。它是一只母牛，应该生养下很多子孙了，我便又在“牛不老”（陕北方言：牛犊）群中找它的影子。果然有几只很像它，毛色和体型都很像，活泼，温顺，眼睛里注满我所熟悉的稚气与惊惧。它们愿意用湿润的鼻尖碰碰我的手，表明我的记忆不是幻觉。我在它出生后不久离开陕北，那年正是二十岁，现在还活着，就是照片中的这个人。

二姥姥

由于幼儿园里的那两个老太太，我总想起另一个女人。不不，她们之间从无来往，她与孙老师和苏老师素不相识。但是在我的印象里，她总是与她们一起出现，仿佛相互的影子。

这女人，我管她叫“二姥姥”。不知怎么，我一直想写写她。

可是，真要写了，才发现，关于二姥姥我其实知道得很少。她不过在我的童年中一闪而过。我甚至不知道她的名字，母亲在世时我应该问过，但早已忘记。母亲去世后，那个名字就永远地熄灭了；那个名字之下的历史，那个名字之下的愿望，都已消散得无影无踪，如同从不存在。我问过父亲：“我叫二姥姥的那个人，叫什么名字？”父亲想了又想，眼睛盯在半空，总好像马上就要找到了，但终于还是没有。我又问过舅舅，舅舅忘得同样彻底。舅舅唯影影绰绰地听人说过，她死于“文革”期间。舅舅惊讶地看着我：“你还能记得她？”

这确实有些奇怪。我与她见面，总共也不会超过十次。我甚至记不得她跟我说过什么，记不得她的声音。她是无声的，黑白的，像一道影子。她穿一件素色旗袍，从幽暗中走出来，迈过一道斜阳，走近我，然后摸摸我的头，理一理我的头发，纤细的手指在我的发间穿插，轻轻地颤抖。仅此而已，其余都已经模糊。直到现在，直到我真要写她了，其实我还不清楚为什么要写她，以及写她的什么。

她不会记得我。我是说，如果她还活着，她肯定也早就把我的名字忘了。但她一定会记得我的母亲。她还可能会记得，我的母亲那时已经有了一个男孩。

母亲带我去看二姥姥，肯定都是我六岁以前的事，或者更早，因为上幼儿园之后我就再没见过她。她很漂亮吗？算不上“很”，但还是漂亮，举止娴静，从头到脚一尘不染。她住在北京的哪儿我也记不得了，印象里是个简陋的小院，简陋但是清静，什么地方有棵石榴树，飘落着鲜红的花瓣，她住在院子拐角处的一间小屋。唯近傍晚，阳光才艰难地转进那间小屋，投下一道浅淡的斜阳。她就从那斜阳后面的幽暗中出来，迎着我们。母亲于是说：“叫二姥姥，叫呀！”我叫：“二姥姥。”她便走到我跟前，摸摸我的头。我看不到她的脸，但我知道她脸上是微笑，微笑后面是惶恐。那惶恐并不是因为我们的到来，从她手上冰凉而沉缓的颤抖中我明白，那惶恐是在更为深隐的地方，或是由于更为悠远的领域。那种颤抖，精致到不能用理智去分辨，唯凭孩子浑沌的心可以洞察。

也许，就是这颤抖，让我记住她。也许，关于她，我能够写的也只有这颤抖。这颤抖是一种诉说，如同一个寓言可以伸展进所有幽深的地方，出其不意地令人震撼。这颤抖是一种最为辽阔的声音，譬如夜的流动，毫不停歇。这颤抖，随时间之流拓开着一个孩子浑沌的心灵，连接起别人的故事，缠绕进丰富的历史，漫漶成种种可能的命运。恐怕就是这样。所以我记住她。未来，在很多令人颤抖的命运旁边，她的影象总是出现，仿佛由众多无声的灵魂所凝聚，由所有被湮灭的心愿所举荐。于是那纤细的手指历经沧桑总在我的发间穿插、颤动，问我这世间的故事都是什么，故事里面都有谁。

二姥姥比母亲大不了几岁。她叫母亲时,叫名字。母亲从不叫她,什么也不叫,说话就说话,避开称谓。母亲不停地跟她说这说那,她简单地应答。母亲走来走去搅乱着那道斜阳,二姥姥仿佛静止在幽暗里,素色的旗袍与幽暗浑成一体,唯苍白的脸表明她在。一动一静,我以此来分辨她们俩。母亲或向她讨教裁剪的技巧,把一块布料在身上比来比去,或在许多彩色的丝线中挑拣,在她的指点下绣花,绣枕头和手帕。有时候她们像在讲什么秘密,目光警惕着我,我走近时母亲的声音就小下去。

好像只有这些。对于二姥姥,我能够描述的就只有这些。她的内心,除了母亲,不大可能还有另外的人知道。但母亲,曾经并不对谁说。

很多年中,我从未想过二姥姥是谁,是我们家的怎样一门亲戚。有一天,毫无缘由地(也可能是我想到,有好几年母亲没带我去看二姥姥了),我忽然问母亲:“二姥姥,她是你的什么人?”母亲似乎猝不及防,一时嗫嚅。我和母亲的目光在离母亲更近的地方碰了一下,我于是看出,我问中了一件非同寻常的事。母亲于是也明白,有些事,不能再躲藏了。

“呵,她是……嗯……”

我不说话,不打断她。

“是你姥爷的……姨太太。你知道,过去……这样的事是有的。”

我和母亲的目光又轻轻地碰了一下,这一回是在离我更近的地方。唔,这就是母亲不再带我去看她的原因吧。

“现在,她呢?”我问。

“不知道。”母亲轻轻地摇头,叹气。

“也许她不愿意我们再去看她,”母亲说,“不过这也好。”

母亲又说:“她应该嫁人了。”

我听不出“应该”二字是指必要,还是指可能。我听不出母亲这句话是宽慰还是忧虑。

“文革”中的一天,母亲从外面回来,对父亲说她在公共汽车上好像看见了二姥姥。“你肯定没看错?”母亲不回答。母亲洗菜,做饭,不时停下来呆想,说:“是她,没错儿是她。她肯定也看见我了,可她躲开了。”父亲沉吟了一会儿,安慰母亲:“她是好意,怕连累咱们。”母亲叹息道:“唉,到底谁连累谁呢……”

那么就是说,这之后不久二姥姥就死了。

老家

常要在各种表格上填写籍贯,有时候我写北京,有时候写河北涿州,完全即兴。写北京,因为我生在北京长在北京,大约死也不会死到别处去了。写涿州,则因为我从小被告知那是我的老家,我的父母及祖上若干辈人都曾在那儿生活。查词典,籍贯一词的解释是:祖居或个人出生地。——我的即兴碰巧不错。

可是这个被称为老家的地方,我是直到四十六岁的春天才第一次见到它。此前只是不断地听见它。从奶奶的叹息中,从父母对它的思念和恐惧中,从姥姥和一些亲戚偶尔带来的消息里面,以及从对一条梦幻般的河流——拒马河——的想象之中,听见它。但从未见过它,连照片也没有。奶奶说,曾有过几张在老家的照片,可惜都在我懂事之前就销毁了。

四十六岁的春天,我去亲眼证实了它的存在;我跟父亲、伯父和叔叔一起,坐了几小时汽车到了老家。涿州——我有点儿不敢这样叫它。涿州太具体,太实际,因而太陌生。而老家在我的印象里一向虚虚幻幻,更多的是一种情绪,一种声音,甚或一种光线一种气息,与一个实际的地点相距太远。我想我不妨就叫它Z州吧,一个非地理意义的所在更适合连接起一个延续了四十六年的传说。

然而它果真是一个实实在在的地方,有残断的城墙,有一对接近坍圮的古塔,市中心一堆蒿草丛生的黄土据说是当年钟鼓楼的遗址,当然也有崭新的酒店、餐馆、商厦,满街的人群,满街的阳光、尘土和叫卖。城区的格局与旧北京城近似,只是缩小些,简单些。中心大街的路口耸立着一座仿古牌楼(也许确凿是个古迹,唯因旅游事业而修葺一新),匾额上五个大字:天下第一州。中国的天下第一着实不少,这一回又不知是以什么为序。

我们几乎走遍了城中所有的街巷。父亲、伯父和叔叔一路指指点点感慨万千:这儿是什么,那儿是什么,此一家商号过去是什么样子,彼一座宅院曾经属于一户怎样的人家,某一座寺庙当年如何如何香火旺盛,庙会上卖风筝,卖兔爷,卖莲蓬,卖糖人儿、面茶、老豆腐……庙后那条小街曾经多么僻静呀,风传有鬼魅出没,天黑了一个人不敢去走……城北的大石桥呢?哦,还在还在,倒还是老样子,小时候上学放学他们天天都要从那桥上过,桥旁垂柳依依,桥下流水潺潺,当初可是Z州一处著名的景观啊……咱们的小学校呢?在哪儿?那座大楼吗?唉唉,真可是今非昔比啦……

我听见老家在慢慢地扩展,向着尘封的记忆深入,不断推新出陈。往日,像个昏睡的老人慢慢苏醒,唏嘘叹惋之间渐渐生气勃勃起来。历史因此令人怀疑。循着不同的情感,历史原来并不确定。

一路上我想,那么文学所求的真实是什么呢?历史难免是一部御制经典,文学要弥补它,所以看重的是那些沉默的心魂。历史惯以时间为序,勾画空间中的真实,艺术不满足这样的简化,所以去看这人间戏剧深处的复杂,在被普遍所遗漏的地方去询问独具的心流。我于是想起西川的诗："我打开一本书/一个灵魂就苏醒……我阅读一个家族的预言/我看到的痛苦并不比痛苦更多/历史仅记录少数人的丰功伟绩/其他人说话汇合为沉默"。

我的老家便是这样。Z州，一向都在沉默中。但沉默的深处悲欢俱在，无比生动。那是因为，沉默着的并不就是普遍，而独具的心流恰是被一个普遍读本简化成了沉默。

汽车缓缓行驶，接近史家旧居时，父亲、伯父和叔叔一声不响，唯睁大眼睛望着窗外。史家的旧宅错错落落几乎铺开一条街，但都久失修整，残破不堪。"这儿是六叔家。""这儿是二姑家。""这儿是七爷爷和七奶奶。""那边呢？哦，五舅曾在那儿住过。"……简短的低语，轻得像是怕惊动了什么，以致那一座座院落也似毫无生气，一片死寂。

汽车终于停下，停在了"我们家"的门口。

但他们都不下车，只坐在车里看，看斑驳的院门，看门两边的石礅，看屋檐上摇动的枯草，看屋脊上露出的树梢……伯父首先声明他不想进去："这样看看，我说就行了。"父亲于是附和："我说也是，看看就走吧。"我说："大老远来了，就为看看这房檐上的草吗？"伯父说："你知道这儿现在住的谁？""管他住的谁！""你知道人家会怎么想？人家要是问咱们来干吗，咱们怎么说？""胡汉三又回来了呗！"我说。他们笑笑，笑得依然谨慎。伯父和父亲执意留在汽车上，叔叔推着我进了院门。院子里没人，屋门也都锁着，两棵枣树尚未发芽，疙疙瘩瘩的枝条与屋檐碰撞发出轻响。叔叔指着两间耳房对我说："你爸和你妈，当年就在这两间屋里结的婚。""你看见的？""当然我看见的。那天史家的人去接你妈，我跟着去了。那时我十三四岁，你妈坐上花轿，我就跟在后头一路跑，直跑回家……"我仔细打量那两间老屋，心想，说不定，我就是从这儿进入人间的。

从那院子里出来，见父亲和伯父在街上来来回回地走，向一个个院门里望，紧张，又似抱着期待。街上没人，处处都安静得近乎怪诞。“走吗？”“走吧。”虽是这样说，但他们仍四处张望。“要不就再歇会儿？”“不啦，走吧。”这时候街的那边出现一个人，慢慢朝这边走。他们便都往路旁靠一靠，看着那个人，看他一步步走近，看他走过面前，又看着他一步步走远。不认识。这个人他们不认识。这个人太年轻了他们不可能认识，也许这个人的父亲或者爷爷他们认识。起风了，风吹动屋檐上的荒草，吹动屋檐下的三顶白发。已经走远的那个人还在回头张望，他必是想：这几个老人站在那儿等什么？

离开Z州城，仿佛离开了一个牵魂索命的地方，父亲和伯父都似吐了一口气：想见她，又怕见她，哎，Z州啊！老家，只是为了这样的想念和这样的恐惧吗？

汽车断断续续地挨着拒马河走，气氛轻松些了。父亲说：“顺着这条河走，就到你母亲的家了。”叔叔说：“这条河也通着你奶奶的家。”伯父说：“唉，你奶奶呀，一辈子就是羡慕别人能出去上学、读书。不是你奶奶一再坚持，我们几个能上得了大学？”几个人都点头，又都沉默。似乎这老家，永远是要为她沉默的。我在《奶奶的星星》里写过，我小时候，奶奶每晚都在灯下念着一本扫盲课本，总是把《国歌》一课中的“吼声”错念成“孔声”。我记得，奶奶总是羡慕母亲，说她赶上了新时代，又上过学，又能到外面去工作……

拒马河在太阳下面闪闪发光。他们说这河以前要宽阔得多，水也比现在深，浪也比现在大。他们说，以前，这一块平原差不多都靠着这条河。他们说，那时候，在河湾水浅的地方，随时你都能摸上一条大鲤鱼来。他们说，那时候这河里有的是鱼虾、螃蟹、莲藕、鸡头米，苇子长得比人高，密不透风，五月节包粽子，米泡好了再去劈粽叶也来得及……

母亲的家在Z州城外的张村。那村子真是大，汽车从村东到村西开了差不多一刻钟。拒马河从村边流过，我们挨近一座石桥停下。这情景让我想起小时候读过的一课书：拒马河，靠山坡，弯弯曲曲绕村过……

父亲说：就是这桥。我们走上桥，父亲说：看看吧，那就是你母亲以前住过的房子。

高高的土坡上，一排陈旧的瓦房，围了一圈简陋的黄土矮墙，夕阳下尤其显得寂寞，黯然，甚至颓唐。那矮墙，父亲说原先没有，原先可不是这样，原先是一道青砖的围墙，原先还有一座漂亮的门楼，门前有两棵老槐树，母亲经常就坐在那槐树下读书……

这回我们一起走进那院子。院子里堆着柴草，堆着木料、灰砂，大约这老房是想换换模样了。主人不在家，只一群鸡"咯咯"地叫。

叔叔说："就是这间屋。你爸就是从这儿把你妈娶走的。"

"真的？"

"问他呀。"

父亲避开我的目光，不说话，满脸通红，转身走开。我不敢再说什么。我知道那不是因为别的，是因为不能忘记的痛苦。母亲去世十年后的那个清明节，我和妹妹曾跟随父亲一起去给母亲扫墓，但是母亲的墓已经不见，那时父亲就是这样的表情，满脸通红，一言不发，东一头西一头地疾走，满山遍野地找寻着一棵红枫树，母亲就葬在那棵树旁。我曾写过：母亲离开得太突然，且只有四十九岁，那时我们三个都被这突来的厄运吓傻了，十年中谁也不敢提起母亲一个字，不敢说她，不敢想她，连她的照片也收起来不敢看……直到十年后，那个清明节，我们不约而同地说起该去看看母亲的坟了；不约而同——可见谁也没有忘记，一刻都没有忘记……

我看着母亲出嫁前住的那间小屋，不由得有一个问题：那时候我在哪儿？那时候是不是已经注定，四十多年之后她的儿子才会来看望这间小屋，来这儿想象母亲当年出嫁的情景？1948年，母亲十九岁，未来其实都已经写好了，站在我四十六岁的地方看，母亲的一生已在那一阵喜庆的唢呐声中一字一句地写好了，不可更改。那唢呐声，沿着时间，沿着阳光和季节，一路风尘雨雪，传到今天才听出它的哀惋和苍凉。可是，十九岁的母亲听见了什么？十九岁的新娘有着怎样的梦想？十九岁的少女走出这个院子的时候历史与她何干？她提着婚礼服的裙裾，走出屋门，有没有再看看这个院落？她小心或者急切地走出这间小屋，走过这条甬道，转过这个墙角，迈过这道门槛，然后伫足，抬眼望去，她看见了什么？啊，拒马河！拒马河上绿柳如烟，雾霭飘荡，未来就藏在那一片浩渺的苍茫之中……我循着母亲出嫁的路，走出院子，走向河岸，拒马河悲喜不惊，必像四十多年前一样，翻动着浪花，平稳浩荡奔其前程……

我坐在河边，想着母亲曾经就在这儿玩耍，就在这儿长大，也许她就攀过那棵树，也许她就戏过那片水，也许她就躺在这片草丛中想象未来，然后，她离开了这儿，走进了那个喧嚣的北京城，走进了一团说不清的历史。我转动轮椅，在河边慢慢走，想着：从那个坐在老槐树下读书的少女，到她的儿子终于来看望这座残破的宅院，这中间发生了多少事呀。我望着这条两端不见头的河，想：那顶花轿顺着这河岸走，锣鼓声渐渐远了，唢呐声或许伴母亲一路，那一段漫长的时间里她是怎样的心情？一个人，离开故土，离开童年和少年的梦境，大约都是一样——就像我去串联、去插队的时候一样，顾不上别的，单被前途的神秘所吸引，在那神秘中描画幸福与浪漫……

如今我常猜想母亲的感情经历。父亲憨厚老实到完全缺乏浪漫，母亲可是天生的多情多梦，她有没有过另外的想法？从那绿柳如烟的河岸上走来的第一个男人，是不是父亲？在那雾霭苍茫的河岸上执意不去的最后一个男人，是不是父亲？甚至，在那绵长的唢呐声中，有没有一个立于河岸一直眺望着母亲的花轿渐行渐杳的男人？还有，随后的若干年中，她对她的爱情是否满意？我所能做的唯一见证是：母亲对父亲的缺乏浪漫常常哭笑不得，甚至叹气连声，但这个男人的诚实、厚道，让她信赖终生。

母亲去世时，我坐在轮椅里连一条谋生的路也还没找到，妹妹才十三岁，父亲一个人担起了这个家。二十年，这二十年母亲在天国一定什么都看见了。二十年后一切都好了，那个冬天，一夜之间，父亲就离开了我们。他仿佛终于完成了母亲的托付，终于熬过了他不能不熬的痛苦、操劳和孤独，然后急着去找母亲了——既然她在这尘世间连坟墓都没有留下。

老家，Z州，张村，拒马河……这一片传说或这一片梦境，常让我想：倘那河岸上第一个走来的男人，或那河岸上执意不去的最后一个男人，都不是我的父亲，倘那个立于河岸一直眺望着母亲的花轿渐行渐杳的男人成了我的父亲，我还是我吗？当然，我只能是我，但却是另一个我了。这样看，我的由来是否过于偶然？任何人的由来是否都太偶然？都偶然，还有什么偶然可言？我必然是这一个。每个人都必然是这一个。所有的人都是一样，从老家久远的历史中抽取一个点，一条线索，作为开端。这开端，就像那绵绵不断的唢呐，难免会引出母亲一样的坎坷与苦难，但必须到达父亲一样的煎熬与责任，这正是命运要你接受的“想念与恐惧”吧。

庙的回忆

据说，过去北京城内的每一条胡同都有庙，或大或小总有一座。这或许有夸张成分。但慢慢回想，我住过以及我熟悉的胡同里，确实都有庙或庙的遗迹。

在我出生的那条胡同里，与我家院门斜对着，曾经就是一座小庙。我见到它时它已改作油坊，庙门、庙院尚无大变，唯走了僧人，常有马车运来大包大包的花生、芝麻，院子里终日磨声隆隆，呛人的油脂味经久不散。推磨的驴们轮换着在门前的空地上休息，打滚儿，大惊小怪地喊叫。

从那条胡同一直往东的另一条胡同中，有一座大些的庙，香火犹存。或者是庵，记不得名字了，只记得奶奶说过那里面没有男人。那是奶奶常领我去的地方，庙院很大，松柏森然。夏天的傍晚不管多么燠热难熬，一走进那庙院立刻就觉清凉，我和奶奶并排坐在庙堂的石阶上，享受晚风和月光，看星星一个一个亮起来。僧尼们并不驱赶俗众，更不收门票，见了我们唯颔首微笑，然后静静地不知走到哪里去了，有如晚风掀动松柏的脂香似有若无。庙堂中常有法事，钟鼓声、铙钹声、木鱼声，噌噌……那音乐让人心中犹豫。诵经声如无字的伴歌，好像黑夜的愁叹，好像被灼烤了一白天的土地终于得以舒展便油然飘缭起的雾霭。奶奶一动不动地听，但鼓励我去看看。我迟疑着走近门边，只向门缝中望了一眼，立刻跑开。那一眼印象极为深刻。现在想，大约任何声音、光线、形状、姿态，乃至温度和气息，都在人的心底有着先天的响应，因而很多事可以不懂但能够知道，说不清楚，却永远记住。那大约就是形式的力量。气氛或者情绪，整体地袭来，它们大于言说，它们进入了言不可及之域，以致一个五六岁的孩子本能地审视而不单是看见。我跑回到奶奶身旁，出于本能我知道了那是另一种地方，或是通向着另一种地方；比如说树林中穿流的雾霭，全是游魂。奶奶听得入神，摇撼她她也不觉，她正从那音乐和诵唱中回想生命，眺望那另一种地方吧。我的年龄无可回想，无以眺望，另一种地方对一个初来的生命是严重的威胁。我钻进奶奶的怀里不敢看，不敢听也不敢想，唯觉幽冥之气弥漫，月光也似冷暗了。这个孩子生而怯懦，禀性愚顽，想必正是他要来这人间的缘由。

上小学的那一年，我们搬了家，原因是若干条街道联合起来成立了人民公社，公社机关看中了我们原来住的那个院子以及相邻的两个院子，于是他们搬进来我们搬出去。我记得这件事进行得十分匆忙，上午一通知下午就搬，街道干部打电话把各家的主要劳力都从单位里叫回家，从中午一直搬到深夜。这事很让我兴奋，所有要搬走的孩子都很兴奋，不用去上学了，很可能明天和后天也不用上学了，而且我们一齐搬走，搬走之后仍然住在一起。我们跳上运家具的卡车奔赴新家，觉得正有一些动人的事情在发生，有些新鲜的东西正等着我们。可惜路程不远，完全谈不上什么经历新家就到了。不过微微的失望转瞬即逝，我们冲进院子，在所有的屋子里都风似的刮一遍，以主人的身份接管了它们。从未来的角度看，这院子远不如我们原来的院子，但新鲜是主要的，新鲜与孩子天生有缘，新鲜在那样的季节里统统都被推崇，我们才不管院子是否比原来的小或房子是否比原来的破，立刻在横倒竖歪的家具中间捉迷藏，疯跑疯叫，把所有的房门都打开然后关上，把所有的电灯都关上然后打开，爬到树上去然后跳下来，被忙乱的人群撞倒然后自己爬起来，为每一个新发现激动不已，然后看看其实也没什么……最后集体在某一个角落里睡熟，睡得不省人事，叫也叫不应。那时母亲正在外地出差，来不及通知她，几天后她回来时发现家已经变成了公社机关，她在那门前站了很久才有人来向她解释，大意是：不要紧放心吧，搬走的都是好同志，住在哪儿和不住在哪儿都一样是革命需要。

新家所在之地叫"观音寺胡同"，顾名思义那儿也有一座庙。那庙不能算小，但早已破败，久失看管。庙门不翼而飞，院子里枯藤老树荒草藏人。侧殿空空。正殿里尚存几尊泥像，彩饰斑驳，站立两旁的护法天神怒目圆睁但已赤手空拳，兵器早不知被谁夺下扔在地上。我和几个同龄的孩子便捡起那兵器，挥舞着，在大殿中跳上跳下杀进杀出，模仿俗世的战争，朝残圮的泥胎劈砍，向草丛中冲锋，披荆斩棘草叶横飞，大有堂吉诃德之神彩，然后给寂寞的老树"施肥"，擦屁股纸贴在墙上……做尽亵渎神灵的恶事然后鸟儿一样在夕光中回家。很长一段时期那儿都是我们的乐园，放了学不回家先要到那儿去，那儿有发现不完的秘密，草丛中有死猫，老树上有鸟窝，幽暗的殿顶上据说有蛇和黄鼬，但始终未得一见。有时是为了一本小人书，租期紧，大家轮不过来，就一齐跑到那庙里去看，一个人捧着大家围在四周，大家都说看好了才翻页。谁看得慢了，大家就骂他笨，其实都还识不得几个字，主要是看画，看画自然也有笨与不笨之分。或者是为了抄作业，有几个笨主儿作业老是不会，就抄别人的，庙里安全，老师和家长都看不见。佛嘛，心中无佛什么事都敢干。抄者撅着屁股在菩萨眼皮底下紧抄，被抄者则乘机大肆炫耀其优越感，说一句"我的时间不多你要抄就快点儿"，然后故意放大轻松与快乐，去捉蚂蚱、逮蜻蜓，大喊大叫地弹球儿、扇三角，急得抄者流汗，撅起的屁股有节奏地颠，嘴中念念有词，不时扭起头来喊一句："等我会儿嘿！"其实谁也知道，没法儿等。还有一回专门是为了比赛胆儿大。"晚上谁敢到那庙里去？""这有什么，嘁！""有什么？有鬼，你敢去吗？""费话！我早都去过了。""牛×！""嘿，你要不信嘿……今儿晚上就去你敢不敢？""去就去有什么呀，嘁！""行，谁不去谁孙子敢不敢？""行，几点？""九点。""就怕那会儿我妈不让我出来。""哎哟喂，不敢就说不敢！""行，九点就九点！"那天晚上我们真的到那庙里去了一回，有人拿了个手电筒，还有人带了把水果刀好歹算一件武器。我们走进庙门时还是满天星斗，不一会儿天却阴上来，而且起了风。我们在侧殿的台阶上蹲着，挤成一堆儿，不敢动也不敢大声说话，荒草摇摇，老树沙沙，月亮在云中一跳一跳地走。有人说想回家去撒泡尿。有人说撒尿你就到那边撒去呗。有人说别的倒也不怕，就怕是要下雨了。有人说下雨也不怕，就怕一下雨家里人该着急了。有人说一下雨蛇先出来，然后指不定还有什么呢。那个想撒尿的开始发抖，说不光想撒尿这会儿又想屙屎，可惜没带纸。这样，大家渐渐都有了便意，说憋屎憋尿是要生病的，有个人老是憋屎憋尿后来就变成了罗锅儿。大家惊诧道：是吗？那就不如都回家上厕所吧。可是第二天，那个最先要上厕所的成了唯一要上厕所的，大家都埋怨他，说要不是他我们还会在那儿待很久，说不定就能捉到蛇，甚至可能看看鬼。

有一天，那庙院里忽然出现了很多暗红色的粉末，一堆堆像小山似的，不知道是什么，也想不通到底何用。那粉末又干又轻，一脚踩上去"噗"的一声到处飞扬，而且从此鞋就变成暗红色再也别想洗干净。又过了几天，庙里来了一些人，整天在那暗红色的粉末里折腾，于是一个个都变成暗红色不说，庙墙和台阶也都变成暗红色，荒草和老树也都变成暗红色，那粉末随风而走或顺水而流，不久，半条胡同都变成了暗红色。随后,庙门前挂出了一块招牌:有色金属加工厂。从此游戏的地方没有了,蛇和鬼不知迁徙何方,荒草被锄净,老树被伐倒,只剩下一团暗红色满天满地逐日壮大。再后来,庙堂也拆了,庙墙也拆了,盖起了一座轰轰烈烈的大厂房。那条胡同也改了名字,以后出生的人会以为那儿从来就没有过庙。

我的小学,校园本也是一座庙,准确说是一座大庙的一部分。大庙叫柏林寺,里面有很多合抱粗的柏树。有风的时候,老柏树浓密而深沉的响声一浪一浪,传遍校园,传进教室,使吵闹的孩子也不由得安静下来,使琅琅的读书声时而飞扬时而沉落,使得上课和下课的铃声飘忽而悠扬。

摇铃的老头,据说曾经就是这庙中的和尚,庙既改作学校,他便还俗做了这儿的看门人,看门兼而摇铃。老头极和蔼,随你怎样摸他的红鼻头和光脑袋他都不恼,看见你不快活他甚至会低下头来给你,说:想摸摸吗?孩子们都愿意到传达室去玩,挤在他的床上,挤得密不透风,没大没小地跟他说笑。上课或下课的时间到了,他摇起铜铃,不紧不慢地在所有的窗廊下走过, 目不旁顾, 一路都不改变姿势。叮当叮当——叮当叮当——铃声在风中飘摇,在校园里回荡,在阳光里漫散开去,在所有孩子的心中留下难以磨灭的记忆。那铃声,上课时摇得紧张,下课时摇得舒畅,但无论紧张还是舒畅都比后来的电铃有味道,浪漫,多情,仿佛知道你的惧怕和盼望。

但有一天那铃声忽然消失,摇铃的老人也不见了,听说是回他的农村老家去了。为什么呢?据说是因为他仍在悄悄地烧香念佛,而一个崭新的时代应该是无神论的时代。孩子们再走进校门时,看见那铜铃还在窗前,但物是人非,传达室里端坐着一名严厉的老太太,老太太可不让孩子们在她的办公重地胡闹。上课和下课,老太太只在按钮上轻轻一点,电铃于是“哇—哇——”地叫，不分青红皂白，把整个校园都吓得要昏过去。在那近乎残酷的声音里，孩子们懂得了怀念：以往的铃声，它到哪儿去了？唯有一点是确定的，它随着记忆走进了未来。在它飘逝多年之后，在梦中，我常常又听见它，听见它的飘忽与悠扬，看见那摇铃老人沉着的步伐，在他一无改变的面容中惊醒。那铃声中是否早已埋藏下未来，早已知道了以后的事情呢？

多年以后，我二十一岁，插队回来，找不到工作，等了很久还是找不到，就进了一个街道生产组。我在另外的文章里写过，几间老屋尘灰满面，我在那儿一干七年，在仿古的家具上画些花鸟鱼虫、山水人物，每月所得可以糊口。那生产组就在柏林寺的南墙外。其时，柏林寺已改作北京图书馆的一处书库。我和几个同是待业的小兄弟常常就在那面红墙下干活儿。老屋里昏暗而且无聊，我们就到外面去，一边干活一边观望街景，看来来往往的各色人等，时间似乎就轻快了许多。早晨，上班去的人们骑着车，车后架上夹着饭盒，一路吹着口哨，按响车铃，单那姿态就令人羡慕。上班的人流过后，零零散散地有一些人向柏林寺的大门走来，多半提个皮包，进门时亮一亮证件，也不管守门人看不看得清楚便大步朝里面去，那气派更是让人不由得仰望了。并非什么人都可以到那儿去借书和查阅资料的，小D说得是教授或者局级才行。“你知道？”“费话！”小D重感觉不重证据。小D比我小几岁，因为小儿麻痹一条腿比一条腿短了三公分，中学一毕业就到了这个生产组；很多招工单位也是重感觉不重证据，小D其实什么都能干。我们从早到晚坐在那面庙墙下，眼观六路耳听八方，不用看表也不用看太阳便知此刻何时。一辆串街的杂货车，“油盐酱醋花椒大料洗衣粉”一路喊过来，是上午九点。收买废品的三轮车来时，大约十点。磨剪子磨刀的老头总是星期三到，瞄准生产组旁边的一家小饭馆,“磨剪子来嘿——抢菜刀——”声音十分洪亮;大家都说他真是糟蹋了,干嘛不去唱戏?下午三点,必有一群幼儿园的孩子出现,一个牵定一个的衣襟,咿咿呀呀地唱着,以为不经意走进的这个人间将会多么美好,鲜艳的衣裳彩虹一样地闪烁,再彩虹一样地消失。四五点钟,常有一辆囚车从我们面前开过,离柏林寺不远有一座著名的监狱,据说专门收容小偷。有个叫小德子的,十七八岁没爹没妈,跟我们一起在生产组干过。这小子能吃,有一回生产组不知惹了什么麻烦要请人吃饭,吃客们走后,折箩足足一脸盆,小德子买了一瓶啤酒,坐在火炉前唏哩呼噜只用了半小时脸盆就见了底。但是有一天小德子忽然失踪,生产组的大妈大婶们四处打听,才知那小子在外面行窃被逮住了。以后的很多天,我们加倍地注意天黑前那辆囚车,看看里面有没有他;囚车呼啸而过,大家一齐喊“小德子!小德子!”小德子还有一个月工资未及领取。

那时,我仍然没头没脑地相信,最好还是要有一份正式工作,倘能进一家全民所有制单位,一生便有了倚靠。母亲陪我一起去劳动局申请。我记得那地方廊回路转的,庭院深深,大约曾经也是一座庙。什么申请呀简直就像去赔礼道歉,一进门母亲先就满脸堆笑,战战兢兢,然后不管抓住一个什么人,就把她的儿子介绍一遍,保证说这一个坐在轮椅上的孩子其实仍可胜任很多种工作。那些人自然是满口官腔,母亲跑了前院跑后院,从这屋被支使到那屋。我那时年轻气盛,没那么多好听的话献给他们。最后出来一位负责同志,有理有据地给了我们回答:“慢慢再等一等吧,全须儿全尾儿的我们这还分配不过来呢!”此后我不再去找他们了。再也不去。但是母亲,直到她去世之前还在一趟一趟地往那儿跑,去之前什么都不说,疲惫地回来时再向她愤怒的儿子赔不是。我便也不再说什么,但我知道她还会去的,她会在两个星期内重新积累起足够的希望。

我在一篇名为“合欢树”的散文中写过，母亲就是在去为我找工作的路上，在一棵大树下，挖回了一棵含羞草；以为是含羞草，越长越大，其实是一棵合欢树。

大约1979年夏天，某一日，我们正坐在那庙墙下吃午饭，不知从哪儿忽然走来了两个缁衣落发的和尚，一老一少仿佛飘然而至。“哟？”大家停止吞咽，目光一齐追随他们。他们边走边谈，眉目清朗，步履轻捷，颦笑之间好像周围的一切都变得空阔甚至是虚拟了。或许是我们的紧张被他们发现，走过我们面前时他们特意地颔首微笑。这一下，让我想起了久违的童年。然后，仍然是那样，他们悄然地走远，像多年以前一样不知走到哪里去了。

“不是柏林寺要恢复了吧？”

“没听说呀？”

“不会。那得多大动静呀咱能不知道？”

“八成是北边的净土寺，那儿的房子早就翻修呢。”

“没错儿，净土寺！”小D说，“前天我瞧见那儿的庙门油漆一新我还说这是要干吗呢。”

大家愣愣地朝北边望。侧耳听时，也并没有什么特殊的声音传来。这时我才忽然想到，庙，已经消失了这么多年了。消失了，或者封闭了，连同那可以眺望的另一种地方。

在我的印象里，就是从那一刻起，一个时代结束了。

傍晚，我独自摇着轮椅去找那小庙。我并不明确为什么要去找它，也许只是为了找回童年的某种感觉？总之，我忽然想念起庙，想念起庙堂的屋檐、石阶、门廊，月夜下庙院的幽静与空荒，香缕细细地飘升，然后破碎。我想念起庙的形式。我由衷地想念那令人犹豫的音乐,也许是那样的犹豫,终于符合了我的已经不太年轻的生命。然而,其实,我并不是多么喜欢那样的音乐。那音乐,想一想也依然令人压抑、惶恐、胆战心惊。但以我已经走过的岁月,我不由地回想,不由地眺望,不由地从那音乐的压力之中听见另一种存在了。我并不喜欢它,譬如不能像喜欢生一样地喜欢死。但是要有它。人的心中,先天就埋藏了对它的响应。响应,什么样的响应呢?在我,(这个生性愚顽的孩子!)那永远不会是成就圆满的欣喜,恰恰相反,是残缺明确地显露。眺望越是美好,越是看见自己的丑弱,越是无边,越看到限制。神在何处?以我的愚顽,怎么也想象不出一个无苦无忧的极乐之地。设若确有那样的极乐之地,设若有福的人果真到了那里,然后呢?我总是这样想:然后再往哪儿去呢?心如死水还是再有什么心愿?无论再往哪儿去吧,都说明此地并非圆满。丑弱的人和圆满的神之间,是信者永远的路。这样,我听见,那犹豫的音乐是提醒着一件事:此岸永远是残缺的,否则彼岸就要坍塌。这大约就是佛之慈悲的那一个"悲"字吧。"慈"呢,便是在这一条无尽无休的路上行走,所要有的持念。

没有了庙的时代结束了。紧跟着,另一个时代到来了,风风火火。北京城内外的一些有名的寺庙相继修葺一新,重新开放。但那更像是寺庙变成公园的开始,人们到那儿去多是游览,于是要收门票,票价不菲。香火重新旺盛起来,但是有些异样。人们大把大把地烧香,整簇整簇的香投入香炉,火光熊熊,烟气熏蒸,人们衷心地跪拜,祈求升迁,祈求福寿,消灾避难,财运亨通……倘今生难为,可于来世兑现,总之祈求佛祖全面的优待。庙,消失多年,回来时已经是一个极为现实的地方了,再没有什么犹豫。

1996年春天，我坐了八九个小时飞机，到了很远的地方，地球另一面，一座美丽的城市。一天傍晚，会议结束，我和妻子在街上走，一阵钟声把我们引进了一座小教堂(庙)。那儿有很多教堂，清澈的阳光里总能听见飘扬的钟声。那钟声让我想起小时候我家附近有一座教堂，我站在院子里，最多两岁，刚刚从虚无中睁开眼睛，尚未见到外面的世界先就听见了它的声音，清朗、悠远、沉稳，仿佛响自天上。此钟声是否彼钟声？当然，我知道，中间隔了八千公里并四十几年。我和妻子走进那小教堂，在那儿拍照，大声说笑，东张西望，毫不吝惜地按动快门……这时，我看见一个中年女人独自坐在一个角落，默默地望着前方耶稣的雕像。(后来，在洗印出来的照片中，在我和妻子身后，我又看见了她。)她的眉间似有些愁苦，但双手放松地摊开在膝头，心情又似非常宁静，对我们的喧哗一无觉察，或者是我们的喧哗一点也不能搅扰她吧。我心里忽然颤抖——那一瞬间，我以为我看见了我的母亲。

我一直有着一个凄苦的梦，隔一段时间就会在我的黑夜里重复一回：母亲，她并没有死，她只是深深地失望了，对我，或者尤其对这个世界，完全地失望了，困苦的灵魂无处诉告，无以支持，因而她走了，离开我们到很远的地方去了，不再回来。在梦中，我绝望地哭喊，心里怨她："我理解你的失望，我理解你的离开，但你总要捎个信儿来呀，你不知道我们会牵挂你不知道我们是多么想念你吗？"但就连这样的话也无从说给她，只知道她在很远的地方，并不知道她到底在哪儿。这个梦一再地走进我的黑夜，驱之不去，我便在醒来时、在白日的梦里为它作一个续：母亲，她的灵魂并未消散，她在幽冥之中注视我并保佑了我多年，直等到我的眺望已在幽冥中与她汇合，她才放了心，重新投生别处，投生在一个灵魂有所诉告的地方了。

我希望，我把这个梦写出来，我的黑夜从此也有了皈依了。

庄子

“庄子哎——回家吃饭嘞——”我记得，一听见庄子的妈这样喊，处处的路灯就要亮了。很多年前，天一擦黑，这喊声必在我们那条小街上飘扬，或三五声即告有效，或者就要从小街中央一直飘向尽头，一声声再回来，飘向另一端。后一种情况多些，这时家家户户都已围坐在饭桌前，免不了就有人叹笑：瞧这庄子，多叫人劳神！有文化的人说：庄子嘛，逍遥游，等着咱这街上出圣人吧。不过此庄子与彼庄子毫无牵连，彼庄子的“子”读重音，此庄子的“子”发轻声。此庄子大名六庄。据说他爹善麻将，生他时牌局正酣，这夜他爹手气好，一口气已连坐五庄，此时有人来报：“道喜啦，带把儿的，起个名吧。”他爹摸起一张牌，在鼻前闻闻，说一声：“好，要的就是你！”话音未落把牌翻开，自摸和！六庄因而得名。

庄子上边俩哥俩姐。听说还有几个同父异母的哥姐，跟着自己的母亲住在别处。就是说，庄子他爹有俩老婆——旧社会的产物，但解放后总也不能丢了哪个不管。俩老婆生下一大群孩子。庄子他爹一个普通职员，想必原来是有些家底的，否则敢养这么多？后来不行了，家底渐渐耗尽了吧，庄子的妈——三婶，街坊邻居都这么叫她——便到处给人做保姆。

我不记得见过庄子的父亲，他住在另外那个家。三婶整天在别人家忙活,也不大顾得上几个孩子,庄子所以有了自由自在的童年。哥姐们都上学去了,他独自东游西逛。庄子长得俊,跟几个哥姐都不像。街坊邻居说不上多么喜欢他,但庄子绝不讨人烦,他走到谁家就乐呵呵地在谁家玩得塌实,人家有什么活他也跟着忙,扫地,浇花,甚至上杂货铺帮人家买趟东西。人家要是说"该回家啦庄子,你妈找不着你该担心了",他就离开,但不回家,唱唱跳跳继续他的逍遥游。小时候庄子不惹事,生性腼腆,懂规矩。三婶在谁家忙,他一个人玩腻了就到那家院门前朝里望,故意弄出一些声响;那家人叫他进来,他就跑。三婶说"甭理他,冻不着饿不着的没事儿",但还是不断朝庄子跑去的方向望。那家人要是说"庄子哎快过来,看我这儿有什么好吃的",庄子跑走一会儿就还回来,回来还是扒着院门朝里望,故意弄出些响声。倘那家人是诚心诚意要犒赏他,比如说抓一把糖给他,庄子便红了脸,一边说着"不要,我们家有",一边把目光转向三婶。三婶说"拿着吧,边儿吃去,别再来讨厌了啊",庄子就赶紧揪起衣襟,或撑开衣兜。有一回人家故意逗他:"不是你们家有吗,有了还要?"谁料庄子脸上一下子煞白,揪紧衣襟的手慢慢松开,愣了一会儿,扭头跑去再没回来。

庄子比我小好几岁,他上了小学我已经上中学;我上的是寄宿学校,每星期回家一天,不常看见他了。然后是"文革",然后是插队。

插队第一年冬天回北京,在电影院门前碰见了庄子。其时他已经长到跟我差不多高了,一身正宗"国防绿"军装,一辆锰钢车,脚上是白色"回力"鞋,那是当时最时髦的装束,狂,份儿。"份儿"的意思,大概就是有身份吧。我还没认出他,他先叫我了。我一愣,不由地问:"哪儿混的这套行头?"他"咳"一声,岔开话茬:"买上票了?"我说人忒多,算了吧。正在上演的是《列宁在 1918》,里面有几个《天鹅湖》中的镜头,引得年轻人一遍一遍地看,票于是难买。据说有人竟看到八遍,到后来不看别的,只看那几个镜头;估莫“小天鹅”快出来了才进场,举了相机等着,一俟美丽的大腿勾魂摄魄地伸展,黑暗中便是一片“嘎哩咔嚓”按动快门的声音。对“文革”中长大的一代人来说,这算得人体美的启蒙一课。庄子又问:“要几张?”我说:“你有富余的?”他摇摇头:“要就买呗。”我说:“谁挤得上去谁买吧,我还是拉倒。”庄子说:“用得着咱挤吗?等那群小子挤上了帮你买几张不得了?”“哪群小子?”庄子朝售票口那边扬了扬下巴:“都是哥们儿的人。”售票口前正有一群“国防绿”横拥竖挤吆三喝四,我明白了,庄子是他们的头儿。我不由得再打量他,未来的庄子绝非蛮壮鲁莽的一类,当是英武、风流、有勇有谋的人物。“怎么着,没事跟咱们一块玩玩儿去?”他说。我没接茬,但我懂,这“玩玩”必是有异性参与的,或是要谋求异性参与的。

插队三年,又住了一年多医院,两条腿彻底结束了行程,我坐着轮椅再回到那条小街上,其时庄子正上高中。我找不到正式工作,在家待了些日子就到一家街道工厂去做临时工。那小工厂的事我不止一次写过:三间破旧的老屋里,一群老太太和几个残疾人整天趴在仿古家具上涂涂抹抹,画山水楼台,画花鸟鱼虫,画才子佳人,干一天挣一天的钱。我先是一天八毛,后来长到一块。

老屋里阴暗潮湿,我们常坐到屋前的空地上去干活。某日庄子上学从那小工厂门前过,看见我,已经走过去了又调头回来,扶着我的轮椅叹道:“甭说了哥,这可真他妈不讲理。”确实是甭说了,我无言以答。庄子又说:“找他们去,不能这么就算完了吧?”“都找了,劳动局、知青办,没用。”“操!丫怎么说?”“人家说全须儿全尾儿的还管不过来呢。”“哥,咱打丫的你说行不行?”我说:“你先上学去吧,回头晚了。”他说:“什么晚不晚的，那也叫上学？"大概那正是"批林批孔"、批"师道尊严"的时候。庄子挨着我坐下，从书包里摸出一包"大中华"。我说："你小子敢抽这个？"他说："人家给的，就两根儿了，正好。"我停下手里的活，陪他把烟抽完。烟缕随风飘散，我不记得我们还说了些什么。后来他站起来，把烟屁一捻，一弹，弹上屋顶，说一声"谁欺负你，哥，你说话"，跳上自行车急慌慌地走了。

庄子走后，有个影子一歪一拧地凑过来，是鲇鱼。鲇鱼的大名叫得挺古雅，可惜记不得了，总之那样的名字后头若不跟着"先生"二字，似乎这名字就还没完。鲇鱼——这外号起得贴切，他拄着根拐杖四处流窜，影子似的总给人捉不住的感觉，而且此人好崇拜，他要是戴敬谁就整天在谁身边絮叨个没完，黏得很。

鲇鱼说："怎么着哥们儿，你也认识庄子？"我说是，多年的邻居，"你也认识他？"鲇鱼一脸的自豪："那是，我们哥俩儿深了。再说了，这一带你打听打听去，庄子！谁不知道？"我问为什么，他踢踢庄子刚才扔掉的烟盒说："瞧见没有，什么烟？"我心里一惊："怎么，庄子他……拿人东西？""我操，哥们儿你丫想哪儿去了？庄子可不干那事。拂爷(北京土语：小偷)见了庄子，全他妈尿！""怎么呢？""这我不能跟你说。"不说拉倒，我故意埋头干活。我知道鲇鱼忍不住，不一会儿他又凑过来："狂不狂看米黄，瞅见庄子穿的什么裤子没？米黄的毛哔叽！哪儿来的？""哪儿来的？""这我不能告诉你。""不说就一边儿去！""嘿别，别价呀。其实告诉你也没事，你跟庄子也是哥们儿，甭老跟别人说就行。""快说！""你想呀，三婶哪儿有钱给他买这个？拂爷那儿来的。操你丫真他妈老外！这么说吧，拂爷的钱反正也不是好来的，懂了吧？"我还是没太懂，拂爷的钱凭什么给庄子？"庄子给他们戳着。""戳着？""就是帮他们打架。""跟谁打，警察？""哥们儿存心是不？不跟你丫说了。""那你说跟谁打？""拂爷一个个尿头日脑的,想吃他们的人多了。比方说你是拂爷……”“你才是哪!”“操,你丫怎恁爱急呀?我是说比方!比方你是个拂爷,要是有人欺负你跟你要钱呢?不是吹的,你提提庄子的大名就全齐了。”“你是说六庄?”“那还有假?谁不服?不服就找地方儿练练。”“庄子,他能打架?”鲇鱼又是一脸的不屑:“那是!”“没听说他有什么功夫呀?”“咳,俗话说了,软的怕硬的,硬的怕不要命的。”“真是看不出来,庄子小时候蔫儿着呢。”“操你丫老说小时候干吗?小时候你丫知道你丫现在这下场吗?”“我说你嘴里干净点行不?”“我操,我他妈说什么了!”“听着,鲇鱼,你的话我信不信还两说着呢。”“嘿,不信你看看庄子脑袋去,这儿,还有这儿,一共七针,不信你问问他那是怎么回事。”“怎么回事?”“算了,反正你丫也不信。”“说!”“跟大砖打架留下的。”“大砖是谁?”“唉,看来真得给你丫上一课了。哥们儿什么烟?”“‘北海’的。”“别噎死谁,你丫留着自个儿抽吧。”鲇鱼点起一支“香山”。

据鲇鱼说,庄子跟大砖在护城河边打过一架。他说:“大砖那孙子不是东西,要我也得跟丫磕。”据鲇鱼说,大砖曾四处散布,说庄子那身军装不是自己家的,是花钱跟别人买的,庄子他妈给人当保姆,他们家怎么可能有四个兜的军装(指军官的上装)?大砖说花钱买的算个屁呀,小市民,假狂!这话传到了庄子耳朵里,鲇鱼说庄子听了满脸煞白,转身就找大砖约架去了。大砖自然不能示弱,这种时候一尿,一世威名就全完了。鲇鱼说:“那时候大砖可比庄子有名,丫一米八六,又高又奘,手倍儿黑。”据他说,那天双方在护城河边拉开了阵势,天下着雨,大伙等了一阵子,可那雨邪了,越下越大。大砖说:“怎么着,要不改个日子?”庄子说:“甭,下刀子也是今儿!”于是两边的人各自退后十步,庄子和大砖一对一开练,别人谁也不许插手。鲇鱼说——

庄子问:“怎么练吧?”

大砖说:“我从来听对方的。”

庄子说:“那行!你不是爱用砖头吗?你先拍我三砖头,哪儿全行,三砖头我没趴下,再瞧我的。”庄子掏出一把刮刀,插在旁边的树上。

大砖说:“我操,哥们儿,砖头能跟刮刀比吗?”

庄子说:“要不咱俩调个个儿,我先拍你?”

大砖这时候就有点含糊。鲇鱼说:丫老往两边瞅,准是寻思着怎么都够戗。

庄子说:“嘿,麻利点儿。想省事儿也成,你当着大伙的面说一声,你那身皮是他妈狗脱给你的。”

大砖还是愣着,回头看他的人。鲇鱼说:操这孙子一瞧就不行,丫也不想想,都这会儿了谁还帮得了你?

庄子说:“怎么着倒是?给个痛快话儿,我可没那么多工夫陪你!”

大砖已无退路。他抓起一块砖头,走近庄子。庄子双腿叉开,憋一口气,站稳了等着他。粘鱼说大砖真是㞞了,谁都还没看明白呢,第一块就稀里糊涂拍在了庄子肩上。庄子胡噜胡噜肩膀,一道血印子而已。

庄子说:“哥们儿平时没这么臭吧?”

庄子的人就起哄。鲇鱼说:这一哄,丫大砖好像才醒过懵儿来。

第二块算是瞄准了脑袋,咔嚓一声下去,庄子晃了晃差点儿没躺下,血立刻就下来了。血流如注,加上雨,很快庄子满脸满身就都是血了。鲇鱼说:哥们儿你是没见哪,又是风又是雨的,庄哥们儿那模样儿可真够吓人的。

庄子往脸上抹了一把,甩甩,重新站稳了,说:“快着,还有一下。”

鲇鱼说行嘞,这会儿庄子其实已经赢了,谁狂谁㞞全看出来了。鲇鱼说:丫大砖一瞧那么多血,连抓住砖头的手都哆嗦了,丫还玩个屁呀。

最后一砖头，据鲇鱼说拍得跟棉花似的，跟蔫儿屁似的。拍完了，庄子尚无反应，大砖自己倒先大喊一声。鲇鱼说：那一声倒是惊天动地，底气倍儿足。

庄子这才从树上拔下刮刀，说："该我了吧？"

大砖退后几步。庄子把刀在腕子上蹭了蹭，走近大砖。双方的人也都往前走几步，屏住气。然后……鲇鱼说：然后你猜怎么着？丫大砖又是一声喊，我操那声喊跟他妈娘们儿似的，然后这小子撒腿就跑。

据说大砖一直跑进护城河边的树丛，直到看不见他的影子了还能听见他喊。

这就完了！鲇鱼说：大砖丫这下算是栽到底了，永远也甭想抬头了。

庄子并不追，他知道已经赢了，比捅大砖一刀还漂亮。据说庄子捂住伤口，血从指头缝里不住地往外冒，他冲自己的人晃晃头说："走，缝几针呗。"

可是后来庄子跟我说：你千万别听鲇鱼那小子瞎嘞嘞。

"瞎嘞嘞什么？"

"根本就没那些事。"

"没哪些事？"

"操，丫鲇鱼嘴里没真话。"

"那你头上这疤是怎么来的？"

"哦，你是说打架呀？我当什么呢！"

"怎么着，听你这话茬还有别的？"

"没有，真的没有。我也就是打过几回架，保证没别的。"

"那'大中华'呢？还有这裤子？"

"我操，哥你把我想成什么了？烟是人家给的，这裤子是我自己买的！”

“你哪儿来那么多钱？”

“哎哟喂哥，这你可是伤我了，向毛主席保证这是我一点一点攒了好几年才买的。妈的鲇鱼这孙子，我不把丫另一条腿也打瘸了算我对不住他！”

“没鲇鱼的事。真的，鲇鱼没说别的。”

庄子不说话。

“是我自己瞎猜的。真的，这事全怪我。”

庄子还是不说话，脸上渐渐白上来。

“你可千万别找鲇鱼去，你一找他，不是把我给卖了嘛！”

庄子的脸色缓和了些。

“看我的面子，行不？”

“嗯。”庄子点上一支烟，也给我一支。

“说话算数？”

“操我就不明白了，我不就穿了条好裤子吗，怎么啦？招着谁了？核算像我们这样的家……操，我不说了。”

“像我们这样的家”——这话让我心里“咯噔”一下，觉着真是伤到他了。直到现在，我都能看见庄子说这话时的表情：沮丧，愤怒，几个手指捏得“嘎嘎”响。自他死后，这句话总在我耳边回荡、震响，日甚一日。

“没有没有，”我连忙说，“庄子你想哪儿去了？我是怕你……”

“我就是爱打个架哥你得信我，第一我保证没别的事，第二我绝不欺负人。”

“架也别打。”

“有时候由不得你呀哥，那帮孙子没事丫拱火！”

“离他们远点儿不行？”

我们不出声地抽烟。那是个闷热的晚上，我们坐在路灯下，一丝风都没有，树叶蔫蔫地低垂着。

“行，我听你的。从下月开始，不打了。”

“干吗下月？”

“这两天八成还得有点儿事。”

“又跟谁？什么事？”

“不能说，这是规矩。”

“不打了，不行？”

“不行，这回肯定不行。”

谁想这一回就要了庄子的命。

1976年夏天，庄子死于一场群殴。混战中不知是谁，一刀恰中庄子心脏。

那年庄子十九岁，或者还差一点不到。

最为流传的一种说法是：为了一个女孩。可鲇鱼说绝对没那么回事，“操我还不知道？要有也是雪儿一头热。”

雪儿也住在我们那条街上，跟庄子是从小的同学。庄子在时我没太注意过她，庄子死后我才知道她就是雪儿。

雪儿也是十九岁，这个季节的女孩没有不漂亮的。雪儿在街上坦然地走，无忧地笑，看不出庄子的死对她有什么影响。

庄子究竟为什么打那一架，终不可知。

庄子入殓时我见了他的父亲——背微驼，鬓花白，身材瘦小，在庄子的遗体前站了一会儿就离开了。

庄子穿的还是那件军装上衣，那条毛哔叽裤子。三婶说他就爱这身衣裳。

喜欢与爱

说真的，我并不喜欢我的家乡，可扪心而问，我的确又是爱它的。但愿前者不是罪行，后者也并非荣耀。大哲有言，“人是被抛到世界上来的”，故有权不喜欢某一处“被抛到”的地方。可我真又是多么希望家乡能变得让人喜欢呀，并为此愿付绵薄之力。

不过，我的确喜欢家乡的美食，可细想，我又真是不爱它。喜欢它，一是习惯了，二是它确实色香味俱佳。不爱它，是说我实在不想再为它做什么贡献；原因之一是它已然耗费了吾土吾民太多的财源和心力，二是它还破坏生态，甚至灭绝某些物种。

喜欢但是不爱，爱却又并不喜欢，可见喜欢与爱并不是一码事。喜欢，是看某物好甚至极好，随之而来的念头是：欲占有。爱，则多是看某物不好或还不够好，其实是盼望它好以至非常好，随之而得的激励是：愿付出。

尼采的“爱命运”也暗示了上述二者的不同。你一定喜欢你的命运吗？但无论如何你要爱它；既要以爱的态度对待你所喜欢的事物，也要以同样的态度对待你不喜欢的事物。大凡现实，总不会都让人喜欢，所以会有理想。爱是理想，是要使不好或不够好的事物好起来，便有“超人”的色彩。喜欢是满意、满足，甚至再无更高的期盼，一味地满意或满足者若非傻瓜,便是“末人”的征兆。

把喜欢当成爱,易使贪贼冒充爱者。以为爱你就不可以指责你,不能反对你,则会把爱者误认为敌人。所以,万不可将喜欢和爱强绑一处。对于高举爱旗——大到爱国,小到爱情——而一味颂扬和自吹自擂的人,凝神细看,定能见其贪图。

爱情也会有贪图吗?譬如傍大款的,哪个不自称是“爱情”?爱国者也可能有什么贪图吗?从古到今的贪官,有谁不说自己是“爱国者”?上述两类都不是爱而仅仅是喜欢,都没有“愿付出”而仅仅是“欲占有”。喜欢什么和占有什么呢? 前者指向物利,后者还要美名。

爱情,追求喜欢与爱二者兼备。二者兼备实为难得的理想状态,爱情所以是一种理想。而婚姻,有互相的喜欢就行,喜欢淡去的日子则凭一纸契约来维系,故其已从理想的追求降格为法律的监管。美满家庭,一方面需要务实的家政——不容侵犯的二人体制,和柴米油盐的经济管理,如其乱套,家庭即告落魄,遂有解体之危;另一方面又要有务虚的理想或信仰——爱情,倘其削弱、消失或从来没有,家庭即告失魂,即便维持也是同床异梦。爱国的事呢,是否与此颇为相似?

不过,爱情的理想仅仅是两个人的理想吗? 压根儿就生在孤岛上的一对男女,谈什么爱情呢? 最多是相依为命。孤岛上的爱情,必有大陆或人群背景——他们或者是一心渴望回归大陆,或者原就是为躲避人群的伤害。总之,唯在人群中,或有人群为其背景,爱情才能诞生,理想才能不死。仅有男女而无人群,就像只有种子而无阳光和土地。爱情,所以是博爱的象征,是大同的火种,是于不理想的现实中一次理想的实现,是“通天塔”的一次局部成功。爱情正如艺术,是“黑夜的孩子”,是“清晨的严寒”,是“深渊上的阶梯”,是“黑暗之子,等待太阳”;爱情如此,爱国也是这样啊,堂堂人类怎可让一条条国境线给搞糊涂呢!

良善家庭的儿女，从小就得到这样的教育：要关爱他人，要真诚对待他人，要善解人意，要虚心向别人学习……怎么长大了，一见国、族，倒常有相反的态度在大张旗鼓？还是没看懂“喜欢”与“爱”的区别吧。不爱人，只爱国，料也只是贪图其名，更实在的目的不便猜想。爱人，所以爱国，那也就不会借贬低邻人来张扬自己了——是这么个理儿吧？

2008年6月15日

种子与果实

一粒种子，即一份计划，或一个剧本。其作者无论叫“上帝”还是叫“大爆炸”，一样都是永不可及的谜。

这剧作不断上演，不断更新着舞台、布景、灯光、道具和演员——这取决于“热力学第二原理”，即生而必死的铁律；但剧程或戏魂永远不变——正如尼采所说的：永恒复返。

种子发芽、破土，有如戏剧拉开大幕。萌芽成长，壮大，直至根深叶茂，一直充斥着躁动与挫折，譬如对风雨的抵抗；充斥着残忍甚至阴谋，譬如与另类或同类争夺雨露阳光——这是这戏剧的铺陈与展开，是计划中的开发与创造，激情澎湃有如人类历史的英雄时代。而后开花、结果，是为戏剧的高潮，雄心勃勃，捷报频传，预示着光荣与梦想的即将实现。最后果实成熟，计划成功，辉煌灿烂恰似一种文明的顶峰。

但成熟或顶峰之后呢？溃败必然开始。你能够预见溃败，但不能阻挡它。你可以找出溃败的原因，乃至延缓它的办法，却不可能改变这一方向。你见过一颗果实由灿烂而至溃败的过程，你见过一颗果实由溃败重又灿烂的实例吗？这也取决于“热力学第二原理”。

这时怎么办？这剧本，这计划，接下来的要求是什么？维护好种子，维护好未来，为下一场悲壮的戏剧做好准备。

又一粒种子，又一份计划，又一个剧本，大幕再次拉开，周而复始——此乃那位永不可及者给出的：生的启示，或死的寓言。

2008 年 3 月 26 日

乐观的根据

有位西方艺术家说:生活分为有两种,一种叫作悲惨的生活,另一种叫作非常悲惨的生活。怎么办呢?他说:艺术可使我们避开后一种。东方思想更是有这样的意思:生即是苦,苦即是生。总之人只要活着,困苦就是逃不脱的。东方、西方本处同一星球,于此不谋而合当属情理之中。

那么死呢?死,能否逃脱这苦难的处境?比如说,给它来个“白茫茫大地真干净”行不?说说行,想想更行,但你信不信其实不行?除非你能从“生”逃进“死”,从“有”进入“无”。

什么,这简单?那你就先说说怎么从“有”进入“无”吧。“无”在哪儿?“无”即没有,你可怎么进入一个没有的地方呢?好吧,就算你真的进入了,可随之那儿就不再是“无”了,而必呈现为另一种状态的“有”。所以,出生入死也就无望——“死”要么是另一种形式的“生”,要么就得是“无”,而“无”我们已经说过了是没有的。

这便是人的处境,在苦难逃!问题在于:面对一条难逃之路,是歌而舞之、思而问之地走好呢,还是浑浑噩噩、骂骂咧咧地走好?

无论怎么走吧,似乎都还有着无奈的成分。是呀,即便大哲尼采的“酒神精神”,其中也可见此无奈。不过,为啥无奈你可想过?想想吧。一定还是有个窃盼不肯放弃:终点。一定还是有种疑虑不能消除:走到哪儿算个头儿呢？这可真是此在生命的逻辑给我们留下的顽固遗产。其实呢，有谁看见过“头儿”吗？终点，若非无，就不能算是终点，若是无，那就还是没有的呀，兄弟！放弃你那顽固的遗产吧，或把它再扩展一步：永远的道路，难道不比走到了头儿好得多？

所以生命也分为两种：一种叫作有限的身在，一种叫作无限的行魂。聪明人已经看见了乐观的根据。

2008年4月17日

“足球”内外

人们谈论着，赞美着，笑着和骂着……我听出多数人并不怎么懂足球，或者说并不像教练员和裁判员们那样懂足球，但他们懂得那不仅仅是足球，那更是狂欢，技术和战术都是次要的，一坪绿草上正在演出的是如祭礼一般的仪式！黑衣裁判仿佛祭司，飞来飞去的皮球如同祭器，满场奔跑着的球员是诸神的化身，四周的人群呢，是唱诗班，是一路朝拜而来的信徒或众生。所以你不能仅仅是看客，你来了是来参加的。所以不能单是看，更要听，用心领悟，人们如醉如痴是因为听到了比球场更为辽阔的世界，和比九十分钟更为悠久的历史，听到了这仪式所象征的人的无边梦想，于是还要呼喊，还要吹响喇叭，还要手舞足蹈，以使一向要遏制或管束我们的命运之神能够为之感动，至于他感动了之后会赐给我们什么好处倒不是这呼喊所关心的，给或者不给那都一样，给或者不给，无边的梦得总要表达总要流传。

人需要狂欢，尤其今天。现代生活令人紧张，令人就范，常像让狼追着，没头苍蝇似的乱撞，身体拥挤心却隔离，需要有一处摆脱物欲、摆脱利害、摈弃等级、吐尽污浊、普天同庆的地方。人们选择了足球场，平凡的日子里只有这儿能聚拢这么多人，数万人从四面八方走来一处便令人感动，让人感受到一种象征，就像迈克尔·杰克逊在一首歌中所唱；We are the world. 而在这世界上，当灾难休闲或暂时隐藏着，唯狂欢可聚万众于一心，于是那首歌接着唱道：We are the children. 我们是世界，我们是孩子，那是说：此时此地世界并不欣赏成人社会的一切规则，唯以孩子的纯真参加进对自由和平等的祈祷中来，才有望走近那无限时空里蕴藏的梦想。

但是，强者的雄风太迷人了，战胜者的荣耀太吸引人了，而且这雄风和荣耀必是以弱者和失败者的被冷落为衬照，这差别太刺激人了，于是人很容易忘记领听（谛听和领悟），全副热情都掉进那差别中，去争夺居强的一端。争夺的热情大致基于这样的心理：在诸多的国家中我在的国家是最强的，在诸多的城市中我居住的城市是最好的，在诸多的民族中我属的民族是最优秀的，甚而至于在诸多朝圣的路途中我的路途是最神圣的。这样的心理若是只意味着战胜自己，也许本来不坏，但是，对荣耀的渴望使人再也听不见无限时空里的属于全人类的危惧和梦想，胜利仅仅在打败对方的欲望中成立。梦想从无限的时空萎缩进人际的输赢，狂欢就变成了彻头彻尾的争夺，那时"同志"忽然就被"立场"取代。在"同志"被"立场"取代的地方（不管是明着还是暗着），便不再有朝圣的仪式，而是战争的模型了。

我想起"文革"中的一些剧，大半是由立场做着前导；明知某事是假是恶是丑，但立场却能教你违心相随或缄口不言，甚而还要忏悔自己的立场不坚定。不不，立场和观点绝然不同，观点是个人思想的自由，立场则是集体对思想的强制。立场说穿了就是派同伐异，顺我派者善，逆我派者恶，不须再问青红皂白。否则为什么要有"立场"这个词呢？尤其是"观点"一词并不作废的时候，立场究竟是要说什么呢？是说相同观点的人要站到一起来吗？首先，相同的观点因其相同不是已经站到一起来了么？再强调站到一起来是什么意思？其次，观点并非永远不变，相同一旦变成不同是否就要以立场的名义施之惩罚呢？若非如此，就真想不懂“立场”为什么不算是一句废话？记得“文革”年代有一首童谣：我们都是木头人，不许说话不许动，看谁立场最坚定。这可真是童言无忌道破天机。奇怪的是这童谣在当时怎么没有被划作反动言论，想来绝不是“四人帮”一流的疏忽，而是在他们看来这正是“立场”的本意。

立场怎样不知不觉地走进人间，也就怎样神鬼莫察地进了足球场，此一方球迷与彼一方球迷的大打出手、视若仇敌便屡见不鲜。我们是世界，变成了：我们是国家，我们是民族，我们是帮派，我们是我们，你们他妈的是你们。我们是孩子，则变成了：我们是英雄，我们是好汉，你们他妈的算是什么玩意儿？

本没有谁一心去做孬种，或号召大家争当败类。值得担心的倒是“英雄”、“好汉”的内涵不清，倘英雄主义糊里糊涂地竟认同起暴力来，肯定不会有好局面送给人间。狂欢精神一旦散失，使特别危险地要蜕变成狂热，勇猛和不屈都来不及对着生命的困惑，而要顺理成章地杀向异己的人类了（比如网球明星塞莱斯的被刺）。“立场”这个词把我们害着，把足球以及所有体育比赛都害着，把足球场里和地球上面的英雄害着，把狂欢精神和神圣之域也害着。

神圣之域尤其是不需要宣扬立场的。神圣并不蔑视凡俗，更不与凡俗敌对，神圣不期消灭也不可能消灭凡俗，任何圣徒都凡俗地需要衣食住行，也都凡俗地难免心魂的歧途，唯此神圣所以要驾临俗世。神圣只是对凡俗的救助和感召，在富足或贫困的凡俗生活同样会步入迷茫、同样可能昏昏堕落的时候，神圣以其爱与美的期念给我们一条无尽无休的活路。

狂欢精神丢失了，甚至兴趣也不在足球的技艺上，狂热去投奔哪儿呢？毫无疑问也绝无例外去投奔战胜者的荣耀。

但是，鲜花、赞美、崇拜都向着战胜者去，失败者一无所有。已经说过，这差别太刺激人了，刺激的结果必是愤恨产生。狂欢精神的丢失，其不妙并不直接表现在战胜者的志得意满，而是最先显露于失败者的愤恨不平，尤其这愤恨并不对着神圣之域的被污染，而是由于自己的遭冷落，这愤恨便要积蓄到失去理性。屡屡的失败而且仍然忘记着领听，看着吧，坏孩子的脾气就要发作。他本来想的是：我是最好的和我们是最好的，你们他妈的算是什么东西？可是现在怎么一切都颠倒了呢？被惯坏的孩子就要闹脾气，像北京话里说的要“耍叉”了，不讲理了，要在球场之外去寻报复了，要不择手段地去占住那居强的一端。

这样“耍叉”的孩子，常常也声称不欣赏现实世界计的规则，但是留神，这与狂欢精神绝不一样，狂欢是在祈祷全人类的自由，“耍叉”的孩子是要大家都来恭维他和跟随他的主义。也可能他的主义是好的，但也可能他的主义是坏的呢？

不说成功者。因为谁都不大可能永远不碰上失败。说反抗者。足球场上有好几种反抗者。一种已被红牌罚出场外，没什么说的了。一种在场外寻衅施暴，有法律管他，不说也罢。还有一种，以零比九落后着，而且比赛已经到了第八十九分钟，这不是篮球是足球啊就是说输定了，但十一个反抗者却仍全心全力地踢着，忘生忘死地奔跑，他们的目的从来就不狭隘到只要求战胜对方，他们知道零比九和九比零都是那仪式中的一项启示，生命之途上的一步路程，而每一步路程的前面都是一样的无限——无限的困境和无限精彩的可能，这才是英雄的反抗者吧。尤其这时，如果九比零领先的一方也有如此领悟，不傲不怠，知道人际的胜负实属扯淡，此十一人与彼十一人都是困境的反抗者和精彩的体现者，这时，狂欢精神就全面地回来了。已经开始退场的球迷不是真正的球迷，他们看不见是什么回来了，而依然呐喊或呆望着的球迷是神圣的球迷，他们知道。

说到精神的胜利,人们马上会想起阿Q,似乎那是未庄这一位农民的专利。真是天大的误会。其实哪一种胜利不是最后落实在精神上呢?单单落实在物质上的胜利倒要狭隘得多了。精神胜利者并不都是阿Q,因为并非人人都拿癞头疮去做胜利的基础,更不为自己的蚤子比王胡的小些而忿忿。

不久前的"美洲杯"上,巴西靠"上帝之手"赢了阿根廷,赛后记者就这个球去问巴西队的感想,巴西队里竟有人说"去问他们的马拉多纳吧",意思是说鼎鼎大名的马拉多纳也曾靠一个手球,为阿根廷队淘汰过英国队。我一向是巴西队的球迷,不因其冠军得的多,而因其把足球踢得潇洒美丽出神入化,但这一回真让千里万里之外的这一个巴西队的球迷为之羞愧。"上帝之手"有时难免,但上述回答真是有点阿Q的心理了。

这便想起足球场上还有一种反抗者,他们怎么也不能镇静地面对失败。他们的球队是最好的球队这是他们立场的前提,不容怀疑也不容讨论的,于是失败就只好归咎到裁判头上去。毫无疑问,对裁判的错误应当揭露。但是这一种反抗者对裁判的错误一般采取两种截然相反的态度:利于对方则暴怒,利于自己则窃喜,暴怒时他们要问公理何在,窃喜时他们心想彼此彼此什么他妈的公理。这真正是矫情。

矫情的结果是并不能让自己进步,贬损对方吧,又不真能使对方溃退,想来想去还是那个裁判讨厌。但是把那个讨厌的裁判骂也骂过了,形势仍不乐观。于是便时有贿赂裁判的事件发生,这倒是未庄那一位穷汉未及学成的计策。

文学界经常也能看见这样的矫情,总也盼不到赞誉和畅销的时候,便会骂"评论家"和读者,或者转而去贿赂他们,当然不是用金钱,而是用文思(或文风)的向"评论家"和市场靠拢。雄心再大一些的则去化验获诺贝尔奖的丹方，说是很有这一味很有那一味中国人才可能获那大奖，少了这一味缺了那一味则是皓首穷经也必名落孙山的。结果赛得人无所适从，翻箱倒柜找故事，掘地三尺挖古董，南北大菜满汉全席都上了桌，还是无济于事。怎么回事呢？很可能就在忙着化验他人之丹方的时候，把自己最重要的东西丢了：心魂。而那里面才是无限的辽阔，无穷的丰富，有不尽的创造的可能呀。其实文学和足球一样，根本是在困惑和狂欢时的领听，立足于地面向苍天的询问，魂游于天而对土地的关怀。奖者，一种有趣的标记而已。对于真正的球迷，零比零的结果并不表明九十分钟的无味或多余。

如果我是外星人，我选择足球来了解地球的人类。如果我从天外来，我最先要去看看足球，它浓缩着地上人间的所有消息。

比如人对于狂欢和团聚的需要，以及狂欢和团聚又怎样演变成敌视和隔离，这已经说过。再比如它所表达的个人与群体的相互依赖，二十二个球员散布在场上，乍看似无关联，但牵一发而全身动，那时才看出来，每一个精彩点都是一个美妙结构的产物，而每一次局部失误都造成整体意图的毁灭。比如说，它的变化无穷正好似命运的难于预测，场上的阵势忽而潮涌忽而潮落，刚还是晴天朗照，转眼却又风声鹤唳，每一个位置都蕴含着极不确定的动向，每一个人都具"波粒二重性"，每一个点和每一个点之间的关系都有无限的可能，真正是测不准，因而预测足球的胜负就像预测天气变化一样靠不住，一个强队常常就被一支弱旅打得一败涂地，这在其他比赛中是少见的。又比如它的胜败常具偶然性，你十次射门都打在门柱上，我一次捡漏就致你于死地。而射在门柱上的那个球，只要再往里偏一公分就可能名垂球史，可这一公分其实就由于气流一阵细微的改变。那一次捡漏呢，则是因为对方的跑位也只差了一公分，这一公分的缘由说不定可以从看台上一位妙龄少女的午餐中去找。谋事在人成事在天，智者千虑也把捉不住偶然性的乖戾，于是神神鬼鬼令人敬畏。这都与我们的命运太相似了。接着，外星人还可以在这儿受到法制启蒙，他会看出要是没有那位黑衣法官，这球赛就没法进行，他尤其会看出在诸条规则中不准越位是最根本的一条，否则大家都会门前等着射门，地球上就可能只剩下溜门撬锁的小偷和蒙面入室的大盗了。外星人还能在这儿看见警察（星星点点散布在各处），认识官员（稀稀落落坐在主席台上），了解商业（四周的广告牌），粗通建筑（钢筋水泥的体育场），深知艺术的起源（看台上情不自禁的歌舞），发现贫富之别（票价不同因而所占位置各异），发现门派之盛，相互间竟至于睚眦必报、拳脚相加、水火难容……总之，几乎人间所有的事物在这儿都有样品，所有的消息在这儿都有传达。

这个与人间同构的球场，最可能成为人间的模型或象征，刺激起人的种种占有欲，倘占有落空，便加倍地勾引起平素积蓄的怨愤，坏脾气就关不住闸门。爱的祈望并不总比恨的发泄有力量。如果地球世界的强权、歧视、怨恨和复仇依然长寿，当然足球世界就最易受到侵染，足球场上就最易出现殴斗和骚乱。

也许外星人最后还会看出一件事：在足球和地球上，旗幡林立的主义中，民族主义是最悠久也最坚固的主义，是最容易被煽动起来的热情。

坐在看台上，我发现我的热情也渐渐地全被“立场”控制，很难再有刚一进来时的那种狂欢的感动，也顾不上去欣赏球艺，喜与忧全随着中国队的利与不利而动。只要中国队一拿球便是满场的喝彩，只要意大利队一攻到禁区便是四起的嘘声。这无可厚非。但是这样的热情进一步高亢，殴斗和骚乱就都有了解释。这样的情绪倘再进一步走出足球场，流窜到地球的各个角落，渗透进人类诸多的理论和政策中去，冷战、热战，还有“圣地”也就都有了根据。

民族主义其实信奉的是"老子天下第一","老子"难免势单力薄,明摆着不能样样居强,这才借了"民族"去张扬。但若"老子"的民族也不能样样居强呢,便又很容易生出民族自卑感。自卑而不能以自强去超越,通常的方略就是拉出祖宗的光荣来撑腰, 自吹自擂自欺自慰都认作骨气。其实,这样的主义者看重的也一定不是民族,倘自家闹出争端,民族也就无足轻重。不信就请细心注意,一到了没有外族之时他就变成地方主义,一到了没有外地之时他就变成帮派主义,三人行他提倡咱俩,只剩下咱俩事情就清楚了:我第一,你第二。

当然你不能不让谁认为自己正确,和坚持自己认为的正确,(他说不定真就是天下第一呢?)但正确得靠研究的结果说话,深厚的土地上才是插牢一面大旗的地方。比如说"把什么和什么开除出文学正堂",但是,由谁来圈定正堂的方位呢? 开除一事又该由谁来裁决? 恐怕谁都不合适。"正堂"和"开除"都在研究问题的气氛中自然发生,就像人们自然会沐浴清泉而排除污水,绝非可以毕其功于一面大旗的。

其实我们从幼儿园里就受过良好的教育:诚实,谦虚,摆事实讲道理。我们在学校里继续受着良好的教育:以他人之长补自己之短。怎么长大成人倒变糊涂? 是的是的,这世界太复杂,不可不有一点策略,否则寸步难行。但这不应该妨碍我们仍然需要看清一个真理:无论是民族还是主义,也无论是宗教还是科学,能够时时去查看自己的缺陷与危险的那一个(那一种)才有希望。

但是,谁总能那么冷静呢? 况且,大家若一味地都是沉思般地冷静着,足球也不好玩,日子也很难过。不让激情奔涌是不行的,如同不让日走星移四季更换。不是足球酿造了激情,是激情创造了足球。激情是生之必要,就像呼吸和睡觉,不仅如此,激情更是生之希望,是善美之途的起步。

但是，什么才能使这激情不掉进仇视和战争呢？（据说，南美有两个国家曾因足球争端引发过一场真刀真枪的战争。）是苦难。不管什么民族和主义，不管怎么伟大和卑微，都不可能逃开的那一类苦难。

我又回忆起1976年地震时的情景，那时的人们既满怀激情又满怀爱意，一切名目下的隔离或敌视都显出小气和猥琐。唯在大地无常的玩笑中去承受生死的疑问，疑问并不见得能有回答，但爱却降临。只可惜那时光很短暂。

看来苦难并不完全是坏东西。爱，不大可能在福乐的竞争中牢固，只可能在苦难的基础上生长。当然应该庆幸那苦难时光的短暂，但是否可以使那苦难中的情怀长久呢？

长久地听见那苦难（它确实没有走远），长久地听见那苦难中的情怀，长久地以此来维护激情也维护爱意，我自己以为这就是宗教精神的本意。宗教精神当然并不等于各类教会的主张，而是指无论多么第一和伟大的人都必有的苦难处境，和这处境中所必要的一种思索、感悟、救路。万千歧途，都是因为失去了神的引领。这里说的神，并非万能的施主，而是人的全部困苦与梦想、局限与无限的路途，以及零比九时的一如既往，和由其召唤回来的狂欢。

轻轻地走与轻轻地来

现在我常有这样的感觉：死神就坐在门外的过道里，坐在幽暗处，凡人看不到的地方，一夜一夜耐心地等我。不知什么时候它就会站起来，对我说：嘿，走吧。我想那必是不由分说。但不管是什么时候，我想我大概仍会觉得有些仓促，但不会犹豫，不会拖延。

“轻轻地我走了，正如我轻轻地来”——我说过，徐志摩这句诗未必牵涉生死，但在我看，却是对生死最恰当的态度，作为墓志铭真是再好也没有。

死，从来不是一次性完成的。陈村有一回对我说：人是一点一点死去的，先是这儿，再是那儿，一步一步终于完成。他说得很平静，我漫不经心地附和，我们都已经活得不那么在意死了。

这就是说，我正在轻轻地走，灵魂正在离开这个残损不堪的躯壳，一步步告别着这个世界。这样的时候，不知别人会怎样想，我则尤其想起轻轻地来的神秘。比如想起清晨、晌午和傍晚变幻的阳光，想起一方蓝天，一个安静的小院，一团扑面而来的柔和的风，风中仿佛从来就有母亲和奶奶轻声的呼唤……不知道别人是否也会像我一样，由衷地惊讶：往日呢？往日的一切都到哪儿去了？

生命的开端最是玄妙，完全的无中生有。好没影儿的忽然你就进入了一种情况,一种情况引出另一种情况,顺理成章天衣无缝,一来二去便连接出一个现实世界。真的很像电影,虚无的银幕上,比如说忽然就有了一个蹲在草丛里玩耍的孩子,太阳照耀他,照耀着远山、近树和草丛中的一条小路。然后孩子玩腻了,沿小路蹒跚地往回走,于是又引出小路尽头的一座房子,门前正在张望他的母亲,埋头于烟斗或报纸的父亲,引出一个家,随后引出一个世界。孩子只是跟随这一系列情况走,有些一闪即逝,有些便成为不可更改的历史,以及不可更改的历史的原因。这样,终于有一天孩子会想起开端的玄妙:无缘无故,正如先哲所言——人是被抛到这个世界上来的。

其实,说"好没影儿的忽然你就进入了一种情况"和"人是被抛到这个世界上来的",这两句话都有毛病,在"进入情况"之前并没有你,在"被抛到这世界上来"之前也无所谓人。——不过这应该是哲学家的题目。

对我而言,开端,是北京的一个普通四合院。我站在炕上,扶着窗台,透过玻璃看它。屋里有些昏暗,窗外阳光明媚。近处是一排绿油油的榆树矮墙,越过榆树矮墙远处有两棵大枣树,枣树枯黑的枝条镶嵌进蓝天,枣树下是四周静静的窗廊。——与世界最初的相见就是这样,简单,但印象深刻。复杂的世界尚在远方,或者,它就蹲在那安恬的时间四周窃笑,看一个幼稚的生命慢慢睁开眼睛,萌生着欲望。

奶奶和母亲都说过:你就出生在那儿。其实是出生在离那儿不远的一家医院。生我的时候天降大雪。一天一宿罕见的大雪,路都埋了,奶奶抱着为我准备的铺盖蹚着雪走到医院,走到产房的窗檐下,在那儿站了半宿,天快亮时才听见我轻轻地来了。母亲稍后才看见我来了。奶奶说,母亲为生了那么个丑东西伤心了好久,那时候母亲年轻又漂亮。这件事母亲后来闭口不谈,只说我来的时候"一层黑皮包着骨头",她这样说的时候已经流露着欣慰,看我渐渐长得像回事了。但这一切都是真的吗?

我蹒跚地走出屋门,走进院子,一个真实的世界才开始提供凭证。太阳晒热的花草的气味,太阳晒热的砖石的气味,阳光在风中舞蹈、流动。青砖铺成的十字甬道连接起四面的房屋,把院子隔成四块均等的土地,两块上面各有一棵枣树,另两块种满了西番莲。西番莲顾自开着硕大的花朵,蜜蜂在层叠的花瓣中间钻进钻出,嗡嗡地开采。蝴蝶悠闲飘逸,飞来飞去,悄无声息仿佛幻影。枣树下落满移动的树影,落满细碎的枣花。青黄的枣花像一层粉,覆盖着地上的青苔,很滑,踩上去要小心。天上,或者是云彩里,有些声音,有些缥缈不知所在的声音——风声?铃声?还是歌声?说不清,很久我都不知道那到底是什么声音,但我一走到那块蓝天下面就听见了他,甚至在襁褓中就已经听见他了。那声音清朗,欢欣,悠悠扬扬不紧不慢,仿佛是生命固有的召唤,执意要你去注意他,去寻找他、看望他,甚或去投奔他。

我迈过高高的门槛,艰难地走出院门,眼前是一条安静的小街,细长、规整,两三个陌生的身影走过,走向东边的朝阳,走进西边的落日。东边和西边都不知通向哪里,都不知连接着什么,唯那美妙的声音不惊不懈,如风如流……

我永远都看见那条小街,看见一个孩子站在门前的台阶上眺望。朝阳或是落日弄花了他的眼睛,浮起一群黑色的斑点,他闭上眼睛,有点怕,不知所措,很久,再睁开眼睛,啊,好了,世界又是一片光明……有两个黑衣的僧人在沿街的房檐下悄然走过……几只蜻蜓平稳地盘桓,翅膀上闪动着光芒……鸽哨声时隐时现,平缓,悠长,渐渐地近了,噗噜噜飞过头顶,又渐渐远了,在天边像一团飞舞的纸屑……这是件奇怪的事,我既看见我的眺望,又看见我在眺望。

那些情景如今都到哪儿去了?那时刻,那孩子,那样的心情,惊奇和痴迷的目光，一切往日情景，都到哪儿去了？它们飘进了宇宙，是呀，飘去五十年了。但这是不是说，它们只不过飘离了此时此地，其实它们依然存在？

梦是什么？回忆，是怎么一回事？

倘若在五十光年之外有一架倍数足够大的望远镜，有一个观察点，料必那些情景便依然如故，那条小街，小街上空的鸽群，两个无名的僧人，蜻蜓翅膀上的闪光和那个痴迷的孩子，还有天空中美妙的声音，便一如既往。如果那望远镜以光的速度继续跟随，那个孩子便永远都站在那条小街上，痴迷地眺望。要是那望远镜停下来，停在五十光年之外的某个地方，我的一生就会依次重现，五十年的历史便将从头上演。

真是神奇。很可能，生和死都不过取决于观察，取决于观察的远与近。比如，当一颗距离我们数十万光年的星星实际早已熄灭，它却正在我们的视野里度着它的青年时光。

时间限制了我们，习惯限制了我们，谣言般的舆论让我们陷于实际，让我们在白昼的魔法中闭目塞听不敢妄为。白昼是一种魔法，一种符咒，让僵死的规则畅行无阻，让实际消磨掉神奇。所有的人都在白昼的魔法之下扮演着紧张、呆板的角色，一切言谈举止一切思绪与梦想，都仿佛被预设的程序所圈定。

因而我盼望夜晚，盼望黑夜，盼望寂静中自由的到来。

甚至盼望站到死中，去看生。

我的躯体早已被固定在床上，固定在轮椅中，但我的心魂常在黑夜出行，脱离开残废的躯壳，脱离白昼的魔法，脱离实际，在尘嚣稍息的夜的世界里游逛，听所有的梦者诉说，看所有放弃了尘世角色的游魂在夜的天空和旷野中揭开另一种戏剧。风，四处游走，串联起夜的消息，从沉睡的窗口到沉睡的窗口，去探望被白昼忽略了的心情。另一种世界，蓬蓬勃勃,夜的声音无比辽阔。是呀,那才是写作啊。至于文学,我说过我跟它好像不大沾边儿,我一心向往的只是这自由的夜行,去到一切心魂的由衷的所在。

信仰是自己的精神描述

杨晓敏:

你好!

看了你的论文。文章中最准确的一个判断是:我并非像有的人所估计的那样已经“大彻大悟”,已经皈依了什么。因为至少我现在还不知道“大彻大悟”到底意味着什么。

由于流行,也由于确实曾想求得一点解脱,我看了一些佛、禅、道之类。我发现它们在世界观方面确有高明之处(比如“物我同一”、“万象唯识”等等对人的存在状态的判断;比如不相信有任何孤立的事物的“缘起”说;比如相信“生生相继”的“轮回”说;比如“不立文字”、“知不知为上”对人的智力局限所给出的暗示;以及借助种种悖论式的“公案”使人看见智力的极限，从而为人们体会自身的处境开辟了直觉的角度等等，这些确凿是大智慧)。但不知怎么回事,这些妙论一触及人生观便似乎走入了歧途,因为我总想不通,比如说:佛要普渡众生,倘众生都成了“忘却物我,超脱苦乐,不苦不乐,心极寂定”的佛,世界将是一幅什么图景?而且这可不可能?如果世间的痛苦不可能根除,而佛却以根除世间痛苦的宏愿获得了光荣,充其量那也只能是众生度化了佛祖而已。也许可能?但是,一个“超脱苦乐”甚至“不苦不乐”的效果原是一颗子弹就可以办到的，又为什么要佛又为什么要活呢？也许那般的冷静确实可以使人长寿，但如果长寿就是目的，何不早早地死去待机做一棵树或做一把土呢？如果欲望就是歧途，大致就应该相信为人即是歧途。比如说人与机器人的区别，依我想，就在于欲望的有无。科学已经证明，除去创造力，人所有的一切功能机器人都可以仿效，只要给它输入相应的程序即可，但要让机器人具有创造能力，则从理论上也找不到一条途径。要使机器人具有创造力，得给它输入什么呢？我想，必得是：欲望。欲望产生幻想，然后才有创造。欲望这玩意儿实在神秘，它与任何照本宣科的程序都不同，它可以无中生有变化万千这才使一个人间免于寂寞了。输入欲望，实在是上帝为了使一个原本无比寂寞的世界得以欢腾而作出的最关键的决策。如果说猴子也有欲望，那只能说明人为了超越猴子应该从欲望处升华，并不说明应该把欲望阉割以致反倒从猴子退化。而“不苦不乐”是什么呢？或者是放弃了升华的猴子，或者是退出了欲望的石头。所以我渐渐相信，欲望不可能无，也不应该无。当然这有一个前提，就是：我们还想做人，还是在为人找一条路，而且不仅仅想做一个各种器官都齐全都耐用的人，更想为人所独有的精神找一个美丽的位置。还得注意：如果谁不想做人而更愿意做一棵树，我们不应该制止，万物都有其选择生存方式的权利——当然那也就谈不上选择，因为选择必是出于欲望并导致欲望。说归齐，不想做人的事我们不关心。（不想做人的人，自然也都蔑视我们这类凡俗的关心，他们这种蔑视的欲望我们应该理解，虽然他们连这凡俗的理解也照常地蔑视——我唯一放心的是他们不会认为我这是在暗含地骂人，因为那样他们就暴露了暗地里的愤怒，结果违反了“不苦不乐”的大原则，倒为我们这类凡俗的关心提出了证据。）我们关心的事，还是那一个或那一万个人的前途。

这就说到了“突围”。我确曾如您所判断的，一度甚至几度地在寻求突围。但我现在对此又有点新想法了——那是突不出去的,或者说别指望突出去。因为紧接着的问题是:出去又到了哪儿呢?也许我们下辈子有幸做一种比人还高明的生命体,但又怎么想象在一个远为高明的存在中可以没有欲望、没有矛盾、没有苦乐呢?而在这一点上佛说对了(这属于世界观):永恒的轮回。这下我有点懂了,轮回绝非是指肉身的重复,而是指:只要某种主体(或主观)存在,欲望、矛盾、苦乐之类就是无法寂灭的。(而他又希望这类寂灭,真是世上没有不犯错误的人!)这下我就正像您所判断的那样"越走越逼近绝境"了,生生相继,连突围出去也是妄想。于是我相信神话是永远要存在的,甚至迷信也是永远要存在的。我近日写了一篇散文,其中有这么两段话:"有神无神并不值得争论,但在命运的混沌之点,人自然会忽略着科学,向虚冥之中寄托一份虔敬的祈盼。正如迄今人类最美好的想往也都没有实际的验证,但那想往并不因此消灭。""我仍旧有时候默念着'上帝保佑'而陷入茫然。但是有一天我认识了神,他有一个更为具体的名字:精神。在科学的迷茫之处,在命运的混沌之点,人唯有乞灵于自己的精神。不管我们信仰什么,都是我们自己的精神的描述和引导。"我想,因为智力的有限性和世界的无限性这样一个大背景的无以逃遁,无论科学还是哲学每时每刻都处在极限和迷途之中,因而每时每刻它们都在进入神话,借一种不需实证的信念继续往前走。这不需实证也无从实证的信念难道不是一种迷信吗?但这是很好的迷信,必要的迷信,它不是出自科学论证的鼓舞,而是出于生存欲望的逼迫。这就是常说的信心吧。在前途似锦的路上有科学就够了,有一个清晰而且美妙的前景在召唤谁都会兴高采烈地往前走,那算得上幸运算不得信心,那倒真是凭了最初级的欲望。信心从来就是迷途上的迷信,信心从来就意味着在绝境中"蛮横无理"地往前走,因而就得找一个非现实的图景来专门保护着自己的精神。信佛的人常说"我佛慈悲",大半都是在祈望一项很具体的救济，大半都只注意了“慈”而没有注意“悲”，其实这个“悲”字很要紧，它充分说明了佛在爱莫能助时的情绪，倘真能“有求必应”又何悲之有？人类在绝境或迷途上，爱而悲，悲而爱，互相牵着手在眼见无路的地方为了活而舍死地朝前走，这便是佛及一切神灵的诞生，这便是宗教精神的引出，也便是艺术之根吧。(所以艺术总是讲美，不总是讲理。所以宗教一旦失去这慈悲精神，而热衷于一个人或一部分人的物界利益时，就有堕落成一种坏迷信的危险。)这个“悲”字同时说明了，修炼得已经如此高超的佛也是有欲望的，比如“普渡众生”，佛也是有苦有乐有欢有悲的。结果非常奇怪，佛之欲求竟是使众生无欲无求，佛之苦乐竟系于众生是否超脱了苦乐。这一矛盾使我猜想，此佛陀非彼佛陀，他早已让什么人给篡改了，倘非如此我们真是要这个劳什子干吗？无非是我们以永世的劫难去烘托他的光环罢了。所以，我一直不知道“大彻大悟”到底是什么，或者我不相信无苦无乐的救赎之路是可能的是有益的。所以，灭欲不能使我们突围，长寿也不能。死也许能，但突围是专指活着的行为。那个围是围定了的，活着即在此围中。

在这样的绝境上，我还是相信西绪福斯的欢乐之路是最好的救赎之路，他不指望有一天能够大功告成而入极乐世界，他于绝境之上并不求救于“瑶台仙境，歌舞升平”，而是由天落地重返人间，同时敬重了慈与悲，他千万年的劳顿给他酿制了一种智慧，他看到了那个永恒的无穷动即是存在的根本，于是他正如尼采所说的那样，以自己的劳顿为一件艺术品，以劳顿的自己为一个艺术欣赏家，把这个无穷的过程全盘接受下来再把它点化成艺术，其身影如日神一般地作美的形式，其心魂如酒神一般地常常醉出躯壳，在一旁做着美的欣赏。(我并没有对佛、禅、道之类有过什么研究，只是就人们对它们的一般理解有着自己的看法罢了。不过我想，它们原本是什么并不如它们实际的效用更重要，即：“源”并不如

“流”重要。但如果溯本清源,也许佛的精神与西绪福斯有大同,这是我从佛像的面容上得来的猜想,况且慈与悲的双重品质非导致美的欣赏不可。)所以宗教和艺术总是难解难分的,我一直这么看:好的宗教必进入艺术境界,好的艺术必源于宗教精神。

但是这又怎么样呢?从死往回看,从宇宙毁灭之日往回看:在写字台上赌一辈子钱,和在写字台前看一辈子书有什么不一样呢?抽一辈子大烟最后抽死,和写一辈子文章最后累死有什么不一样呢?为全套的家用电器焦虑终生,和为完美的艺术终生焦虑有什么不一样呢?以无苦无乐为渡世之舟,和以心醉于悲壮醉于神圣为渡世之舟又有什么不一样呢?如果以具体的生存方式论,问题就比较难说清,但把获得欢乐之前、之后的两个西绪福斯相比较,就能明白一个区别:前者(即便不是推石头)也仅仅是一个永远都在劳顿和焦灼中循环的西绪福斯,后者(无论做什么)则是一个既有劳顿和焦灼之苦,又有欣赏和沉醉之乐的西绪福斯,因而他打破了那个绝望的怪圈,至少是在这条不明缘由的路上每天都有一个悬念迭出的梦境,每年都有一个可供盼望的假期。这便是物界的追寻和(精)神界的追寻,所获的两种根本不同的结果吧。当然赌钱或许也能赌到一个美妙境界,最后不在乎钱而在乎兴奋了,那自然是值得祝贺的,但我想,真有这样的高人也不过是让苦给弄伤了心,到那牌局中去躲避着罢了,与西绪福斯式的欢乐还离得远些。

最后有一个死结,估计我今生是解它不开了:无论哪条路好,所有的人都能入此路吗?从理论上说人都是一样的构造,所以“人皆可成佛”,可是实际上从未有过这样的事实;倘若设想一个人人是佛的世界,便只能设想出一片死寂来,无差别的世界不是一片死寂能是什么呢?至少我是想不出一个解法来。想而又想可能本就是一个荒唐者的行状,最后想出一个死结来,无非证明荒唐得有了点水平而已。那个欢乐的西绪福斯只是一个少数,正如那个“大彻大悟”的佛也是一个少数,又正如那些饱食终日的君主同样是一些少数,所谓众生呢?似乎总就是一出突围之戏剧的苦难布景,还能不体会一个“悲”字吗?

史铁生

1990年